U0454837

国家出版基金项目
NATIONAL PUBLICATION FOUNDATION

科学的天街丛书

大意失荆州

——科学失误故事

丛书主编/陈 梅 陈仁政
本书编著/陈仕达

四川科学技术出版社

图书在版编目（CIP）数据

大意失荆州：科学失误故事 / 陈仕达编著. -- 成都：四川科学技术出版社，2019.1（2024.12 重印）

（科学的天街/陈梅　陈仁政主编）

ISBN 978-7-5364-9361-2

Ⅰ. ①大… Ⅱ. ①陈… Ⅲ. ①科学故事-作品集-中国-当代 Ⅳ. ①I247.81

中国版本图书馆 CIP 数据核字（2019）第 018939 号

大意失荆州——科学失误故事

DAYI SHI JINGZHOU——KEXUE SHIWU GUSHI

丛书主编　陈　梅　陈仁政
本书编著　陈仕达

出 品 人　程佳月
选题策划　肖　伊　陈敦和　郑　尧
责任编辑　文景茹
营销策划　程东宇　李　卫
封面设计　小月艺工坊
责任出版　欧晓春
出版发行　四川科学技术出版社

成品尺寸　160mm × 240mm
印　　张　14.75　字数 200 千
印　　刷　天津旭丰源印刷有限公司
版　　次　2019 年 1 月第 1 版
印　　次　2024 年 12 月第 4 次印刷
定　　价　49.80 元
ISBN 978-7-5364-9361-2

邮购：成都市锦江区三色路 238 号新华之星 A 座 25 层　邮政编码：610023
电话：028-86361770

■　版权所有　翻印必究　■

科学的天街丛书

编　委　会

丛书主编　陈　梅　陈仁政

丛书副主编　陈　雪　陈仕达　黎　渝

本书编著　陈仕达

本书编委　（排名不分先后）

陈出新　陈　梅　陈仁政　陈仁仲　陈　雪

方裕强　龚炳文　郭　春　郭汉卿　江明珍

李昌敏　李军红　黎　渝　梁　聪　刘　洋

丘　雷　全建辉　任治奇　宋贵清　王明华

席　波　席　涛　杨素君　易　扬　曾君成

张　静　赵贤菊　周兴国

目　　录

布洛赫解错题的启示
——“小问题”疏忽不得

提起医学中的核磁共振成像仪，我们都不陌生。1946 年，哈佛大学的美国物理学家珀塞尔（1912—1997）和斯坦福大学的美籍瑞士物理学家布洛赫（1905—1983），各自独立用实验证实了核磁共振（NMR）现象。他们还解决了一些相关的问题，使这种成像仪走向实际应用，从而共享 1952 年诺贝尔物理学奖。

布洛赫　　珀塞尔

不过，布洛赫同我们普通人一样，也有失误。我们这个故事，说的就是他由于轻率对待一道简单的浮力问题，闹了一次小笑话。

有人向布洛赫提出一个问题：一只载有人和石头的小船停泊在小池塘里，当船上的人将石头投入水中之后，问池面水位应该如何变化？布洛赫很快做出了“水面将上升”的回答——“石头投入水中后水位会升高嘛。”

一般来说，石头投入水中之后有两种可能：一是因为石块占据池水的空间，水面上升；二是因为船体重量减轻，向上浮起，水面下降。浮力定律告诉我们，物体在液体中受到的浮力大小，等于该物体排开同体积的液体的重量。这样，就有以下三个式子。

船、人、石头受到的总浮力 = 物体排开水的体积 × 水的密度 × g。

投石头之前：船、人、石头受到的总浮力 = 船重 + 人重 + 石头重。

物理学家布洛赫也犯“低级错误”

投石头之后：船、人、石头受到的总浮力 = 船重 + 人重 + 与石头同体积的水重。

我们从这三个式子可以看到，投石前后总浮力的差异，在于石头的浮力大小。很明显，石头在船上受到的浮力，大于下水之后受到的浮力。因此，正确的答案是——投石头之后水位应该下降。

布洛赫的“低级错误”告诉我们，科学是严谨的——对任何“小问题”都疏忽不得。如果疏忽，就会闹笑话。下面是另外一个因疏忽而闹的笑话。

曾有两篇同名为《真假金弥陀》的文章，两篇文章的主要内容完全相同——都是说如何鉴别内部是黄铜、汞，表面才是金的假金弥陀。其中都有“用测比重的方法测不出金弥陀是赝品”的内容，因为作假者用汞来“补偿黄铜和金之间的比重差”。

试问，用汞真能“补偿黄铜和金之间的比重差”吗？不能。请看以下分析。

由于“比重”一词已经“下岗”，所以前述的“比重”，用“密度”来“接班”。

假设金弥陀总质量、总体积、平均密度分别为 m、V、ρ，它所含金、汞、黄铜的质量、体积、密度分别为 m_1、V_1、ρ_1（19.3 吨/米^3），m_2、V_2、ρ_2（13.6 吨/米^3），m_3、V_3、ρ_3（约 9.0 吨/米^3）。显然，因为 $\rho_1>\rho_2>\rho_3$，就得到：①$V_2\rho_2<V_2\rho_1$ 和②$V_3\rho_3<V_3\rho_1$。

又因为 $V=V_1+V_2+V_3$，$m=m_1+m_2+m_3$，所以 $\rho=\frac{m}{V}=\frac{m_1+m_2+m_3}{V}=\frac{V_1\rho_1+V_2\rho_2+V_3\rho_3}{V_1+V_2+V_3}$。

再将①②代入这个式子，就得到 $\rho<\frac{V_1\rho_1+V_2\rho_1+V_3\rho_1}{V_1+V_2+V_3}=\rho_1$，也

就是$\rho<\rho_1$。

$\rho<\rho_1$表明，金弥陀的平均密度永远比金小，用汞不可能“补偿黄铜和金之间的比重差”。这样，“用测比重的方法测不出金弥陀是赝品”的说法，就是错误的。错误的原因是，测出 m 很容易，测 V 也不难——只要把它浸入盛水的量杯中，看水上升多少就行了。有了 m 和 V，就容易由 $\rho=m/V$ 算得 ρ。再由 $\rho<\rho_1$，就知道它是赝品。

上述两篇文章失误的原因在于，作者凭想象而不是根据事实就轻易做出结论：想当然认为密度大的汞能“补偿”“密度差”。殊不知汞的密度比金小，“有辱”“补偿”的“使命”。

其实，要“补偿”“密度差”并不困难。从上述计算可以看出，既然$\rho_3<\rho_1$，就必须选取密度大于ρ_1的物质来“补偿”——镎、锇、铱、铂都可能用得上。不过，此时造假者要面临“成本”问题——如果金属价格很昂贵，很可能“得不偿失”。

当然，上面这个“初中物理式的证明”颇有一些学术味，显得有些枯燥，于是就有了以下“比喻式”的“证明”。

把黄铜、汞、金这三者中密度最小的黄铜、密度第二的汞、密度最大的金分别比作“淡水”“稍咸的水”“最咸的水”；那么，显然淡水和稍咸的水混合，是不可能得到最咸的水的。

另一类因疏忽引出的失误，是凭一笔一纸和已知规律进行纯数学的推理，从而得出并不顾及事物本来面目的结论。以下举例说明。

曾有杂志说，把一张厚1/200厘米的纸一裁为二，叠起来，再一裁为二，把四片纸叠起来……这样一裁一叠，共进行50次，最后纸叠起来的厚度是地球到月亮距离的146倍!

下面，我们来实际算一算。把这张纸裁叠50次后，它的厚度为$(1/200)\times2^{50}=5.63\times10^{12}$（厘米）$=5.63\times10^{7}$（千米）。地球到月球的距离以38.5万千米计算，显然有$5.63\times10^{7}/(3.85\times10^{5})=146$。可以看出，上述说法在计算上并没有错。

然而，这种“没有错”的说法，在实际上却不能成立。假设这张纸有 2 米见方，裁了 50 次后为 $2/2^{50/2}$ 米 $=2^{-24}$ 米见方。那 2^{-24} 米是什么概念呢？2^{-24} 米 $=8^{-8}$ 米，而原子、分子的直径仅为 $10^{-10}\sim10^{-9}$ 米数量级。显然，此时通常意义下的“纸”的概念已荡然无存——存在的不过是近乎于若干个组成纸的分子的集合体，已经无法再“一裁一叠”了。换句话说，在“一裁一叠”的过程中，远远没有达到 50 次，就不可能再“一裁一叠”了。由此可见，从纯数学理论推出的似乎正确的结论，在实际生活中却不成立。

一张纸经过多次裁叠之后能到达月球吗？

对数量级上缺乏常识性的估计，还有如下例子：有杂志刊载说，巴黎“忙碌了一天的人们”在“上床之前”“还要把 2 700 万吨垃圾送出家门”。我们虽然不知道当时巴黎的准确人口，但估计为 1 350 万却不会相差太多。这样，每人每天平均就有 2 吨垃圾——这显然是不可能的。原“2 700 万吨”很可能是“2 700 万千克”（平均每人每天 2 千克）之误。中央电视台第一套节目在 2001 年 10 月 8 日 21 点开始的“现在播报”里说，广州市的年垃圾量为 943 万吨。如果以广州市当时有 943 万人计算，那平均每人每天有 2.7 千克垃圾——与上述“平均每人每天 2 千克”相当，这倒是可信的。

此外，中国某杂志说“比利时 63 岁的退休女警官奥尔玛一年之中写信 18 080 封，堪称‘世界写信冠军’”。我们不难算出，即使这位“写信冠军”在节假日也不休息，每天平均也要写 50 封信；如果工作 8 小时，那不到 10 分钟就写一封信。这可能吗？

万里长城

还有，某报在 2008 年 9 月 11 日报道说：“昨日长 4 657 米的天兴洲长江大桥建成，高速列车 3 秒钟可通过。”经简单计算可知，3 秒通过 4 657 米约合 5 588 千米/时——而音速才约 1 200 千米/时，有超过音速 3 倍多的“高速列车”吗?

在月球上看地球

最后，“在月球上唯一能用肉眼看到的地球上的建筑，是中国的万里长城”——这是流行的“想当然”。事实上，万里长城仅宽约 10 米，从距离地球约 38.5 万千米的月球上看它，相当于在 2 688 米之外看一根直径约 0.07 毫米的头发丝。那么，我们能用肉眼看到吗? 在 2007 年的一期《科技导报》上，中科院光电研究院的几位学者还专门发表了太空中肉眼无法看到长城的文章。

“大厦”建成了吗
——大师们的盲目乐观

从16世纪末意大利伽利略创立现代科学研究的方法论开始，经过其后英国牛顿、法拉第、麦克斯韦等科学巨匠的努力，物理学里的力学、光学、热学和电磁学已高度发展，各自建立了完整的体系。在一些科学家眼里，由这些成就构成的清晰画面表明，“物理学的大厦”已经基本建成，虽然大厦上空尚有“黑体辐射”和“迈克耳孙－莫雷实验”两朵“乌云”。

这种盲目乐观在20世纪到来时显得更为突出。

开尔文

当时物理学界最有地位和权威的英国皇家学会会长开尔文（1824—1907），于1900年4月27日在英国皇家研究所发表了一篇讲演，题为《在热和光动力理论上空的19世纪乌云》。他的讲演认为，物理学的大厦已经基本建成，而这两朵乌云可以在20世纪初消失。

冯·约里

普朗克

年轻的德国物理学家普朗克（1858—1947）于1878年在慕尼黑大学读书时，曾向他的老师，德国物理学家、数学家菲利普·古斯塔夫·冯·约里（1809—1884）表示要献身物理学，但老师却劝他说：“年轻人，物理学是一门已经完成了的科学，不会再有多大发展了。将一生献给这门科学，太可惜了。”

与开尔文、冯·约里等人类似的“病人”还有德国物理学家劳厄（1879—1960）、美国物理学家迈克耳孙（1852—1931）等。劳厄说，经典物理和经典力学已“结合成一座动人心弦的具有庄严宏伟的建筑体系的美丽殿室”，而迈克耳孙则说“绝大多数重要的基本原理已经牢固地确立起来了，下一步的发展看来主要是把这些原理认真地利用”。

劳厄

迈克耳孙

总之，在这些物理学家看来，物理学的大厦已基本建成，以后物理学的发展不过是做些修修补补的工作。例如把已知公式中常量的小数点后的数字多算出几位，或通过实验再测得准确些而已。

物理学的大厦真的建成了吗？物理学真的不会再有大发展了吗？完全不是。

事实上，在19世纪末，随着1895年X光、1896年放射性、1897年电子、1898年钋和镭的放射性的发现，“原子的大门”已经被打开，原子不可分的观念已经被摧毁，原子物理学——物理的一个重要分支成了一个崭新的研究领域。这时的物理学，已不只是上空有两朵乌云，而是危机四伏，山雨欲来风满楼了。在19和20世纪之交，古典物理学领域中，几乎没有一条原理、没有一个基本概念不受到怀疑和重新审查，以往一向看作天经地义、万古不变的物质不灭、能量守恒、原子不变、时间绝对、空间绝对和运动连续等等，都产生了动摇。这些迹象表明，物理学面临的不仅仅是一场危机，而是一场伟大的革命，正如列宁所说：“现代物理学是在临产中。”

接下去的故事是，由两朵乌云化作革命的狂风暴雨，以摧枯拉朽之势使物理学的大厦轰然坍塌，诞生了相对论力学和量子力学。盲目乐观者目瞪口呆，无言以对。

真是无独有偶，在数学界，也同样有这种盲目乐观的人。

庞加莱

1900 年，第 2 次国际数学家大会在巴黎召开，著名法国数学家、物理学家庞加莱（1854—1912）在会上乐观地声称“今天我们可以说，数学绝对的严格性已经达到了”。

庞加莱的乐观也不无道理。历经两次“数学危机”，19 世纪奠定数学基础的分析学不断取得重大进展，微积分有了坚实可靠的基础，集合论的发展和皮亚诺公理体系的确立，自然数理论进而全部数学理论就都可从皮亚诺公理系统出发，并借助于集合论概念和命题得到建立。集合论的概念是逻辑概念，而逻辑理论应该是没有矛盾的。这样，数学的基础因归纳到集合论而坚实无比，大部分数学家也和庞加莱一样极为满意。

罗素

哥德尔

庞加莱的话音刚落，就在 1901 年 6 月，从英国数学家、哲学家罗素（1872—1970）发现“罗素悖论”开始，一系列动摇数学基础的悖论相继发现，从而爆发了至今还没有完全克服的“第三次数学危机”。在克服这次“危机”的过程中，诞生了三大数学流派。随着 1931 年奥地利数学家哥德尔（1906—1978）给出的两个“不完备定理”，人们寻找可靠数学基础的努力全部化为泡影，庞加莱“数学绝对的严格性”也消失得无影无踪！

物理学界的开尔文、数学界的庞加莱，如此巧合地都在 20 世纪之交的 1900 年盲目地认为各自领域已大功告成，这是偶然的吗？

这不是偶然的。从古希腊以“科学精神”执着地探索自然开始，距当时已有2 000多年了。17、18、19这三个世纪的成就更使科学家们激动不已，诸如发现海王星显示出牛顿力学无比强大威力的例子在人们头脑中已累见不鲜。于是人们得意地认为大自然已基本在自己的掌握之中了，这时，盲目乐观也就在所难免。

拉比

其实，独享1944年诺贝尔物理学奖的美国物理学家拉比（1898—1988）就说过："物理学家是人类历程中的彼得·潘，他们永远不会成熟，他们永远怀有好奇心。"彼得·潘是苏格兰剧作家和小说家巴里（1860—1937）所著的幻想剧本《彼得·潘》中的主角—— 一个永远长不大的孩子。这个剧本于1904年12月27日首次在伦敦公演以后，曾轰动一时，此后每年的这一天都要在伦敦重演。

事实上，即使进入21世纪的我们，也没有任何值得乐观的理由——现今各领域的"乌云"不止两朵，而是漫天密布。以物理领域为例，中国著名学者艾小白（1943—　）在1997年第5期中国《自然》杂志上，就提出了97个至今未解的难题——说不定哪一个难题的解答，就会对当今人们认为"完美"的学说以"毁灭性"的打击。又如，爱因斯坦的光速不变原理在近年也受到挑战。驱散乌云，揭示大自然的奥秘，让科学的天空艳阳高照，既是我们在有限时空内不可达到的目标，也是人类孜孜不倦的追求。这种思想，对克服急于求成和急功近利，或者克服悲观失望的不可知论，都是有益的。

这些大师的失误启迪我们，任何人类已经认识到的自然规律，都仅仅是认识道路上的"一段"，没有理由认定这些规律是一切自然现象和规律的基础，更不是它们的总和；在对自然现象的不同认识、不同解释中互相补充、互相促进，才更符合科学发展的自身规律。一切妄自尊大、盲目乐观都是有害的。1999年5月，退休的美籍华裔科学家杨振宁（1922—　）于1999年6月2日在北京师范大学也说，那种认为20世纪末科学已发展到顶峰的观点是错误的，还有许多新东西要我们去探索。用爱因斯坦的话来说则是：“科学绝不是也绝不会是一本写完了的书。每一次重大发现都带来了新的问题。”

当然，我们不必为这些失误惴惴不安。法国昆虫学家法布尔（1823—1915）在他的《昆虫记》一书第7卷中，就为我们找好了“借口”：“不管我们的照明灯能把光线投射到多远，但照明圈外依然死死围挡着黑暗。我们四周都是未知事物的深渊黑洞，但我们应为此而感到心安理得，因为我们已经注定要做的事情，就是使微不足道的已知领域再扩大一点。”

法布尔和他的《昆虫记》

从德谟克利特到欧拉
——颜色是怎样产生的

颜色是光在物体中产生的，还是物体从光中分离出来的？这个问题困扰了人类 2 000 多年。

古希腊第一位百科全书式的学者德谟克利特（约公元前 470—前 380）认为："颜色并不是本身存在的，是由于（原子）方向的变化。"另一位百科全书式的学者亚里士多德（公元前 384—前 322）则认为，光从它的介质中产生颜色，物体的颜色之所以不同，是"光亮"和"黑暗"混合的比例不同。这些观点来自思辨而不是实验。当然，这是对颜色成因的误解—— 一直持续到中世纪的误解。

德谟克利特

出生在德国弗赖博格的传教士西奥多里克（约 1250—1311），曾用阳光照射装满水的大玻璃球壳，观察到和空中一样的彩虹，并以此说明彩虹的成因——大气中水珠反射和折射阳光的结果。不过，他在由此进一步解释颜色的成因时，却没能摆脱亚里士多德的束缚——继续认为各种颜色的产生是由于光受到不同阻滞所引起的。他认为，红、黄、绿、蓝四色处于黑、白两色之间，红色接近白色，比较亮，蓝色接近黑色，比较暗——"亮""暗"两色性质截然不同。他把介质分为透明和不透明两种，透明物和非透明物都分别各自具有这两种特性。他论证说，如果光线被玻璃这类透明介质的限制性区域接收，那么，它产生的颜色就是红色；如果被它的非限制性区域接收，则产生黄色；

而暗淡的蓝、绿两色则是这样产生的——不透明介质中较不透明的地方接收的光产生蓝色，而较透明的地方接收的光则产生绿色。

17 世纪初，德国天文学家开普勒（1571—1630）也对颜色的成因做了错误的假设：颜色是因有色物质的透明度和密度大小不同而引起的。

17 世纪中叶，牛顿的老师巴罗（1630—1677）修正了亚里士多德的颜色理论，认为红光是大大“浓缩”了的光，而紫光则是大大“稀释”了的光。

牛顿

到了 17 世纪 60 年代，牛顿通过一系列成功的实验，对颜色的成因有了以下认识。

首先，牛顿通过著名的“判决性实验”——让阳光通过棱镜形成七色光谱，再通过另一个同样但倒置的棱镜又将七色光谱还原成白色光之后认为，日光和一般白光都是由每种颜色的光组成的，这些颜色是这种光的“原始的、与生俱来的性质”，而不是它经过的物质造成的。“任何一种均匀白色光都有一定的与其可折射度对应的颜色，这种颜色在反射和折射时都不会发生变化。”

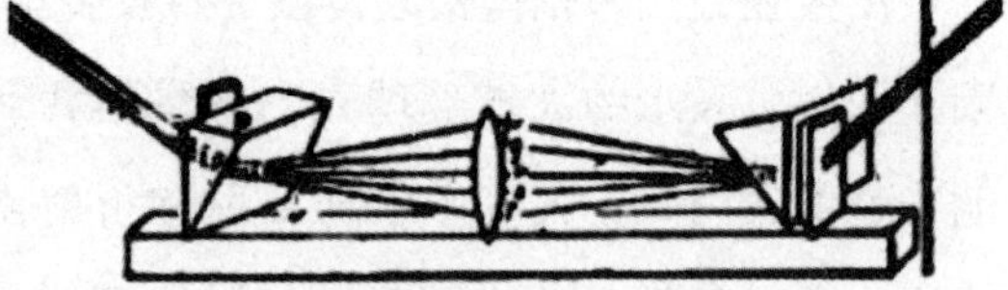
阳光被棱镜分解为七色光后，
再通过倒置棱镜还原成白光

其次，牛顿将纸、灰烬、红铅、金、银、铜、青草、蓝色的花、紫罗兰、染上各种颜色的水泡、孔雀的羽毛等置于上述七色光束或白色光束中，发现红色物体在白光或红光处显红色，而放在其他色的光束处时，不再显红色，具体显什么色要看放在什么色的光束中而定。于是他认为，物体的颜色是由于入射到它们上面的各种光线被不同物体的表面按不同的比例反射而造成的，而这比例取决于组成物体表面的那些薄膜的厚度。

显然，牛顿对颜色成因的认识比亚里士多德有了质的进步。他的颜色理论向正确的方向迈出了一大步——来自于实验而不是思辨。

牛顿基本上笃信“微粒说”，认为“光是一群难以想象的细微而迅速运动的大小不同的粒子”，它们被发光体“一个接一个地发射出来”，所以他认为粒子运动的直线速度是我们能分辨颜色的原因。法国数学家笛卡儿（1596—1650）则认为，颜色与粒子的旋转速度有关。

显然，牛顿和笛卡儿用光的“微粒”的直线或旋转速度来解释颜色的理论是不对的。

牛顿把他的关于光和颜色的上述新见解，在1671年写成《关于光和颜色的新理论》的论文。此文在1672年2月的《皇家学会哲学学报》上发表之后，牛顿和同时代许多人就开始了激烈的争论。其中有英国物理学家胡克（1635—1703），法国天主教神父、科学家伊格纳斯·加斯东·帕迪斯（1636—1673），英国物理学家弗朗西斯·利尼斯（1595—1675），比利时耶稣会会员和物理学家卢卡斯。有人认为牛顿的光谱实验没有考虑太阳本身的张角，有人认为光谱变长是一种衍射效应，还有人提出可能是天空中云彩的反映。其中胡克推测认为，颜色是当光脉冲在折射中倾向光线时，白光经过了变化产生的，而不是像牛顿所说的，颜色是白光的组成部分。很显然，这些观点比牛顿的观点略逊一筹，基本上都是错误的。

欧拉

惠更斯

约1746年，瑞士数学家欧拉（1707—1783）给出了主要由荷兰物理学家惠更斯（1629—1695）提出的一个理论的精确数学表达式，证明光是一种波。不同波长的光颜色就不同，因而不同颜色的光从一种介质进入另一种介质时，所产生的折射是不同的，所以颜色不是在介质内部而是在两种介质的交界处产生的。当然，后来光的电磁说的建立特别是光的波粒二象性理论的建立，证明这一当时看来是完美无缺的欧拉的理论，也是片面的。

现在我们知道，物体的颜色不但取决于光线的颜色——与波长有关，还取决于物体对光线的反射、吸收或透过的情况。

从上述不少著名科学家对颜色成因解释的失误和逐渐逼近真理的历程，我们可以看到，人类揭穿自然的奥秘、探索科学的真谛，的确走过了“水千条山万座”！

重物比轻物落得快吗
——流传了两千年的谬误

让一块石头和一张纸从同样高处“自由”下落，将会看到石头先落地，于是我们得出结论：重物比轻物落得快。当然，这个结论有一个明显的前提：空气对它们的阻力大小不同，石头受的阻力小。

2 000 多年前的古希腊人不难观察到上述现象，于是在公元前 4 世纪，古希腊哲学家、科学家亚里士多德（公元前 384—前 322）率先提出以下看法：物体下落的速度是由它们的轻重决定的，重物比轻物落得快。当然，这个看法是错误的，可在当时看来，它与前述石头比纸下落得快的事实毫无矛盾之处。

这一错误一直延续到意大利物理学家伽利略时代。虽然伽利略之前也有几位学者对此曾提出过质疑，例如在 1544 年，就有一位历史学家记述了三个人曾对亚里士多德的落体看法表示怀疑。伽利略的一位老师、哲学教授吉罗拉莫 · 博罗（1512—1592），也在自己于 1575 年出版的一本书中写道：“我们从窗口以同样的力投出重量相同的物体，铅块慢于木块。”此外，意大利帕都亚一位叫朱塞佩 · 莫勒第（1531—1588）的天文学家、物理学家与数学家也在他于 1576 年写的小册子《大炮术》中，以当时惯用的对话方式对亚里士多德的落体理论提出质疑。可惜的是，他们都不敢触犯当时宗教笃信的亚里士多德的教义，因为亚里士多德的

亚里士多德

理论指的是落体的“自然运动”，即没有媒质（空气）作用的自由落体运动——一种理想情况。在没有真空泵的16世纪，谁都不可能准确地用实验进行检验。

证明亚里士多德失误的任务落在伽利略身上。

据说，有人认为伽利略是在比萨斜塔上做了自由落体实验后，才得出重物与轻物落得同样快的结论的。其中一种说法是，他在高50米的塔顶让1磅（合454克）和10磅的两球同时下落，看到两球同时着地。其实，这一记载于伽利略死后的1657年出版的《伽利略传》中的传说是不可靠的。第一，这一说法来自于伽利略晚年的学生维维安尼（1622—1703），而他在1639年17岁来到伽利略身边时，伽利略已经双目失明，只能口授，因而维维安尼的记载可能不确实。第二，如果伽利略真的做了这一实验的话，则时间应在1589—1592年他在比萨大学任教之际，但找遍了该大学的有关记录，都没有发现此事的相关记载。第三，如果伽利略真做过这一实验，也显然不能将亚里士多德的理论证谬，因为实验是在空气中进行的。

比萨斜塔

那么，伽利略是如何推翻亚里士多德的“理论”的呢？

首先，伽利略在1638年写的《两种新科学的对话》中，进行了思辨：将轻、重物捆在一起，按重物比轻物落得快的说法，这一更重的捆绑物将比重物还落得快；而按轻物比重物落得慢的说法，重物将被轻物拉着而使捆绑物比重物落得更慢。这个用反证法得到的互相矛盾的结果，已将亚里士多德的理论证谬。

其次，在该书出版之前，伽利略在上述思辨的指导下，做过多次落体实验和斜面实验，并用逻辑推理的方法处理实验结果。最后确立了落体定律，推翻了亚里士多德的谬论。

由此可见，伽利略是通过思辨指导下的实验，并用逻辑推理的方法处理实验结果，来得到客观规律的。他创立的这种现代科学方法，既不是只依靠思辨结果，也不是只依靠实验数据，而是两者的相互印证、相互补充和无懈可击的结合。爱因斯坦对伽利略创立的现代科学方法给出了高度评价：“他所应用的科学推理方法是人类思想史上最伟大的成就之一，而且标志着物理学的真正开端。”

伽利略

从此，亚里士多德就不是完全正确、绝对真理的化身了，而这经历了约 2 000 年。

经历 2 000 年才认识到亚里士多德的谬误，这给我们以深刻的教益。

亚里士多德是古代最伟大的哲学家和科学家，他是当时几乎每一个学科的带头人，他有不少于 170 部（有 47 部保存至今）的著作构成了他所在时代的“百科全书”。由于他这种古希腊学者的圣贤地位，使后来者产生了盲从，以致在中世纪末期到了近乎崇拜偶像的地步。这时他的作品和理论已不再是一盏指路明灯，而是成了一件禁锢人们进一步探索知识的紧身衣了。这样，一个谬论统治 2 000 年就不足为奇了。由此，我们得到的第一个教益是，不能盲目崇拜权威，而应像伽利略那样，让并没有证实的“理论”在科学的方法下接受考验，并得出正确结论。

机械运动是最直观、最简单，也是最便于观察的一种运动形式，因此亚里士多德凭着直觉观察、凭着经验得出结论也无可指责。任何自然现象都因有不可避免的干扰因素而变得错综复杂，自然规律不可能以完全纯粹的形态自然地展现在人类面前，而往往是披上了神秘的面纱。这样，没有经过可靠的实验，没有在此基础上科学地进行逻辑推理的亚里士多德落体理论中的失误也就在所难免了。由此，我们得到的第二个教益是，不能仅凭直觉和经验，而应通过复杂的提炼、深刻的简化、准确的复现、高度的抽象和理论的研究，才能揭开大自然的“假面具”，撩开真理的一角。

亚里士多德的失误，还让我们得到第三个教益——成功没有“捷径”。如果硬要说有，那就是：“所谓捷径，就是帮助您走向成功的那条弯曲的路。”

虽然现在人们笃信真空中物体落得一样快，但新的探索仍在继续。

匈牙利物理学家厄缶（1848—1919）及其合作者在 1888 到 1922 年，进行了连续 30 多年精确测定惯性质量和引力质量的实验，并陆续发表成果，最终达到两亿分之一以下的精度，以图找出物体的重力加速度是否会因材料不同而异。结果表明这种差异小于 1%，因此，一般物理学家并不认为这表明了什么新情况。

美国的菲施巴赫等人于 1986 年 1 月 6 日在《物理评论快报》上发表文章，认为厄缶等人的实验表明，不同物质的重力加速度是不同的，因而，伽利略即现在经典力学的重物与轻物落得一样快的理论，又受到质疑和挑战。

菲施巴赫还认为，这种下落加速度不同的原因，是由于一种至今并不知晓的、除了地球与物体之间的引力的微小斥力引起的。这样，除了人类知道的万有引力、电磁力、强相互作用力、弱相互作用力，就有第五种力了。起初他们称地球与物体间的这种斥力为超电荷力，后来美国正式将其命名为超负载力。

此外，美国马萨诸塞大学物理学家约翰·多诺古和拜利·侯斯坦也同样在《欧洲物理》杂志上撰文指出，根据量子场论的计算，从惯性质量和引力质量略有不同这一前提出发，推导出不同重量的物体具有不同下落加速度的结论。虽然这两种质量相等的等效性原则是爱因斯坦建立广义相对论的一条基本原则，而且为前述厄缶等人在一定精度内证实，但在“奇怪”的量子力学中，两者并不相等。

从量子的观点看，所谓带电粒子，其实是围绕着一圈“质子云”的粒子，这些质子始终被该粒子发射、吸收着，永远处于动态平衡状态。这种过程就改变了带电粒子的总能量。根据爱因斯坦的质能方程，能量的减少就意味着质量减少，因此，质量相同的物体，热的总比冷的下落得慢。

多诺古和侯斯坦还根据狄克方程和量子辐射场理论计算得到：引力加速度与质量和温度有关，因而轻、热物总比重、冷物下落得慢。

由此可见，伽利略经典的重物与轻物落得同样快的理论也受到了质疑。人们就在这种质疑中探索并非一成不变的真理而达到更高的层次，即使这种快慢差别也许非常微小。

在通常情况和一般精度下，人们还是认为在真空中轻物和重物是落得一样快的：在中学课堂中，老师用抽真空的玻璃管做这样的实验；1971 年，美国宇航员斯科特在月球上让一把锤子和一根羽毛同时下落，它们在没有空气的月球表面同时落地。

朱棣文

较新成果是，因发明“原子喷泉”的激光冷却技术，从而与另外两人共享 1997 年诺贝尔物理学奖的美籍华人朱棣文（1948—　），于 1999 年 8 月将这一技术用原子代替一般重物做了“两个铁球同时落地”的实验，其精度比以前提高了 100 万倍，结果是“同时落地”。1999 年 8 月 26 日出版的英国《自然》杂志发表了这项试验结果。这一“现代版比萨斜塔实验”，被列为当年十项或百项重大科技成果之一。

牛顿的“上帝”
——“第一推力定律”

牛顿

1687 年，牛顿在著名的《自然哲学的数学原理》中，再次公布了万有引力定律，并用它描述了一幅天体运行的图景。

由于莱布尼茨和牛顿曾进行了一场关于微积分发明权的争论，所以牛顿的万有引力定律描述的天体运行理论，也自然受到莱布尼茨的攻击。他攻击牛顿不相信上帝，攻击万有引力是一个无实质而又不可解释的力。牛顿为了反驳这一攻击，给坎伯雷大主教写信说：“上帝做好了行星围绕太阳转，月亮围绕地球转的模型，第一次用手一推，天体就在各自的轨道上运行起来。”这就是牛顿所说的“第一推力定律”。这是牛顿无法找到天体运动的原因时，生硬地找出一个“上帝”，以便自圆其说的结果。

加加林

现在，恐怕绝大多数人都不相信有上帝了。人类第一位宇航员——首航太空的苏联少校尤里·加加林（1934—1968），在 1961 年 4 月 12 日 10 时 55 分驾驶着 4.5 吨的“东方 1”号从太空归来之后，说了一句认真而又诙谐的话：“我在那里看了看，没看见上帝。”

牛顿并不是在受到莱布尼茨的攻击之后才找到上帝的，他很早就是上帝的信徒。

在《自然哲学的数学原理》中，牛顿写道："上帝永远存在而且到处都有，并凭自己的永远和普遍存在构成时间和空间……"

牛顿对上帝的信奉和赞美到了无以复加的地步。1692年，他在写给英国古典学者、牧师、剑桥三一学院院长本特利（1662—1742）的信中，就有"上帝是精通力学和几何学的"观点。在信中，他在寻找地球绕太阳运动的原因时说，当地球被放置在轨道上时，必须有一个指向太阳的重力和一个大小适当并使之沿轨道切线方向运动的横向推动："没有神力之助，我不知道其中还有什么力量竟能促成这种横向运动。"在另外一封致本特利的信中，牛顿又说："物质最初均匀散布于天空的这个假设，在我看来，如果没有一种超自然力量去调节它们，那就与它们赋有内在重力的假说并不相容；由此断定，上帝必然存在。"

牛顿不但在私人通信中，而且还在论著中信奉和吹捧上帝。在一份《论宇宙中的计划性》的手稿中，他说："所有这些均匀一致的外部形态，除了出自一个创造者的考虑和设计，还能从哪里产生呢？"接着，他在讲了眼睛精巧的结构之后说："我们必须得承认有一个上帝，他是无限的，永恒的，无所不在、无所不知、无所不能的，他是万物的创造者。"最后他说："从世界开始一直到世界末日，这都应是而且将永远是属于上帝的所有人们应有的宗教信仰。"在1713年《自然哲学的数学原理》第二版"总释"中，他也加进了许多有关上帝在自然哲学中重要地位的论述。他说："（上帝）是至高无上的，也是最完善的，他是永恒的和无限的，无所不能和无所不知的……他浑身是眼，浑身是耳，浑身是脑，浑身是臂，并有全能进行感觉、理解和活动……我们因为他至善至美而敬佩他。"

对上帝的信奉，使牛顿陷入唯心主义的泥潭。英国大主教贝克莱（1685—1753）对他的微积分不完善之处的攻击，与胡克、帕迪斯、莱纳斯和卢卡斯等关于白光组成和光本性的争论，与胡克关于万有引力定律发现权的争论……与莱布尼茨的微积分发明权之争，牛顿都历历在目。这一切，使他感到惊讶、烦恼、沮丧，以致他曾决心死后才发表他的成果，并因为巨大的压抑感而患上神经衰弱。于是，他决心放弃科学研究，投入政治活动和神学研究——成为一个“给上帝的创造提出证据”的博学的神学家。

牛顿信奉上帝，走上了唯心主义的道路，所以晚年在科学上鲜有作为；但在神学研究上却名声卓著。由此可见，一个人一旦走上唯心主义的道路，真理的大门就立即对他关闭了。

那么，牛顿的上帝观又是从何而来的呢？这不仅是他对当时大众信仰的忍让，还是他思想中非常重要的部分。这种思想在很大程度上是他受到了英国哲学家莫尔（1614—1687）和他的老师巴罗（1630—1677）影响的结果。按照莫尔的观点，上帝在整个宇宙中无处不在，问题是要确定上帝同空间、时间的关系；而巴罗则认为现存世界是上帝的创造物，上帝是无限的和全能的，所谓空间正是上帝的存在和能力——这也是莫尔的空间观。牛顿在接受莫尔和巴罗观点的同时，还做了补充：上帝“由于始终存在和无所不在，因此他构成持续时间和空间”“物体运动的能量最终是上帝施加的，上帝精确地知道他是否已施加了能量，以及施加多少”。

此外，牛顿出生在一个宗教气氛非常浓厚的家庭，所以他从小就受着信奉上帝的教育。

牛顿在逝世前曾经有一段流传至今的名言：“我不知道世人对我是怎样的看法，但是在我看来，我不过像一个在海滨玩耍的孩子，为时而发现了一块光滑的石子或一个美丽的贝壳感到高兴；那浩瀚的真理的海洋却还在我的面前未曾被发现呢！”这段话，一般认为是牛顿的自谦之词，这种看法也许不无道理。但如果把牛顿晚年致力于神学研究、信奉上帝的情况结合起来，不难看出这是他临终前的遗憾：此时他没有更多地赞美上帝，因为人们常常责怪他埋头研究神学——他要求人们比他更多地去发现自然规律而不是去赞美上帝。

也有学者认为，牛顿所说的上帝，是“物质的上帝”，是“他不了

群星运行的宇宙

解的自然”。即上帝已不是“神”，而是“自然规律”。此外，牛顿在三一学院时所做的笔记中指出“上帝和无限空间（及它们无休止的延续）永恒地共存，并且早于物质的创造”。一些学者认为，这段话明显地表明，牛顿所说的时间、空间、物质不是上帝创造的；而贝克莱大主教和莱布尼茨才主张时空是上帝创造的，因而对牛顿加以攻击；牛顿的上帝观属于无神的自然论，至少在他的前期更是如此。

一些学者认为，牛顿所说的“第一推力”，其本意并不是歌颂上帝和为“神创论”张目；相反，却是为摆脱“神创论”而被迫做出的假托和蒙混过关之作，折射出他顽强的唯物主义倾向。

这些学者对牛顿的上帝观持有不同的观点，因此不能简单地认为牛顿晚年已放弃了科学研究，只是把精力放在论证上帝存在的工作上。

也有人指出，当年牛顿的学位和教职就是神学，他研究自然科学的最终目的，本来就是为了证明上帝的存在。假如果真如此，我们不少人对科学的了解似乎就有些简单甚至浅薄了。这种观点与我们前面所说的“牛顿陷入唯心主义的泥潭”是一致的：牛顿信奉上帝，供职神学，从事自然科学研究以图证明上帝的存在。

既然上帝不是“第一推力”，那是谁安排了从古至今的天体运行图景呢？谁给予星体们的“第一推力”呢？这些问题至今还没有最终公认的答案，但“宇宙大爆炸理论”提供了一种较好的解答：整个宇宙的物质最初聚集在一个“原始原子”里，后来发生了猛烈的“大爆炸”——碎片向四周散开“各奔前程”，形成群星各自按一定规律运行的宇宙。

在科学史上，像牛顿这样受到唯心主义局限的科学家并不鲜见。

英国生物学家兼医学家哈维（1578—1657），在观察到雄鹿交配之后在雌鹿子宫内没有留下“什么东西”（当时还没有发明显微镜），极度困惑。最终于1651年在他73岁出版的《动物的生殖》中走进了唯心主义——在书的卷首用宙斯手持亚里士多德的“卵子”的图作为插图，图中飞出了植物、动物和婴儿……

哈维

另一位认为“智慧是由上帝决定的”英国生物学家、基督教徒华莱士（1823—1913），是又一个例子。他在1875年出版的《论奇迹和现代唯灵论》一书中，反映了他唯心主义的神灵论思想，并因此阻碍了他的科学活动，而且歪曲了他已经取得的科学成果——和同胞达尔文（1809—1882）各自独立创立的进化论。

德国物理学家普朗克（1858—1947）认为：“研究人员的世界观将永远决定着他的工作方向。”像牛顿和华莱士这样有巨大成就和丰富知识的科学家信奉唯心主义的事实，验证了普朗克的这个精辟见解——科学工作者仍然要面对世界观的问题。这正如中国原科技部部长、“863计划”的“执行导演”朱丽兰（1935— ）所说：“具有科技知识的人，不一定就有科学精神。”于是，列宁告诫我们：“自然科学家就应该做一个现代唯物主义者。”

华莱士

"一生中最大的蠢事"
——"大爆炸"面前的遗憾

宇宙是有限的还是无限的？宇宙是怎样形成的？这些都是人类探索了几千年而至今仍在探索的问题。

牛顿在1692—1693年给剑桥大学三一学院院长、牧师本特利（1662—1742）的四封信中，谈到了他的无限宇宙观：由相互吸引的物质所组成的宇宙是无限的；否则，在引力的作用下所有的物质将会坍缩到有限的宇宙中央，聚集成一个巨大的球体。他抛弃了早年的有限宇宙观。

然而，以牛顿万有引力定律为基础的无限宇宙观却遇到了两次强有力的挑战。

一次是1895年德国天文学家西利格（1849—1924）提出的无限宇宙中任一点的引力势能及其导数都是不确定的和整个宇宙的引力势能或强度都将趋于无限大，将出现"引力佯谬"。

另一次就是著名的"光度佯谬"了。

奥尔伯斯

提出光度佯谬的，是德国数学家高斯（1777—1855）的挚友、德国医生和科学家奥尔伯斯（1758—1840）。他在1826年提出的这个佯谬指出，既然宇宙是无限的，那就分布着无穷多个恒星，这样，宇宙中任何一点将会由于这无穷多恒星的光照而呈现无穷大的亮度，考虑到恒星间相互遮光后，这一亮度将变为一个恒定的有限值。这就是说，夜空也将有一个恒定的均匀亮度，而不是黑的。这一结论显然与事实相悖，于是光度佯谬——又叫“夜黑佯谬”或“奥尔伯斯佯谬”。他本人也提出了解释这一佯谬的方案：星际尘埃遮住了大部分星光。显然这一方案并不能完全解释这一佯谬，因此无限宇宙论在物理学上面临了不可逾越的困难。

沙利叶

为了解决引力佯谬和光度佯谬，西利格和德国数学家卡尔·戈特弗里德·诺伊曼（1832—1925）于1896年提出了引进“宇宙斥力项”的方案。瑞典天文学家沙利叶（1862—1934），在1908年提出了法国天文学家热拉尔·德·沃库勒（1918—1995）在后来的20世纪50年代倡导的“等级式宇宙模型”。但等级式宇宙模型的解决方案，也没取得完全成功。前一方案中引进宇宙斥力项所代表的解决问题的方法，对其后爱因斯坦建立相对论宇宙学产生了很大的影响。

事实上，由广义相对论可知，物质使时空弯曲，引力作用以光速传播；加上宇宙有限的年龄和目前处于膨胀阶段，以及恒星发光寿命不是无限的等等因素，引力佯谬和光度佯谬是不难解决的。

宇宙学是从整体上研究宇宙结构的一个天文学分支。如果把前述牛顿等的研究归为“古典宇宙学”的话，则“现代宇宙学”的研究就从爱因斯坦的广义相对论开始了。

爱因斯坦

爱因斯坦在1916年发表广义相对论之后，就用它来考察宇宙结构的问题。结果，他在1917年发现宇宙是不断膨胀的，宇宙中的物质不断相互远离扩散。宇宙怎么会越来越大呢？这还了得？他怀疑自己相对论中一些公式的正确性。为了弥补这一膨胀宇宙模型的“缺陷”，爱因斯坦在西利格和诺伊曼引进宇宙斥力的启发下，也在他的宇宙模型中引进了“宇宙斥力项”，这又称为“宇宙常数”的宇宙斥力，只有当物体之间的距离很大时，才变得比引力大。如果宇宙斥力与引力正好互相抵消，就得到一个稳定的平衡的宇宙。

你看，爱因斯坦真会“神机妙算”：用相对论得出宇宙不断膨胀的结论是有条件的。因为“妙不可言”的宇宙项会使物体间的斥力在物体间距离很大时才大于引力，而物体间距离小时斥力会小于引力；于是，不管哪种情况，宇宙都不会不断膨胀因而保持了稳定。这样，既保证了相对论的正确性，又保证了宇宙不会永远膨胀。这宇宙项真是一支能射双雕的宝箭！

于是，“爱因斯坦宇宙”应运而生。1917 年，他在《根据广义相对论对宇宙学所做的考察》中提出了他的宇宙模型：“有限无界（边）”的“静态”宇宙。有限无界源于相对论，因为在相对论看来，有物质存在空间必然弯曲，整个宇宙的平均物质密度不为零，那么，宇宙整体上必为封闭体系，所以它“有限无界”，就像二维球面是一个有限但无边界的二维空间一样。静态则来自他关于宇宙应是静态的猜想——虽然他用相对论的引力场方程只能得到动态解导致宇宙的膨胀，但他“巧妙”的宇宙项却维持了宇宙的静态。

不过，“神机妙算”的爱因斯坦很快就发现，他“巧妙”的宇宙项是弄巧成拙。

原来，就在他提出上述宇宙模型的 1917 年，荷兰数学家兼天文学家德西特（1872—1934）也根据广义相对论得出“德西特宇宙”。德西特宇宙不断膨胀，但物质平均密度为零，是一个有运动无特质的空虚宇宙。接着在 1922 年，苏联物理学家、数学家弗里德曼（1888—1925）重新用引力场方程进行研究，得出了非静态的宇宙模型。他认为无须使用爱因斯坦那个宇宙项，这样所得到的爱因斯坦方程的解是不定的，即宇宙可能是膨胀的，也可能是收缩的或脉动的。

德西特

当时，爱因斯坦并不相信这一模型，就在德国《物理学》期刊上公开反驳。但是爱因斯坦很快就发现了自己的失误。

勒梅特

1914 年，美国天文学家斯莱弗（1875—1969）发现了星系谱线的红移——有的红移速度可达 1 800 千米/秒，这意味着宇宙可能是膨胀的模型。1917 年爱因斯坦的宇宙模型解释不了这一红移；而同年德西特的模型则预言了这一模型。比利时天文学家勒梅特（1894—1966）在 1925 年、美国数学家和天文学家罗伯森（1903—1961）在 1928 年各自先后证明，通过适当的变换，德西特的宇宙可以有运动而无物质，而宇宙项则会引起恒定的加速膨胀。由此可见，爱因斯坦的模型是完全错误的。

有趣的是，爱因斯坦本来根据自己 1916 年的引力场方程就得出了宇宙膨胀的结论，但他这位极少受传统束缚的人也囿于传统将宇宙膨胀的正确结论抛弃，而将提出这一科学假说的优先权拱手让给了他人。

事情并没有完结。

哈勃

爱丁顿

1927 年，勒梅特建立了均匀的各向同性的宇宙。1929 年，美国天文学家哈勃（1889—1953）确定了星系的红移和距离之间的线性关系，这不但证实了德西特的距离与红移成正比的预言，还导致英国天文学家爱丁顿（1882—1944）把它与宇宙膨胀论联系起来，认为这证实了宇宙膨胀论。1932 年，勒梅特终于从宇宙膨胀论出发，提出了“宇宙大爆炸”的宇宙演化学说。这也正是德西特、弗里德曼等人的后续工作。

1931 年，爱因斯坦在威尔森山天文台（Mount Wilson Observatory）参观的时候，紧紧地握住哈勃的手，终于承认了自己“犯了一生中最大的错误”。

爱因斯坦毫无依据、自作聪明地引入宇宙项，并由此错过提出“宇宙大爆炸”这一宇宙学流行至今的理论的机会。对此，他终身懊悔不已，多次说这是他一生中干的“最大的蠢事”。由此可见，没有理论或实践依据的假说，在没有被实践检验之前是不能成为真理的。如果囿于这种靠不住的假说，有时还会错过做出进一步大发现的机会。

法国物理学家路易斯·德布罗意（1892—1987）曾说，爱因斯坦“这样一个人物的天才和独创性，使他能够一眼看穿那疑难重重、错综复杂的迷宫，领悟到新的、简单的想法，使得他能够揭露那些问题的真实意义，并且给那黑暗的领域突然带来清澈和光明”。但是，任何伟人只要从主观臆想出发，就可能产生失误，不再“带来清澈和光明”，对爱因斯坦也不例外。

宇宙——就这样“大爆炸”

事实上，天风海雨般“疯狂”提出广义相对论的爱因斯坦的失误，远不止这一个。据统计，爱因斯坦一生的大小失误共有20多个——包括认为无法观测到他预言的，而且认为根本就不重要的“引力透镜”，一辈子不承认量子力学，晚年建立“统一场论”但一无所获，以及至死也不相信存在黑洞。其中最重大的失误之一，是他在1916年慎重地提出引力波，而在魂牵梦绕了20年之后的1936年却又认为引力波并不存在，还为此专门写了论文《引力波存在吗?》（*Do Gravitational Waves Exist?*），投向《物理评论快报》（*Physical Review Letters*）。

说起这篇投向《物理评论快报》的论文，还有一个近乎滑稽的有趣故事。这篇论文的结论是：“引力波不存在!”不久，爱因斯坦收到主编的回信，以及附上的几位审稿专家的评审意见。其中一位匿名审稿专家的评审意见有整整10页，认为这位科学泰斗的文章推论有漏洞。主编根据审稿专家的意见，按照惯例让爱因斯坦修改或者回复，但是已经享誉科学界的爱因斯坦却表现出泰斗的自信和固执："我把文章寄给你们，不是让你们讨论是否发表，也并未授权你们拿给所谓的专家进行指手画脚，何况他们绝对是错误的。既然这样，我还是另投其他期刊。"面对他的傲慢，主编很是无奈。

然而，事情并没有就此止步。半年后，爱因斯坦的这篇论文经过改动后，以《关于引力波》（*On Gravitational Waves*）为题，发表在富兰克林研究院期刊上，但是结论已经变成了"引力波存在"！原来，这篇论文被送到了美国数学家兼物理学家、著名的相对论专家霍华德·佩尔西·（鲍勃）·罗伯特森(1903—1961）手里。而罗伯特森就是前述《物理评论快报》的几位审稿专家中的一位。由于年轻的罗伯特森有前一次被爱因斯坦拒绝修改的经历，所以这次就来了一个迂回——设法结交了爱因斯坦的新助理，即在美国（后来还在加拿大）工作过的波兰物理学家奥波德·英菲尔德（1898—1968)。在罗伯特森和英菲尔德讨论爱因斯坦的论文时，共同发现了爱因斯坦的错误。英菲尔德把这些讨论告诉爱因斯坦之后，爱因斯坦对论文做了重大修改，于是"引力波存在!"

罗伯特森

英菲尔德

正是："天才"在左，"疯子"在右。

这段爱因斯坦对引力波"捉放曹"的故事，至少给我们五个非常重要的启示。

第一个启示是：我们老生常谈的"权威"也要谦虚，平等待人，尊重他人，凡事应三思而后行。

第二个启示是："策略"也是"生命"。罗伯特森比《物理评论快报》的主编更善于讲"策略"——不是直接而是通过英菲尔德给爱因斯坦“做思想工作”，才让“大人物”爱因斯坦在“小不点”面前屈尊实现“脑筋急转弯”。这是“策略”用于科学中说服“大人物”的范例。

第三个启示是：理性主义方法也是科学成果的一大来源。科学成果有两大来源：一是经验、观察、实验等“眼见为实”，结合逻辑推理之后的概括（例如用公式）；另一个是理性思考、缜密分析，结合逻辑演绎（特别是借助于数学工具）的“脑中谈兵”或“纸上谈兵”。显然，爱因斯坦是根据后者来创建广义相对论并预言引力波的。于是，美国天体物理学家、科学书作家迈克尔·哈特（1932—　）在《历史上最有影响的100人》（*The 100: A Ranking of the Most Influential Persons in History*）一书中说：“（相对论）并不是以细致的实验为基础，而是以对称和精巧的数学为依据……与任何其他可以相提并论的重大学说相比，相对论更大程度是一位举世无双的杰出天才创作的成果。”这本在1978年首次出版的书，经过多次修改，迄今已被译为15种语言，销售50万册以上。

第四个启示是：相对论实在太过庞大和超前。爱因斯坦的“放曹”错误源于不自信，“捉曹”是他知错必改的结果。这也从另一个角度证明，相对论实在太过庞大和超前，以至于爱因斯坦本人都只好在提出引力波20年之后还在“捉放曹”，以至于在科技发展到令人咋舌之先进的今天，科学家们还在为它忙碌不已，甚至宵衣旰食、寝食难安！

第五个启示是：科技之路从来就不是“一马平川”，而是“层峦叠嶂”。智力超群的“天才”——爱因斯坦在经过深思熟虑提出引力波20年之后，还在“跌跌撞撞”地“捉放曹”，不就是科技的“层峦叠嶂”中也许是“不值一提”的一个片段么！俄罗斯谚语说：“通向成功的道路永远都是曲折坎坷的。”

科技，就这样走过冬夏，走过春秋……

引力波还有“后续”。一位科学史专家指出，爱因斯坦去世前已经察觉到了引力波的奥秘，并且在1953年发表的关于时空概念的书中，指出了引力波和大质量天体（例如脉冲星）的关系。不巧的是，爱因斯坦在1955年不幸去世，那些有关引力波的发现进展的文章还没有形成。许多史学家都认为，爱因斯坦在发表上述时空概念时，已经暗示找到了如何发现引力波的途径。很可惜的是，这份原件并没有保留，而是被他在辞世前销毁了。为什么销毁呢？这是一个谜。从1953年开始到1955年，爱因斯坦、“原子弹之父”——美国物理学家奥本海默（1904—1967，他的父亲是德裔犹太人）等，被美国政府扣上了颠覆分子的帽子。这一不公平现象，曾一度让犹太科学家形成联盟，纷纷拒绝为美国服务。爱因斯坦也在1954年11月直截了当地说，他不愿意在美国从事科研事业。这些遭遇，也许就是他销毁原件的原因。

科学家们在2015年到2017年之间共5次直接探测到引力波，从而完成了广义相对论的“最后一块拼图”。特别是在这项成果被授予2017年诺贝尔奖之后，爱因斯坦的“引力波并不存在”的失误就“盖棺定论”了。

当然，爱因斯坦也能坦然面对自己在“宇宙常数”上的失误。他曾在同一刊物《物理学》期刊上公开承认对弗里德曼的批评是错的，并接受弗里德曼的理论。

此外，爱因斯坦在建立狭义相对论之后的1907年，他大学时的老师、德国数学家闵科夫斯基（1864—1909）根据他的理论提出时空的四维形式，他开始也不赞同——认为这是数学家把物理问题复杂化了，但不久他就认识到自己的错误，并最终让四维时空帮他走向广义相对论。爱因斯坦知错必改，从不文过饰非的崇高品质，也是我们应该学习的。

爱因斯坦的上述失误是情有可原的。首先，他由“宇宙项”提出的模型是在发现星系谱线红移现象之前，我们不能要求他事事先知先觉。其次，我们不应对他采用双重标准：提出相对性原理、光速不变原理二假说取得相对论成功时就赞赏他；提出有宇宙项的宇宙模型失误时就谴责他，而应对这种探索中的失误持宽容态度，因为科学从来就没有走过平坦大道。

霍金

爱因斯坦的上述失误，还反映了科学的不可预测性。在 2002 年 8 月，英国理论物理学家斯蒂芬·霍金（1942—2018）到北京参加第 24 届国际数学家大会。当浙江大学的学生问他“你认为下一个百年最伟大的发现将是什么”的时候，他调侃地回答：“如果我知道它是什么，我已经把它做出来了。”确实，对于大自然，我们是“盘子里扎猛子——不知道深浅”。科学——充满了不可预测性。

当然，研究还在继续。2003 年初，美国航空航天局（NASA）的一项研究表明，宇宙中的确存在一种“暗能”。它将抵消宇宙星系重力的作用，使宇宙一直不断膨胀下去，永远也不会发生霍金所预言的“宇宙大坍缩”。这样，虽然爱因斯坦的“宇宙常数”存在的理由有错误，但“宇宙常数”的观点却是正确的。

在“暗能”的探索方面，中国科学家也取得了领先的成果。国际权威学术期刊——英国《自然》，在北京时间 2017 年 11 月 30 日 2 时“在线”报道（援引中国科学院的消息）说，中国于 2015 年 12 月 17 日发射的暗物质粒子探测卫星“悟空”号获得的数据表明，已经发现了“暗物质”（在相对论中，物质与能量“相当”）的“蛛丝马迹”。

磁石有灵魂吗
——从泰勒斯到吉尔伯特

在古希腊，有一个孤苦伶仃的牧羊老人马格尼特，他整年赶着羊群到处放牧，四海为家，穿羊皮衣，拄铁拐杖，终年往返于故土与异乡之间。一天，他来到土耳其一个名叫乌格纳西亚的地方，赶着羊在一座山上艰难地走着，走着。突然，他发觉拐杖变得越来越重，好像被什么东西往下拉似的。他低头一看，不觉大吃一惊：这山的“石头”真怪，会粘住拐杖。老人就捡了一些带回家乡古希腊，从此，古希腊人就知道了磁石。源于此，直到今天英文中的磁石还叫马格尼特（magnet）呢！

泰勒斯

据人们传说，最早注意到磁现象和电现象的科学家，是古希腊被现代人称为“科学之父”和“数学之父”的泰勒斯（约公元前640—约前546）。他对磁石吸引铁粉的现象做了以下解释：“万物充满了神的意志，马格尼特吸引铁是因为它有灵魂的缘故。”自然科学家恩培多克勒（公元前493—前433）认为，磁石中有许多细微的孔道，由于铁块中的某种流出物大量流向这些孔道，所以两者相吸。其后，古希腊“第一个百科全书式的学者”德谟克里特（约公元前460—前370）则认为，磁石和铁由类似的原子构成，但磁石的原子更精细些，因而比铁较疏松且有更大的空隙。因为运动是永远趋向类似的东西的，所以铁原子会流向磁石，铁也就被拖向磁石了。显然，这三个古希腊学者都是由思辨得出结论的。

吉尔伯特

奥斯特

在泰勒斯之后两千多年的漫长岁月中，人们取得了更多有关磁的成果。例如中国人用磁铁制成司南，发现磁铁有南北两极，同极相斥、异极相吸，地球有磁性及有磁偏角和磁倾角等。但在磁石为何吸铁这一问题的解释上，仍毫无进展。例如，在1600年，英国女王伊丽莎白（1533—1603）的御医吉尔伯特（1540—1603）出了一本简称《论磁》的书，成为有关电、磁研究的重要畅销书。这位知识渊博的人也和泰勒斯一样，认为磁石吸铁也是物质中有灵魂的缘故。

又过了两个多世纪，丹麦物理学家奥斯特（1777—1851）在1820年才第一次用实验证明磁石中的灵魂并不存在。这个众所周知的实验是：通电导线周围也有磁性，使导线附近的小磁针偏转。这一实验表明，没有磁石也会产生磁场，那磁石中的灵魂就纯系子虚乌有了。

磁石为何会产生吸铁的磁场呢？法国物理学家安培（1775—1836）根据环形电流的磁性与磁铁相似，提出了分子电流假说。他认为，在原子、分子等物质微粒的内部，存在着一种环形电流——分子电流，它使每个微粒都成为一个小磁体，而它的两侧则相当于两个磁极——正如磁石的两个磁极那样。物体内虽有无数小磁体，但因杂乱无序而不显磁性。磁铁之所以显磁性，是因为它内部的无数小磁体排列有序。像铁、镍这类物质，之所以在磁铁附近被吸引，是因为其内原本杂乱无章的小磁体在磁铁的作用下也变得排列有序而显磁性，两者正对处的磁极相反，就异极相吸了。像玻璃、木材这类物质，之所以不被磁铁吸引，是因为其内杂乱的分子磁体不会在磁铁的作用下有序排列的缘故。

其后，英国物理学家法拉第（1791—1867）通过实验，在1837年提出了沿用至今的磁场和电场的概念。他认为磁铁周围存在磁场，带电体周围存在电场，磁场和电场弥漫于整个空间，分别起到传递磁力和电力的作用。这不但为磁铁吸铁和带电体吸引轻小物体提供了具体的物理模型，而且否定了流传了100多年的“超距作用”。“超距作用”认为，力的作用不需要介质来传递。

到了20世纪20年代，由于量子力学的诞生，诞生了一种比安培更为科学的解释磁性的学说——“磁畴”说。

那么，在泰勒斯之后又历经了两千多年的岁月，人们为什么还误以为是灵魂产生磁性呢？主要原因是，科学技术的发展还不足以使当时的人们揭开磁性的奥秘。此外，当时的古希腊人相信“万物有灵”，而且信奉思辨的哲学。同时，又因为古希腊权威的“圣贤”地位和宗教桎梏的约束，难以产生“异端邪说”。

铁块为何被震掉
——真空中磁铁不吸铁吗

波义耳

我们都知道，磁铁是吸铁的，不管是在真空中还是在空气中。然而，在科技史上，却记载着一位科学巨人由实验误认为真空中的磁铁不能吸铁的小故事。这个巨人就是英国博物学家、物理学家、化学家波义耳（1627—1691）。

提起出生在爱尔兰利兹莫尔堡一个贵族家庭的波义耳，人们并不陌生。他在化学方面的贡献，使恩格斯说“波义耳把化学确立为科学”。人们称他为“化学之父”，现在广泛使用的石蕊试纸就是他发明的。他在物理方面的成果有著名的波义耳定律，这是他在1660年发现的。由于法国物理学家马略特（1620—1684）也独立发现了这一定律，所以也称马略特定律或波义耳－马略特定律。波义耳得到这一定律，是靠他按德国物理学家盖里克（1602—1686）的模型设计出的一种真空泵对气体的研究得来的。下面的失误，就是发生在用这种真空泵进行的一个实验研究中。这个实验研究的内容是：真空中磁铁是否吸铁。

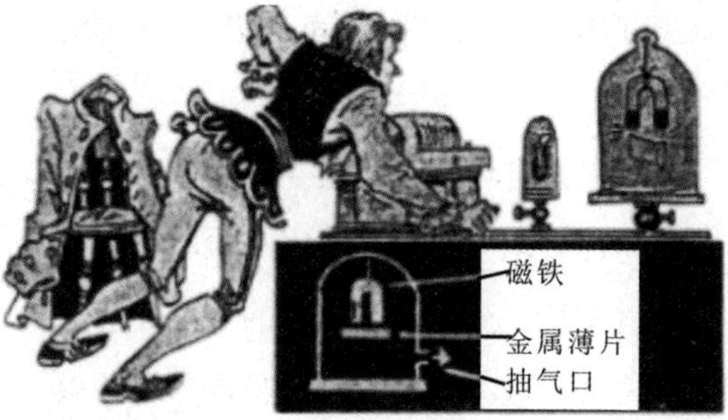

波义耳看到铁片在真空中从磁铁上掉了下来

波义耳把吸着铁块的磁铁放在一个密封的玻璃罩中，然后用真空泵把罩中的空气抽出来。抽气初期，铁块没有掉下来，抽着抽着，铁块就掉下来了。于是波义耳认为，铁块掉下来的原因是，随着空气被抽出，罩内变成真空。他由此得出结论："磁铁在真空中失去了吸铁的性质。"

这个非常直观的实验很简单巧妙，现象清楚、结论明确：空气中的磁铁吸铁，真空中的磁铁不吸铁。

可是，这次波义耳却错了。经过很久，他才查明了他判断失误的原因。

原来，真空泵是用手摇动的，而它又与玻璃罩安置在同一个工作台上。开始抽气时，因为罩内空气较多，不很费力就可以摇动真空泵手柄把空气抽出；但随着罩内空气逐渐减少，就必须加大力气才能摇动手柄，这样才能抽出变得稀薄的空气。这一加力，工作台的颤动也就更剧烈了，这样，铁块就被震落下来。波义耳却误以为是真空使磁铁失去吸铁能力，才使铁块掉下来的。

当然，波义耳的失误还多少与当时的"惯性思维"——物质之间的作用要有空气当媒质有关。从古希腊的亚里士多德（公元前384—前322）或更早开始，人们就对声音需要空气传播有了正确的认识。例如，盖里克就用实验进行过验证。于是，波义耳就承袭了这个"物质之间的作用需要空气"的"惯性"。

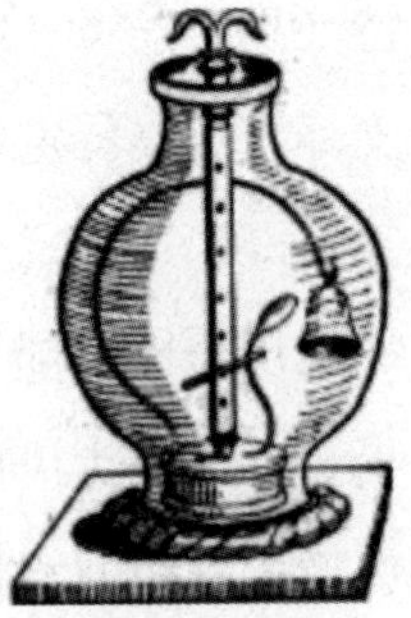
盖里克验证声音传播需要空气的装置

看来大自然真是够捉弄人的。一个擅长实验，并在物理、化学领域主要因实验取得重大成果的科学家波义耳，竟在一个简单的实验面前发生令人遗憾的失误。这不能不使我们吸取这样的教训：即使简单的问题，我们处理起来也不能马马虎虎，必须慎之又慎，反复进行。

推迟发表的库仑定律
——卡文迪许埋没的成果

1785年，法国物理学家库仑（1736—1806）在他的论文《电力定律》中发表了电学中第一个被发现的定量规律——库仑定律，因此，人们都认为他是最早发现这一定律的人。

库仑

其实，最早发现这一定律的人并不是库仑，而是英国化学家、物理学家卡文迪许（1731—1810），他的实验比库仑早11年且他的结果比库仑更精确。

那为什么人们却不说卡文迪许是这一定律的发现者呢？卡文迪许又是怎样发现这一定律的呢？

卡文迪许

1733年，法国科学院宣布了题为《什么是制造磁针的最佳方法》的征文，公开征集指向力强、抗干扰性好的指南针，以用于航海。1777年，库仑以论文《关于制造磁针的最优方法的研究》，与他人分享了头奖。他在论文中提出用丝线悬挂指南针是较好的方法，并指出悬丝的扭力能为物理学家提供一种精确地测量微弱的力的办法。又经过几年努力，他终于得到了“扭转定律”——扭转力矩与悬丝的长度成反比，与悬丝的扭转角成正比，与悬丝直径的4

次方成正比。由此，他发明了库仑扭秤，并用它得到的数据发现了库仑定律。

当时库仑并不知道，在英吉利海峡的那一边，早就有人捷足先登了。

自从牛顿在17世纪发现遵守“平方反比律”的万有引力定律起，到18世纪中叶，多数人已对这一定律深信不疑。于是一些人借助它对电力和磁力进行了种种猜测和实验。

较早进行这种研究的，是英国“地震学之父”米歇尔（1724—1793）。他也是天文学家和物理学家。1750年，米歇尔提出磁极之间的作用力服从平方反比律。第二年，他在发表的短文《论人工磁铁》中写道，“每一磁极吸引或排斥，在每个方向、在相等距离，其引力或斥力都精确相等”，并“按磁极距离的平方的增加而减少”。他还说，“这一结论是从我自己做的和我看到别人做的一些实验推出的……但我不敢肯定就是这样，我还没有做足够的实验，还不足以精确地做出定论”。

我们并不怀疑米歇尔做过实验并初步得出“平方反比”的结论，因为他在1750年就发明了能精确测量磁力的米歇尔扭秤。我们也要问，既然“没有做足够的实验”，又怎么可以得到“平方反比”的结论呢？回答很简单：他的心中早已有了牛顿的平方反比模式，从而由初步的实验做出了大胆的猜想。这是对磁力也遵守平方反比规律较早的研究。

电力与距离关系的较早研究者之一是德籍俄国物理学家埃皮努斯（1724—1802）。他在1759年前后发现，当两个点电荷之间的距离缩短时，它们之间的引力或斥力就增大。他在书中的这个观点并没有定量实验的支持，因而只是一种猜测。

1760年，瑞士数学家兼物理学家丹尼尔·伯努利（1700—1782）首先猜测电力是否跟万有引力一样，服从平方反比律。这种想法具有一定的代表性，因为这种规律在牛顿的时空观里是顺理成章的，否则牛顿的均匀、各向同性的时空就要被修改。

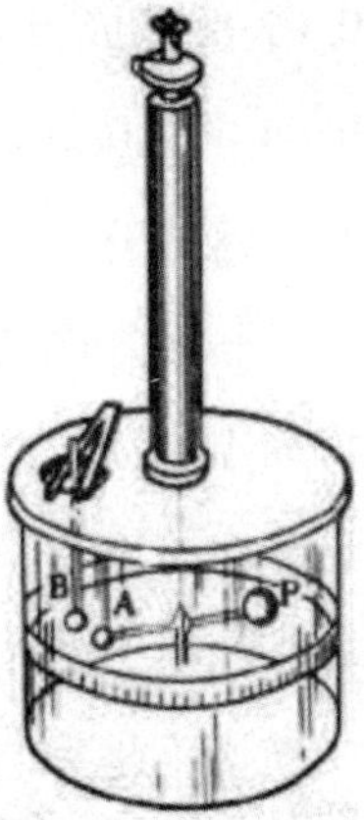

库仑的扭秤示意

1766 年，英国化学家普利斯特利（1733—1804）根据一系列实验猜测，电的引力服从平方反比律。他的猜测并非空穴来风。原来，早在 1755 年，美国科学家、发明家、政治家富兰克林（1706—1790）在给约翰·兰宁（John Lining）的信中，就提到过“空罐实验”：木髓球触及带电银罐的底部后并不带电。由于普利斯特利对电学也很有研究，加之他又是富兰克林的英国朋友，所以富兰克林就写信告诉他，并请他解释这一奇怪的实验现象。普利斯特利专门重复了空罐实验，并用牛顿在 1687 年证明的“如果万有引力服从平方反比律，则均匀的物质球壳对壳内物体应无作用”的原理进行类比，从而于 1767 年在《电学历史和现状及其原始实验》一书中正式提出“电的引力服从平方反比律”。不过，他没有对电的斥力规律进行大胆猜测。

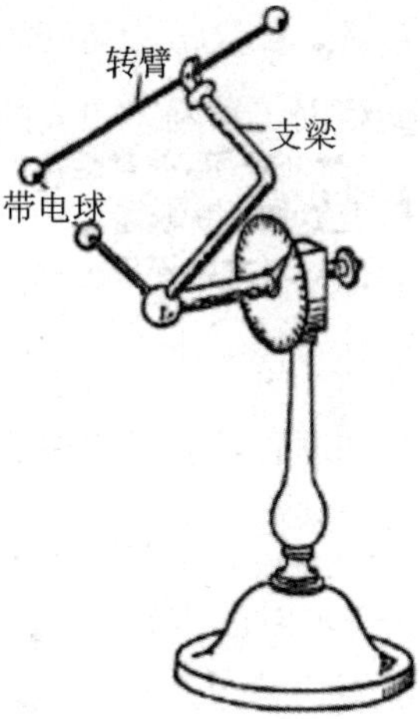

罗比森的实验装置

首先用直接的实验推测电斥力平方反比律的，是苏格兰物理学家、发明家、爱丁堡大学的自然哲学教授约翰·罗比森（1739—1805）。他用精巧的杠杆装置做实验，并由此他推测正确的关系应是：斥力引力都反比于距离的 2 次幂。他的这些研究，是在看到前述埃皮努斯 1759 年那本拉丁文写的书后，对埃皮努斯的猜测发生兴趣而进行的。

实际最早发现电力服从平方反比律的，是卡文迪许。

卡文迪许和米歇尔都在剑桥大学，且两人有深厚的友谊和共同的科学信念。卡文迪许在 1773 年设计了一个巧妙的电学装置进行实验——著名的同心球实验。他将这个实验重复了许多次，最终确立了电力服从平方反比律，其误差仅 ±0. 02——引力和斥力分别与距离的 2 ±

0.02 次幂成反比，这比后来库仑的 2 ± 0.04 的精度还高。

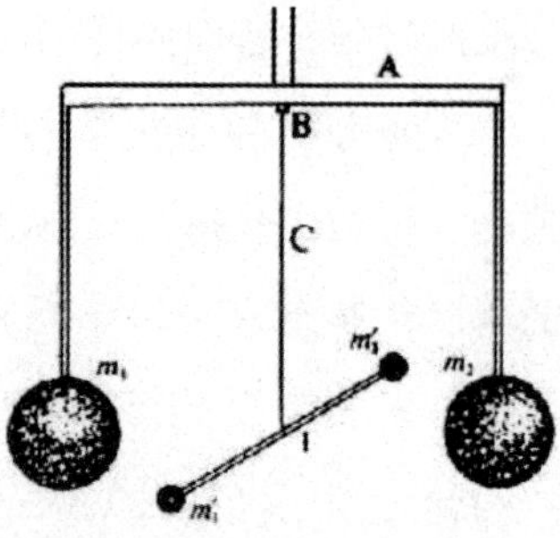

卡文迪许的扭秤示意

这里有三个问题必须交代。

一是，库仑的实验和结果晚于卡文迪许约 11 年，为什么其精度反而不及后者？这是由于库仑用的是他发明的、巧妙的扭秤来测定力的，但是很难做得精确；而卡文迪许不是用自己发明的扭秤测力，而是检验导体内部是否有电荷，这就可以做得很精确。由此可见，实验原理、装置是否更合理、更科学，对实验结果的影响很大。在这个问题上，卡文迪许用当时最原始的电测仪器就得到了相当可靠而精确的结果，可见他的实验更巧妙些。

二是，为什么卡文迪许测出导体内部没有电荷就能导出平方反比律呢？由静电学中的知识可以得出这样的证明：导体表面才分布电荷，内部不会有电荷——这是平方反比律的必然结果。

卡文迪许验证静电力遵从“平方反比”的同心球实验装置复制品

三是，卡文迪许的工作是在米歇尔的帮助、鼓励下完成的，因为卡文迪许性情孤僻，很少与人来往，唯独和他的老师米歇尔交往甚密，经常互相切磋、勉励。这方面另一个实例是，当米歇尔得知库仑发明了扭秤后，曾建议卡文迪许用类似的方法测万有引力，这就使得卡文迪许成为第一位万有引力常数的测定者，从而也是第一个“称地球”的人。

令人遗憾的是，卡文迪许的这一成果和他的其他许多成果一样，都被埋没在他浩如烟海的手稿之中。直到 19 世纪中叶英国物理学家开尔文发现这些手稿的价值之后，才在他的催促下，在 1879 年即卡文迪许死后 69 年，由另一位英国物理学家麦克斯韦整理后，以《尊敬的亨利·卡文迪许的电学研究》为书名予以发表。

卡文迪许潜心研究科学的精神是值得称道的，然而，研究的成果不公之于众，这显然不利于科学的发展。直接后果之一是，库仑定律被推迟约 11 年才被发现。正如麦克斯韦所说，由于“卡文迪许对研究的关心远甚于对发表著作的关心”“把自己的研究成果捂得如此严实，以至于电学的历史失去了本来的面目”。这也正是卡文迪许的重大失误所在。

有类似失误的还有前述的罗比森，他的实验和推测也没有及时公布。

最终，由库仑拿起了科学类比的武器，借助于比较精确的实验，重新发现并发表了库仑定律。

从罗比森和卡文迪许的失误可以看出，科研成果应及时公开，以利交流和发展，这不但有利于个人的成果被承认、肯定，更重要的是有利于全人类科技水平的发展和提高，否则就会像他们那样，让成果被埋没多年。

后来，麦克斯韦又重做了卡文迪许的实验，将卡文迪许 ± 0.02 的精度提高到 $\pm 10^{-4}$。1936 年，又有人重做了这一实验，并将精度提高到 $\pm 10^{-9}$，而 1971 年更为先进的实验技术已将这个值提高到 $\pm 10^{-16}$。

现在，人们正在探索库仑定律的适用范围。例如，小到原子内部，它是成立的；那么，再小到原子核内部，大到天体间，它是否还成立呢？这些问题，现在还没有完全确定的答案。

在蹉跎的岁月里
——电磁感应门口的遗憾

奥斯特

1820 年 7 月 21 日，丹麦物理学家奥斯特（1777—1851）报道了他发现磁针在通电导线附近会转动——“电生磁”现象。

从此，“电磁热”席卷欧美。其原因，不但是人们笃信的电和磁是可以互相转化的哲学思想（推而广之是各种“力”都可互相转化）得到了实验验证，而且还为人们梦寐以求的“磁生电”点燃了希望之光。在这种背景下，电磁感应现象的发现，就成为历史的必然而指日可待了。

安培

对此人们却等了 11 年！直到 1831 年 8 月 29 日，英国物理学家法拉第（1791—1867）才有了这一重大发现——其间的千差万错，让人感慨万端。

第一个发生差错的，是法国物理学家安培（1775—1836）。

1820 年 8 月，法国物理学家兼天文学家阿拉戈（1786—1853）在瑞士听到了奥斯特发现“电生磁”的消息。他意识到这个发现的重要性之后，就从日内瓦赶回了巴黎，参加法国科学院的每周例会进行讨论。同年 9 月 11 日，安培看到了阿拉戈在法国科学院会议上实际表演的“电生磁”。安培在当天回家之后，就开始了对这个现象的继续研究。

1822年夏，安培和助手奥古斯特·德莱里弗（1801—1836）一起，当众做了他于1821年7月在日内瓦做过的实验。把一个多匝绝缘导线绕成的线圈固定在支架上，线圈与伏打电池相连。再将一个小铜环系上细线悬挂在线圈内，与线圈同心。当他给线圈通电并用蹄形磁铁移向铜环时，他和德莱里弗都清楚地观察到铜环发生了偏转。这实际上已观察到了电磁感应现象。不过，德莱里弗只是报告说，这个重要的实验表明，有些物质虽然不能像铁、钢那样被电流永久地磁化，但当它们受到这种影响时，至少能暂时被磁化。由此可见，德莱里弗还没有意识到这是电磁感应现象。安培说，如果不承认铜环中存在可以形成运动电流的少量铁的话，这个实验就无疑地证明了感应能够产生电流——似乎比德莱里弗认识深刻一些。

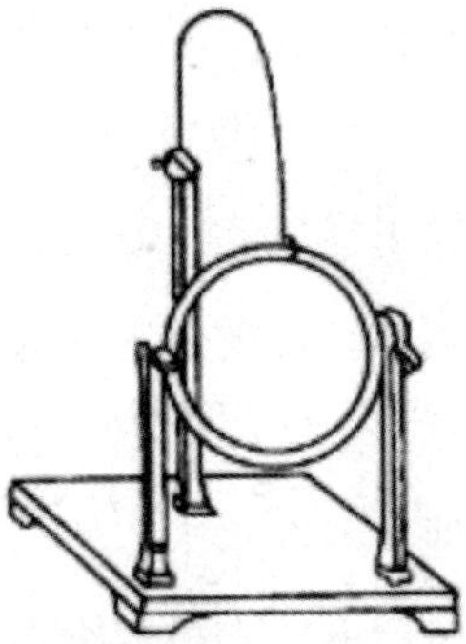

安培的实验装置示意

遗憾的是，安培最终并没有意识到这一实验更重大的科学意义。他错误地认为，感应能产生电流这一事实，与电动力作用的总体理论无关。这样，他在走到发现电磁感应大门口的时候，却退了回来。

那为什么安培会判断错误呢？有人说是他的助手德莱里弗太年轻，缺少经验，描述时没有强调感应电流；有人认为是安培一时疏忽，没能把它探究到底，直到水落石出；也有人说是电磁感应现象被他关于同一导线上电流元之间互相排斥的“发现”所掩盖，从而忽略了电磁感应的重大价值。这些，都可能是安培失误的部分原因，但更重要的原因是，安培钟爱于他的“分子电流”假说，不愿接受有碍于自己假说的其他假说，把电磁感应也往自己假说上靠的恶果。

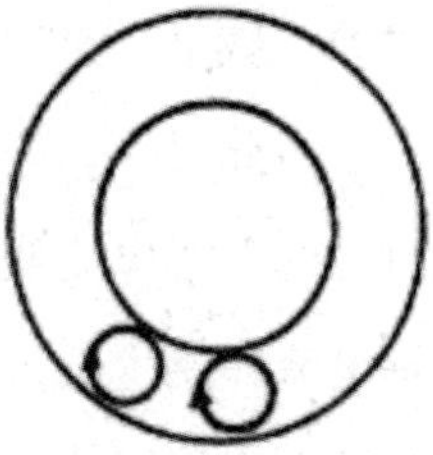

铜环内的分子电流

安培此前提出的著名的分子电流假说认为，在原子、分子或分子团等微粒内部，存在着一种环形电流，这种环形电流使每一个物质微粒都是一个微小的磁体。

1821 年 9 月 3 日，法拉第发现通电导线能使磁针旋转；反之，磁铁也能使通电导线旋转。这都是作为其后电动机基础的电磁旋转现象。同时，他发表了对安培的分子电流假说表示异议的论文，并用下述实验事实作为依据。法拉第将一支螺旋形地缠上绝缘导线的玻璃管水平地半浸在水中，然后在水面上漂浮一个小长磁针。实验发现，线圈通电后磁针南极继续穿过螺线管，直至磁针南极接近螺线管的南极；而按照安培的观点，磁针的南极应该被吸向螺线管的北极并停于北极的一端，但实验事实却不是这样。对此，法拉第论证说，如果磁针是单极的，它就会沿着磁力线永远运动下去，就像前述电磁旋转现象那样。他认为，和载流螺线管对应的不是实心磁体，而应是圆筒形磁铁。

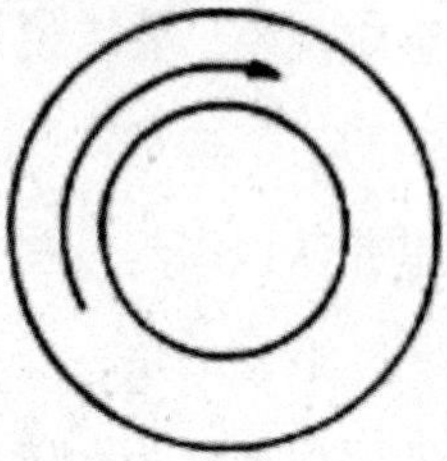
铜环内的同轴电流

不过，安培反驳说，圆筒形磁铁和螺线管并不一样，按他的分子电流假说，圆筒形磁铁中的电流是一小圈一小圈的，而线圈中的电流则是一个大圈。为此，他如前所述当众做了那个实验，但是对实验现象的解释，安培则是错误的。他把铜环偏转时产生的宏观同轴电流也解释为分子电流，即认为这个因电磁感应产生的宏观电流是环绕着的分子电流，而不是感应电流。直到 1825 年 10 月，在他写给英国数学家约翰·弗里德里希·威廉·赫谢尔（1792—1871）的信中，还坚持这种观点。

由此可见，安培没能发现电磁感应最重要的原因，是他过分钟爱自己的分子电流假说。一旦电磁感应现象被确认，承认实验中产生同轴电流即感生电流，那他的分子电流假说就没有立锥之地了。就这样，分子电流假说迷住了安培的眼睛，使他看不到通电的瞬间铜环内产生的宏观感应电流，因而失去做出新发现的大好机会。

钟爱自己的假说并不为过，然而，如果因此把实验现象都牵强附会地往自己的假说上靠，那就会像安培一样产生失误。此外，如果自己的理论不正确不完善时，就应彻底抛弃或做修改，而不应坚持错误或抱残守缺。正如法国作家罗曼·罗兰（1866—1944）所说：“怀疑和信仰，两者都是必需的。怀疑能把昨日的信仰摧毁，替明天的信仰开路。”安培的失误，就在于他过于迷恋自己提出的一个假说而忽略了“大胆地往前走”。

第二个发生差错的，是瑞士物理学家科拉顿。

科拉顿在1825年作了一个“磁生电”的实验，其方法是：在一个房间内放上一个小线圈，相邻的另一个房间内放上一个大线圈，两个线圈用导线相连。小线圈中有一个小磁针作为检流计，如有电流通过小线圈，这小磁针就会转动。他的实验过程是，将磁铁插入大线圈后，再跑到另一个房间去看小磁针是否转动。但遗憾的是，无论如何变动磁铁的位置，科拉顿都没有看见小磁针转动——没有发现电磁感应现象。

可能有人要问，为什么他不把两个线圈放在同一个房间，甚至放在同一个实验桌上，边插入磁铁边观察磁针呢？这正是他高明之处，因为他知道，磁铁如果距磁针太近，会直接使小磁针转动而造成误判。他把大小线圈分别放在两个房间本身并无不妥之处，然而，他的这一“高明之处”也正好是造成实验失败的偶然因素之一：他无法在插入磁铁的同时，观察到磁针的瞬时转动。他实验失败的第二偶然因素是：他没能安排助手。如果他插磁铁，助手同时观察磁针，那结果就不一样了。当然，作为现代人，我们似乎可以“嘲笑”一位物理学家竟犯下这种“低级错误”，可这种“事后诸葛亮”式的嘲笑，不足以贬低科拉顿——人们在当时并不知道在磁铁插入的瞬间才会产生感应电流啊！

亨利

第三个延误发现电磁感应的，是美国物理学家约瑟夫·亨利（1797—1878）。

1830年夏，亨利在导线周围缠上布条，再把导线绕在一块蹄形磁铁上。另外在一软铁棒上也绕上导线，接上一个灵敏的检流计。他把这段软铁棒放在上述绕有导线的蹄形磁铁的两个极的方向上，但两个线圈互不联结。当他向蹄形磁铁的线圈通电时发现，检流计的指针向一个方向偏转，而断电时指针则反向偏转，然后回到原来的位置不动。可见，软铁棒上的线圈在蹄形磁铁上的线圈通电和断电的瞬间，都产生了电流。这样，亨利就在他的报告中写道："于是可以说，我们有了电转换为磁，而这里磁又转换为电。"

令人遗憾的是，当时亨利在纽约阿贝尼学院任教，必须全身心投入教学和行政工作，以致在 1 个月的暑假期间，也没有将这重大发现继续深入研究下去，更没有公开他的发现。

就这样，亨利在 1930 年 8 月——早于法拉第 1 年多发现的电磁感应现象，由于他自己的延误，发现权也不能归他。

亨利的失误，看似是由于事务缠身，工作特忙，但实质是没有一双慧眼：还有什么事比做出重大科学发现更忙、更重要的呢？

人生，有数不清的事要做。如果不能分清轻重缓急，甄别"分内""分外"，抉择"重取""轻舍"，就会要么劳累"瞎忙"，要么"捡了芝麻丢了西瓜"，要么贻误战机，结果都将是——"一事无成"。

第四个延误发现电磁感应的，是做出这一发现的法拉第本人。他的延误原因有两个。

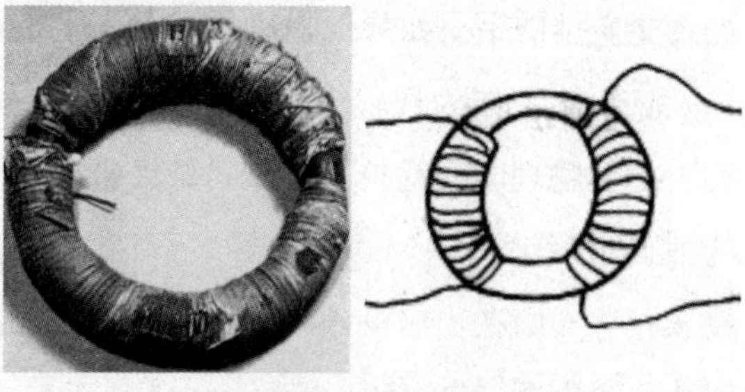

法拉第发现电磁感应实验中用过的线圈

一是，安培没有立即公布他已于 1821 年和 1822 年所做实验时曾发现铜环偏转的详细情况，这就使得包括法拉第在内的、当时正努力探索电磁感应的研究者们只能"各自为政"，没有实验中形成"接力赛"。

二是，更为不幸的是，还发生了下面的误解。法拉第在 1822 年夏得知安培实验的粗略情况和安培对他质疑的答辩后，也重复了安培的实验。令人非常遗憾的是，法拉第所依据的资料把安培所用的圆环误画为圆盘。由于圆盘的转动惯量比圆环大得多，法拉第重复了许多次都没能得到安培所得的结果。那么，图是怎么画错的呢？安培和德莱里弗是用法文描述实验的，关于转动部分的描述既可理解成铜环，也可理解为圆铜片。虽然安培本人的叙述在法拉第活着时没有发表过，但安培的朋友德门夫兰德（Demonferrand）出版过一本介绍安培观点的书，安培曾把它作为自己理论的极好总结寄给了法拉第。问题就出在这本书的插图上，图上的圆环与圆盘看上去极易混淆，而另一位专家把这本书译为英文时，这个图就更像圆盘了。

由此可见，使法拉第造成延误的真正原因不在他本人，而在于安培、德莱里弗和图的制、印者。

就是这些阴差阳错，使法拉第不得不“一切从零开始”。经过10年之后，他终于发现了载入光辉史册的电磁感应。当他的论文发表后，安培懊悔不已，曾在1832年“恳求”分享这一殊荣，但显然为时已晚。

当然，当时研究“电磁”的科学家非常之多。例如，前面提到的阿拉戈就在1825年宣布：发现了“阿拉戈圆盘效应”——磁针做成的单摆在静止的金属圆盘上方摆动的时候，会像受到严重的阻碍一样很快停下来；而转动静止于磁针下方的金属圆盘，磁针也会跟着转动（这被称为“阿拉戈圆盘逆效应”）。同年，德国物理学家塞贝克（1770—1831）也独立发现了类似的效应。不过，他们和其他科学家都没有做出科学的解释，从而也错过了发现电磁感应的良机。直到1831年，法拉第才做出了圆满的解释——这两种现象都是电磁感应的结果。

发明大王忽视新现象
——爱迪生无缘“热电子发射效应”

“怪了，没有接触，怎么就有电了？”

美国发明大王爱迪生（1847—1931）在试制电灯泡时，曾用炭化的棉丝作灯丝，但它在抽真空的灯泡里通电不久就被烧断了，在灯泡中留下一层黑色的沉积物。这使爱迪生困惑不解，于是他在靠近灯丝的地方封入一个金属片，想试试这样会不会使灯丝寿命长一些。结果炭化棉灯丝的寿命并没有增长。

爱迪生

在1883年的一次实验中，爱迪生在金属片处接入一个静电计，以便观察是否有静电。当他一接通电源，却发现灯泡在正常发亮的同时，静电计的指针也微微偏转了。他就对这从未有过的奇怪现象，发出了这样的疑问——灯丝和金属片并没有接触啊，为什么静电计指针也会偏转呢？是不是它们之间“漏电”？于是他把它们之间的距离移得远点，一看，电流表指针仍然微微偏转；再仔细一看，金属片上还有微弱的淡蓝光。

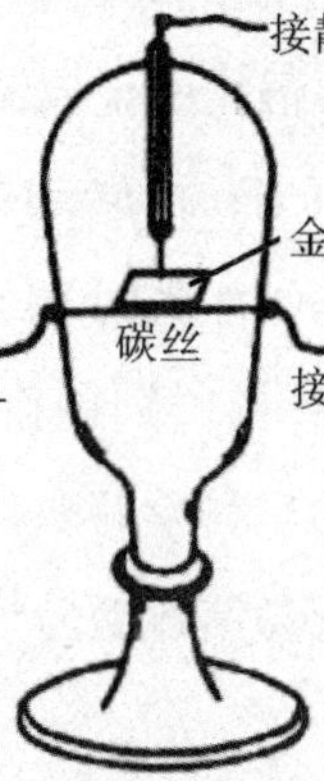

爱迪生效应：金属片上的负电使静电计的指针偏转

照“理”说，这些奇怪的现象应引起这位大发明家的兴趣和研究，但可惜的是，他当时竟觉得这些现象与他要发明的电灯无关，就把它们记在本子上，扔到了一边。

后来，人们把爱迪生所发现的这种现象，称之为“热电子发射效应”或“爱迪生效应”。

被爱迪生忽视的通电后金属片出现微弱蓝光的现象，引起了两位英国人的关注。

一位是正在研究阴极射线的英国物理学家约瑟夫·约翰·汤姆森（1856—1940）。在抽真空的玻璃管中，当两个电极加上电压的时候，阴极附近就出现微弱的辉光。汤姆森认为这辉光就是由阴极射线引起的，联想到当年爱迪生所发现的效应中的蓝光，他经反复实验研究，终于发现两者都是因电子发射而引起的。由此，汤姆森在 1897 年发现了电子，并独享 1906 年诺贝尔物理学奖。

理查森

德·福雷斯特

另一位是英国物理学家奥温·威廉·理查森（1879—1959）。他在 1902 年对爱迪生效应进行研究后发现，所有金属丝通电后在高温下都要发射热电子。1903 年，他又研究出热电子数量与温度间的关系——理查森定律。他也因此独享 1928 年的诺贝尔物理学奖。

此外，还有众多科学家根据爱迪生效应和理查森的研究，得到许多成果。例如，1904 年英国物理学家弗莱明（1849—1945）发明了真空二极管，1906 年美国物理学家德·福雷斯特（1873—1961）发明了真空三极管（称为奥迪恩管），使无线电技术得到迅猛发展。

科学就是这样，谁疏忽大意谁就会错失良机。爱迪生在已经发现热电子发射效应时，不是去穷追不舍，而是把头扭到一边，最终至少把两次诺贝尔奖拱手让给了别人。这位大发明家忘记了一句意味深长的格言：“当你看到不可理解的现象感到迷惑时，真理可能已经披着神秘的面纱悄悄地站在你的跟前。”

机遇，有时近在咫尺，却远在天涯……

是“纸上的发现”吗
——讥笑难扼电磁说

1879年，英伦三岛的春天来得很晚也格外的冷。

在这年春寒料峭的一天，飘着细雨，剑桥大学校园里一个瘦削的中年教授匆匆走到阶梯教室，吃力地推开大门。

啊！只有两人——美国的一个研究生和这位中年教授在剑桥卡文迪许实验室指导的一个英国学生。拖着病体的中年教授依然同往常一样夹着讲义，迈着坚定的步伐走上讲台，向仅有的两位听众——不，是向全世界宣讲自己不同凡响的电磁理论——此前1865年创立的一组微积分方程……

当年的11月5日，这位差8天才满49岁的中年教授，就因为癌症买了去天堂的票。

这个中年教授是谁？他讲的是什么方程组？为什么他的讲座如此受冷落？

法拉第

1831年是一个不平凡的年头。这一年，英国著名实验物理学家法拉第（1791—1876）发现了电磁感应现象，而继承发展他的电磁理论的数学天才、理论物理学家麦克斯韦——上述讲座受冷落的那位中年教授，也在这一年的11月13日诞生在苏格兰古都爱丁堡。

麦克斯韦

说麦克斯韦是数学天才，一点也不过分。在他15岁就读于爱丁堡中学时，就写出了一篇令世人瞠目结舌的论文《论椭圆的制图法》。探讨二次曲线的作图法，是历史上包括法国数学家笛卡儿（1596—1650）、英国牛顿等大师研究过的课题。麦克斯韦的作图法与笛卡儿的不同，且方法还要简便些——这怎么不使1846年收到他论文的爱丁堡大学的福布斯教授大吃一惊呢？1846年4月，这篇论文在爱丁堡皇家学会上宣读时，破天荒地由别人“越俎代庖”。因为通常都是作者本人宣读论文的，这一次却无法沿袭这一惯例——麦克斯韦当时年仅15岁，怎么能让一个“毛孩子”登“大雅之堂”呢？只好由福布斯教授代为宣读。后来，这一篇论文被刊登在《爱丁堡皇家学会学报》上。

凭借扎实的数学功力和前人研究电磁学的成果，麦克斯韦在1864年向英国皇家学会宣读了题为《电磁场的动力理论》的论文，并于次年推导出著名的电磁学方程组。1873年，麦克斯韦又出版了《电学和磁学论》，把他的理论更加系统化、条理化。

麦克斯韦的电磁理论是如此简洁，用一个麦克斯韦方程组就概括了经典电磁理论——把电场、磁场与电荷密度、电流密度之间的关系，用一组偏微分方程描述出来，以至于它对于电磁学有如牛顿定律对于经典力学一样，都是各自领域划时代的成果。

$$\nabla\cdot D=\rho$$
$$\nabla\cdot H=0$$
$$\nabla\times E=-\frac{\partial B}{\partial t}$$
$$\nabla\times H=J+\frac{\partial D}{\partial t}$$

麦克斯韦电磁学方程组的偏微分形式

麦克斯韦的电磁理论，从法拉第的“场”概念出发，创造性地提出了全新的“位移电流”，预言了电磁波的存在，以及电磁波与光波本质上并无不同——例如两者在真空中的速度都约

为 3×10^5 千米/秒。

麦克斯韦的电磁理论，还否定了从牛顿以来就流行的“超距作用”的错误观念。这种观念认为，力的传递不需要媒质，也不需要时间。

1971 年 5 月 15 日尼加拉瓜发行的邮票“世界上最重要的十个数学公式”之一：麦克斯韦电磁方程

麦克斯韦的理论太超前了，让许多人在当时都不能理解。例如，德国物理学家劳厄（1879—1960）在《物理学史》中评论说：“（麦克斯韦的电磁理论）太不平凡了，甚至像亥姆霍兹和玻耳兹曼这样有异常才能的人，为了理解它也花了几年的力气。”这里提到的亥姆霍兹（1821—1894）和玻耳兹曼（1844—1906），分别是德国和奥地利的物理学家。当时的另一些人则认为，他的电磁理论是“纸上的发现”，是一场“数学游戏”，因而“没有任何用途”。在这种情况下，麦克思维的理论受到冷落，就毫不奇怪了。

青山遮不住，毕竟东流去。在麦克斯韦羽化之后 8 年的 1887 年，他在 20 多年前预言的电磁波，就被德国物理学家赫兹（1857—1894）发现了。此时，人们才想起当年那个为两位听众做讲演的英年早逝的中年教授和他的电磁理论。

大量的实验证实了麦克斯韦的电磁理论，各种波长的电磁波被广泛用于生活、生产、科研领域，人类因此进入“电气时代”和“无线电时代”：雷达、无线电通信、无线电广播、电视、手机、GPS……

当时一些人们将麦克斯韦的电磁理论讥笑为“纸上的发现”“没有用途”的失误，给我们以下重要的启示。

首先，当时人们产生这种失误的原因之一，是过于迷信那个“超距作用”的错误理论。虽然在麦克斯韦之前法拉第已经正确地“找到”

了电磁作用的媒质——电场和磁场，但这些人仍然不肯放弃流行了100多年的“超距作用”理论。由此可见，对传统理论的迷信遮住了他们的眼睛。

其次，麦克斯韦的理论超越了时代，当时没有办法用实验来验证。由此可见，当新旧理论发生冲突时，不要过于钟爱已习惯的旧理论，以免扼杀了新理论。

最后，科学的理论开始往往是“无用”的，但随着研究的深入、科学技术的发展，它必将发挥出巨大的用途，显示出它强大的生命力。古希腊数学家阿波罗尼奥斯（约公元前260—前190）的圆锥曲线这一“纸上的发现”，也在等了1 800年后由开普勒（1571—1630）在行星运动定律中得到实际应用。又有谁料到，1917年奥地利数学家拉东（1887—1956）发现的数学变换，会成为20世纪70年代X光体层扫描摄影机（XCT）的数学基础呢？基础科学的研究，虽然有时并不像应用科学那样得到“立竿见影”的“实利”，但却是科学研究、科教兴国不可缺少的一部分，万万不可忽视。

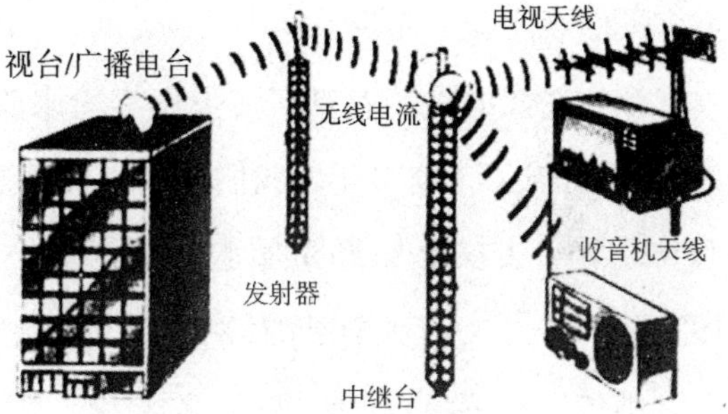

我们身边的电磁波

1994年诺贝尔经济学奖的三位得主之一、2002年8月12日来北京参加第24届国际数学家大会的经济学家约翰·纳什（1928—2015）认为：“一个好的理论不一定非要有它的实用性。”由此可见，“没有用途”的“纸上的发现”并非一定“无用”。这又是为什么呢？原来，科学的一个功能是可以带来技术应用而改变人类生活，即它是一种手段；但科学又并不仅仅是方法上、技巧上的手段——它让科学家们以理性的态度看待自然，为了摆脱无知、追求真理而不屈不挠地献身，并成为人们精神生活不可或缺的组成部分。这一点，古希腊学者亚里士多德早就认识到了："感到困惑和惊异的人想到自己的无知，为了摆脱无知，他们就会致力于思考，因此，他们这样做显然是为了求知而追求学术，而不是为了任何实用目的。"古希腊人的这种"为科学而科学"的观念，造就了无比辉煌的古希腊文明和众多的科学大师。他们着重说明和理解自然，而不是支配和改造自然——这正好与近现代的许多人的观念几乎相反。

令人遗憾的是，麦克斯韦没做实验来验证他的学说，致使电磁波的发现被推迟了20多年。我们不能苛求理论物理学家麦克斯韦也像实验物理学家法拉第那样做实验，毕竟历史上像牛顿和费米（1901—1954）那样"文武双全"的科学家并不多。

不过，比起当时的科学家来说，麦克斯韦的确是"侠之大者"——比他名气更大的同胞开尔文（1824—1907）曾好几次想创建电磁理论，但都没有成功。开尔文没有成功的主要原因，是不善于吸取别人的成果和缺乏锲而不舍的精神，不过，他把自己的研究思想毫无保留地告诉了麦克斯韦——这是他的伟大之处，从而使后者能站在法拉第和他的"肩膀"上，走到时代的前面。三位伟人的人生轨迹，在电磁学中完美交汇，演绎出19世纪最动人的乐章，这也是科学史上罕见的美谈佳话。

故事之末，我们来关心一下听麦克斯韦的报告的"两人"中那个英国学生的"下落"。其实，他就是后来在1904年发明二极电子管的英国物理学家约翰·安布罗斯·弗莱明（1849—1945）。他更为我们熟悉的成就，是发明"左手定则"和"右手定则"（注意，不要

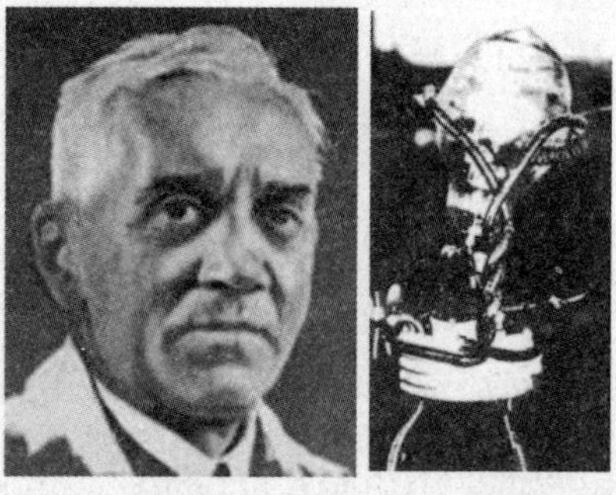

约翰·安布罗斯·弗莱明（左）及他发明的二极电子管

和“安培右手定则”混淆)。他除了多次获得荣誉勋章，还在 1929 年被封为爵士。我们不知道当年他对麦克斯韦电磁理论的钟爱，对他后来取得的成就产生过什么样的影响，但可以毫不犹豫地断言——成功从来都没有离开过执着追求科学的人……

能用电波通信吗
——电磁波发现者信手扔“宝”

赫兹

在当今世界，用看不见摸不着的无线电波做电报、电话、广播、电视等通信已不再是不可思议的新鲜事了，但在100多年前，许多人还认为这类通信是不可能的事。更有趣的是，其中一位就是电磁波的最早发现者、德国物理学家赫兹。

1887年，赫兹发现了20多年前麦克斯韦预言的电磁波，赢得了“电波报春人”的美誉。

电磁波被发现了，许多人都在考虑它的实用价值，如何派上用场。德国工程师胡布尔就是其中的一个。1888年1月，赫兹的《论电动效应的传播速度》等论文公开，其后的1889年，胡布尔就设想用电磁波来进行无线电通信。他对这一设想在技术上能否实现没有把握，就在1889年12月写信向“大人物”赫兹请教——主要问他这种设想有无可能实现。赫兹在1889年年底给胡布尔回了信，说“如果要利用电磁波来进行无线电通信，大概得有一面像欧洲大陆那样大的巨型反射镜才行”，并且还要把它“悬挂在很高的天上”。赫兹的回答，实际上否认了这种可能性。

在被赫兹泼了冷水之后，胡布尔就打消了这一念头，无线电通信的设想便被扼杀在了摇篮之中。

不过，“权威”赫兹的意见并没能阻止人们想要利用无线电波的强烈愿望。1888 年，赫兹发现无线电波的消息传到俄国后，引起了俄国物理学家波波夫（1859—1906）的极大兴趣。他在 1889 年重复了赫兹的实验，并在一次公开讲演中明确指出：“人类的机能中还

波波夫

马可尼

没有能觉察电磁波的感觉器官，假如发明了这样的仪器，使我们能够觉察电磁波，那么电磁波就可以用来传播远距离的信号了。”后来，他终于在 1894 年 6 月成功地接收到空中雷电发出的电磁波。1896 年 3 月 24 日，他又成功地向 250 米以外的助手发出了世界上第一份无线电报——电文是“海因里希 · 鲁道夫 · 赫兹”。意大利物理学家马可尼（1874—1937）也几乎同时发明了无线电通信。

当然，反对者并不只是赫兹一人。马可尼取得初步成功之后，曾写信求助于意大利邮政部长，可意大利政府不相信这个毛头小伙能搞出“根本不可能”的无线电来。他只好在母亲的帮助下，只身一人到英国去找他的舅舅帮忙。甚至在马可尼于 1899 年 11 月 15 日在大西洋的“圣保罗”号邮船上实现了 106 千米的跨海无线电通信之后，制定横跨大西洋的惊世骇俗的通信目标时，一些人仍从各个角度论证这是痴心妄想。例如，一些物理学家说，电磁波是直线传播的，不可能绕过地球表面的曲线，再拐弯到达美洲。如果要完成跨大西洋的通信，必须要有一面和它面积相当的反射镜，否则电波将像光线一样逃离地球而消失在茫茫的宇宙之中——去而不返。又如，一些数学家也企图从理论上加以证明。由此可见，赫兹的失误，代表着同时代绝大多数思想保守的人的失误。

英国科学界领袖、英国皇家学会会长开尔文（1824—1907）勋爵是又一个反对者——他在 19 世纪末声称：“无线电这个东西没有

前途。”

赫兹的失误不是偶然的。

首先，赫兹是搞理论物理研究的，他探索电磁波的目的，是为了检验麦克斯韦有关电磁波的理论，对它的实际应用考虑得不多。既然如此，赫兹怎么可能对电磁波的实际应用做出正确的判断呢？

其次，赫兹的实验是在实验室里做的，这一小小的空间把他局限在近距离范围内，使他无法想象出无线电波还能在远距离大显神通。

最后，赫兹先入为主的主观臆测也是导致他失误的重要原因。

不过，对赫兹的失误，我们还是应该原谅的，因为在100多年前，要设想出当今人们熟知的电磁波的任何应用，都是要“胆大包天”的。开尔文等人的失误，也是类似的原因。

此外，胡布尔的态度也不可取。过于相信朋友、“权威”，缺乏独立思考。这一失误使他放弃用电磁波进行通信的设想、研究，遗憾地把无线电的发明权拱手让给波波夫和马可尼。

像赫兹这种对自己发现的成果的应用前景判断失误的例子并不鲜见，这也反映了对未来做预测的极大困难。甚至无线电的主要发明人之一的马可尼当初也曾说，无线电将仅仅用于海洋中船只的通信联系，充其量也只是代替电话进行个别交谈而已。1964年诺贝尔物理学奖的三位得主之一、被誉为“激光之父”之一的美国物理学家汤斯（1915—2015）也在发明激光的当初认为，激光与电话毫无关系，甚至还曾怀疑是否值得为这一发明去申请专利。这也印证了中国科学家钱三强（1913—1992）的名言：“科学经历的是一条非常曲折、非常艰难的道路。”

英国哲学家和数学家赫维尔（1794—1866）说过：“若无某种大胆放肆的猜测，一般是得不到知识上的进展的。”赫兹、胡布尔的上述失误表明，他们正是缺乏这种“大胆放肆的猜测”——缺乏横绝一世的“容地之才”和“包天之胆”。

英国博物学家赫胥黎（1825—1895）曾说：“人们普遍有种错觉，以为科学研究者做结论和概括不应当超出观察到的事实……但是大凡实际接触过科学研究的人都知道，不肯超越事实的人很少会有成就。”赫兹等人的失误，也是由于他们“不肯超越事实”造成的。

他和电子擦身而过
——赫兹的遗憾

在19世纪下半叶研究阴极射线的本质的热潮中，有一位大名鼎鼎的德国物理学家——发现电磁波的赫兹。

赫兹对阴极射线的研究，始于他在柏林大学学物理的时候。当时他感兴趣的问题和其他科学家是一样的：阴极射线究竟是一种微粒还是一种波？如果是微粒，是怎样一种微粒？如果是波，又是怎样一种波？

赫兹在1883年用电池组产生的稳定高电压加在真空管上进行放电实验，结果发现阴极射线不是脉动的，而是连续发生的，因此赫兹认为阴极射线不是由微粒构成的。接着，他又试图检测出阴极射线运载的电荷，但没有发现阴极射线带电。于是他认为，阴极射线不带电，是一种波——“以太振动”。

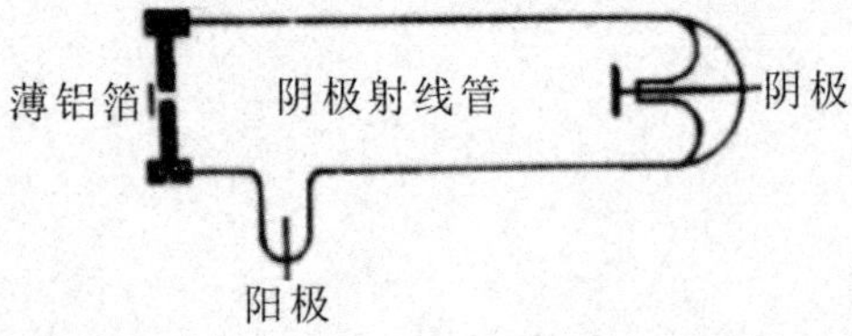

“勒纳德窗”实验

用以太振动即一种波来解释阴极射线有一个不可逾越的障碍，那就是要找到能够让这种波透过的物体，正如光波能透过透明物体一样。1891年，赫兹终于发现，金、银、铝、银锡合金等金属薄膜就是这样的物体；而他的学生勒纳德（1862—1947）更于1894年用薄至2.65微米的铝箔嵌在阴极射线管的末端，成功地让阴极射线透出这一“勒纳德窗”外。于是师生两人认为，这些实验事实证明阴极射线是一种以太波，而不是粒子，因为波才能穿透实物。

1893年，赫兹还做过这样一个实验。在阴极射线管内与阴极射线行进方向平行的方向放上两块金属板，并给金属板加上电压。很显然，如果阴极射线带电的话，它就会在两块金属板间的电场中发生偏转。实验中赫兹始终没能看到这种偏转，于是他再次认定，阴极射线不带电。

约瑟夫·约翰·汤姆孙

1894年，36岁的赫兹在一次外科手术中不幸辞世，没能等到人类揭开阴极射线本质的那一天。

那一天终于到来。1897年4月30日，在英国皇家学会星期五晚会上，英国物理学家约瑟夫·约翰·汤姆孙（1856—1940）以《阴极射线》为论文题，宣布他发现了电子。

约瑟夫·约翰·汤姆孙的实验和赫兹的一个实验相同——放两块平行金属板，观察阴极射线是否会偏转。开始，他也和赫兹一样，没能看到阴极射线偏转。他很快意识到，这很可能是管内真空度不够引起的——阴极射线使管内大量残留的气体分子电离，电离后的带电微粒分别飞向带电的平行金属板，各自中和了那里的正负电荷，这就使金属板间电场减弱或消失，当然也就难以看到阴极射线的偏转了。于是，他提高了管内的真空度，这样，仅在平行金属板上加了两伏电压，就观察到了阴极射线的偏转。

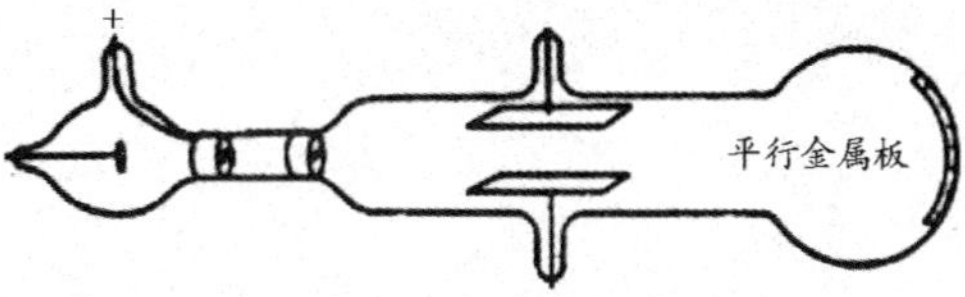

约瑟夫·约翰·汤姆孙的静电管

由此可见，赫兹之所以走到电子的面前，但最终没有发现电子的原因在于，他没能提高管内的真空度，因而没有看到阴极射线的偏转。

不过，赫兹的这一失误也是可以原谅的。正如后来约瑟夫·约翰·汤姆孙分析的那样："偏转之所以没有出现是由于有气体存在——压力太高，因此要解决的问题就是要获得更高程度的真空。这一点说起容易做起难——当时高真空技术还处于发轫阶段。"事实确是这样，限于当时的技术条件，赫兹无法取得更高的真空度；而汤姆森正是解决了提高真空度这一技术难题之后，才使阴极射线发生偏转，并由此最终确证阴极射线是高速运动的电子流的。

美籍华人杨振宁（1922— ）在谈到赫兹的这一失误时，曾精辟地说："这段插曲最清楚地表明了一个基本事实，技术的改进和实验科学的进展是相辅相成的。我们以后还会遇到这个基本真理的更多的例证。"

从阴极射线到光电效应

——他本应四次获奖

勒纳德

19 世纪下半叶，有一股研究阴极射线本质的热潮。出生于匈牙利的德国物理学家勒纳德（1862—1947）也在进行这种研究。

作为大名鼎鼎的赫兹的学生和助手，勒纳德于1893 年终于用2. 65 微米的薄铝箔制成了“勒纳德窗”。利用这一“窗”，不但可以使真空放电管保持高真空，还能使该放电管的阴极射线透出“窗”外，这为对阴极射线本质的研究提供了极大的方便。

到 1894 年为止，勒纳德多年研究阴极射线已取得了如下成果。阴极射线射出放电管进入空气后，能使且仅能使数厘米外的荧光屏发绿光——说明它在空气中的射程仅几厘米，但它在真空中的射程则可达到几米。阴极射线可使气体电离而导电；在气体中会发生散射，散射程度会随气体密度的增大而增大。阴极射线的能量会被实物所吸收；实物密度越大，吸收愈多，这种吸收与实物的化学性质无关；射线速度越高，吸收愈少。

那么，由这些成果可以得出阴极射线的本质是什么呢？本来，勒纳德完全可以得出它是一种实物粒子的结论，并可通过进一步研究得知它是带负电的粒子，进而发现电子的，可是他却主观地认为像荧光屏被阴极射线打击发绿光这些现象，是“莫名其妙的次要现象”，断言阴极射线是“以太波”，而不是一种粒子，从而痛失发现电子的良机。

1897 年，英国物理学家约瑟夫·约翰·汤姆孙发现了电子，独享 1906 年诺贝尔物理学奖。这是勒纳德第一次痛失得奖机会。

勒纳德发生这一失误的原因还在于他的偏见。早在 1871 年，英国电工技师瓦莱（1828—1883）就发现，阴极射线能在磁场和电场中偏转，因而设想是一种带负电的粒子流；而赫兹却于 1892 年宣称阴极射线不是粒子流，而是“以太波”。勒纳德同其他德国物理学家（赫姆霍兹除外）一样，也带着“以太波”的偏见，将阴极射线的“粒子说”拒之门外。

伦琴

在阴极射线的研究中，勒纳德还发现过一个奇怪的现象：放在阴极射线管附近的照相底片莫名其妙地感光了。可是，他没能跟踪追击，去寻找这位不速之客——X 光，而他的同胞伦琴（1845—1923）则在读到他和其他科学家的文章之后，觉得其中尚存疑窦才于 1895 年 10 月开始研究阴极射线的。仅仅过了 1 个月，伦琴就做出了他独享首届诺贝尔物理学奖的发现——X 光。可见，勒纳德第二次因自己的迟钝，错过了发现 X 光的良机，再次痛失诺贝尔物理学奖。

勒纳德在 X 光面前的失误还不止此。他自己错失了良机，却又迁怒于别人。在 X 光发现之前，他和伦琴是好友，但在 X 光发现后他却敌视伦琴，曾一度认为自己是 X 光的最早发现者，固执地用“高频射线”称呼大家所称的“伦琴射线”。由此可见，他实为心胸狭隘之人。

勒纳德在光电效应研究过程中的失误，使他第三次与诺贝尔物理学奖擦肩而过。从 1889 年开始，他在光电效应方面也做了不少研究。他在 1899 年 10 月已撰文（次年初发表）指出，紫外线能在高真空放电管中通过照射金属产生光电流，说明光电流不取决于管内少量气体；他还发现，构成光电流的带电微粒的“质荷比”与构成阴极射线的微粒的“质荷比”基本相同。当年底他正要详述这一成果时，获悉约瑟夫·约翰·汤姆孙已发表了类似的成果。这时，他非常气恼，武断地谴责汤姆孙模仿了他的工作。客观地说，两人实际是几乎同时独立证明了光电效应是金属经光照后发射带负电的微粒——电子的结果。由此可见，勒纳德的狭隘心胸使他也和汤姆孙过不去。当1897年汤姆孙发现电子时，他不承认这一发现，顽固地称电子是“以太”产生的“以太碎片”；而当汤姆孙发现电子被公认后，他又企图将成果据为己有。

此外，通过对光照钠汞齐的研究，勒纳德于1902年3月发表了介绍发现光电效应的长文。他说，对于每一种金属，都有相应的一个特征频率，凡小于这个频率的光，不论其强度多大，都不会产生光电效应；只要大于这一频率的光，不论多么微弱，都能不滞后地立即发生光电效应；光电子最大的动能与入射光强度无关，而仅与入射光频率成正比。他由此确立了光电效应中光电子的最大动能，与入射光频率的线性关系的实验方程，但这些成果与光的“波动说”格格不入。由于他不能正确解释这些“格格不入”，所以对光电效应的研究仍没有突破性的进展。

突破性的进展来自爱因斯坦，可是，当人们在“光电效应方程”前加上“爱因斯坦”而称为“爱因斯坦光电效应方程”的时候，勒纳德极为不满。特别是爱因斯坦因此独享1921年诺贝尔物理学奖（瑞典科学院第1922年11月9日决定授予，1923年4月才由瑞典驻柏林大使转交到）的时候，他更是妒火中烧，不能容忍。由此可见，勒纳德不但自己痛失做出重大发现的良机，而且无故迁怒于爱因斯坦，其心胸狭隘已病入膏肓。

此时，我们自然想起了德国著名哲学家康德（1724—1804）的名言：“在这个世界上，唯有两样东西深深地震撼着我们的心灵，一是我们头上的星空，一是我们内心的道德。”这句名言被镌刻在哥尼斯堡河中的克奈芳夫岛的圣墙上，在被月桂花环绕的康德半身像旁。

圣墙上康德的名言

勒纳德的失误不但表现在他超出科学范畴的做人的道德上，还表现在他的政治态度上。第一次世界大战以后，勒纳德反对魏玛共和国制订的哪怕是形式上的某些民主措施，而竭力鼓吹德国走军国主义之路。从1920年起，他基于反犹太人的种族主义立场，大肆攻击和诋毁爱因斯坦的相对论，但自己却没有任何科学上的依据。他和德国物理学家斯塔克（1874—1957）、德国数学家比贝巴赫（1886—1982）等，竭力鼓吹纳粹分子用来作为种族主义理论依据的“德意志科学”即“雅利安科学”。“雅利安（Aryan）人”是指印欧语系各民族，这个人种学名称本身毫无科学根据，但纳粹分子却将其利用。勒纳德甚至还认为他的恩师赫兹是耽误他发现X光的“罪魁祸首”——赫兹也是犹太人。

从阴极射线、X光、电子、光电效应的研究，到最终沦为希特勒的吹捧者，勒纳德虽然成果赫赫，但也产生了一系列未能做出更大成就的重大失误。特别是他抬高自己、贬低别人、极端自私、傲世贪功等丑恶行径，使他最终竟沦为世人唾弃的科学家，后人应以此为训。此时，我们想起了古埃及的一句格言：“向空中吐唾沫，最终会落在你自己身上。”

勒纳德创造了前无古人，也许后无来者的两个世界之最。第一个是，以上三次失误使三次应得的物理学奖飘然离去。如果不是这样，加上他1905年因阴极射线的研究获得的物理学奖，应四次获奖，这至今无人能敌。第二个是，他视友为敌、视师为敌、视非敌为敌的“敌”实在太多：伦琴、赫兹、汤姆孙、爱因斯坦……甚至还有几百年前的牛顿。

不知为什么，看到别人写或说“牛顿”，勒纳德都不能容忍。讲物理课无一例外地要讲到建立经典物理学的牛顿——无奈，他在必须讲到牛顿的时候，总是背朝黑板，由助手把牛顿的名字写出来，在他转身继续讲解之前，又让助手把牛顿的名字擦掉，这往往弄得学生莫名其妙。

勒纳德的这些“怪”，其实同他的家庭环境有关。他的父亲是一个酒商，没有时间和精力关心他；他的母亲去世早，父亲再婚，他由继母养大——没有得到生母那样无微不至的关怀。这样，他的心理就开始发生了异常的变化：好猜疑，心胸狭窄，妒忌好胜，总觉得自己生活在这个世界上受了很大委屈，滋长了极强的报复心理和逆反心理。到青年时期，他血气方刚，脾气暴躁。在匈牙利布达佩斯读大学时，还因追求一个漂亮的女同学遭到拒绝，精神受到了很大的打击，整天无精打采，学习成绩越来越差，以致中途退学。这些经历，都加剧了他的变态心理，也与当今某些“问题青少年”的经历非常相似。类此情况，当今的教师与家长们可不要忽视。

利用原子能荒唐吗
——几位“权威”不权威

总统阁下：

我读到了费米和西拉德近来的研究工作手稿。这使我预感到，元素铀在最近的将来，将成为一种新的、重要的能源。考虑到这一形势，人们应当提高警惕。必要时，还要求政府方面迅速采取行动，因此，我的义务是提请你注意下列事实：在不远的将来，有可能制造出一种威力极大的新型炸弹。

为此，我建议，请授权一位你所信任的人士，使他可以非正式地和各政府机关联络，经常向他们报告全部研究情况，并向他们提供建议，特别是要努力保证美国的铀矿石供应。同时，和有关人士及企业界实验室建立接触，来促使实验工作加速进行。

据我所知，目前德国已停止出售它侵占的捷克铀矿的矿石。如果注意到德国外交部次长的儿子在柏林威廉研究所工作，该所目前正在进行和美国相同的对铀的研究，就不难理解德国何以会有此举了。

——爱因斯坦

这是爱因斯坦与西拉德、威格纳联名写的一封信——由西拉德起草，在 1939 年 10 月 11 日由萨克斯将信件转交给美国总统（1933—1945 在任）富兰克林·德拉诺·罗斯福（1882—1945）。那么，爱因斯坦他们为什么要写这封信？信中提到的“威力极大的新型炸弹”是怎么回事？为什么要和德国人研究铀联系起来？西拉德和萨克斯又是什么人？

1905 年，爱因斯坦在狭义相对论中得到了 $E = mc^2$——它表明，物质可以释放出巨大的能量。1971 年 5 月 15 日，尼加拉瓜发行了一套 10 枚邮票——每枚上都有一个“改变地球面貌”的公式。在这 10 个世界上“最重要的公式”中，除了我们熟悉的勾股定理等，就有 $E = mc^2$。

$E = mc^2$ 邮票，于 1971 年 5 月 15 日由尼加拉瓜发行

那么，通过 $E = mc^2$ 真的能计算出物质释放出巨大的能量，从而“改变地球面貌”么?

对于生在新西兰的英国物理学家卢瑟福(1871—1937)，人们并不陌生。他因为对元素衰变和对放射性物质的化学研究，独享 1908 年诺贝尔化学奖；3 年后，他又用令人信服的实验推翻了他的老师约瑟夫·约翰·汤姆孙的“面包夹葡萄干”原子模型，提出了原子结构的“核式结构模型”。人们把他尊称为“现代原子科学之父”。1919 年，卢瑟福实现了人类第一次原子核的人工转变——元素的人工嬗变。这表明核能时代已近在咫尺。

卢瑟福

在 20 世纪的前二三十年，就连最伟大的科学家都没有这样的眼光。一些人认为，$E = mc^2$这个“原子弹的秘密”，是一种与传说中的独角兽同样子虚乌有的“秘密”。

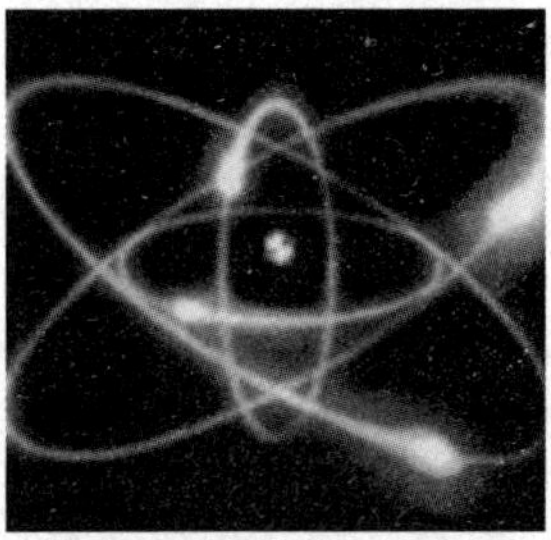

卢瑟福的核式结构模型

首先是爱因斯坦。1921 年，他在捷克首都布拉格讲学的时候，一位情绪激动的“大学生”闯到他身边说：“教授先生，您提出了一个伟大的公式 $E = mc^2$，我一定要创造出一种强大的机器，让它按您公式指示的途径，把物质

里千千万万个原子蕴藏的能量，统统释放出来……”对这种“无知”，爱因斯坦付之一笑。.

可是，在17年之后的1938年，爱因斯坦获悉，当年那个要“把……能量，统统释放出来”的“毛头小伙”，即德国放射化学家奥托·哈恩（1879—1968），和他的助手、德国物理学家斯特拉斯曼（1902—1980），就研发出了一种能使铀发生裂变的装置——能放出巨大的原子能。

在这17年间，爱因斯坦不止一次“付之一笑”。在1934年，当记者问他原子能是否可能被实际运用时，他回答说：“那就像夜里在鸟类稀少的野外捕鸟一样。没有丝毫迹象表明某个时候可以从原子中得到能量。”他还认为，在他的有生之年，$E=mc^2$不可能付诸实际应用，人类制造原子弹是20世纪不能实现的、很遥远的事情。

密立根

第二位是美国实验物理学家、1923年诺贝尔物理学奖的唯一得主罗伯特·密立根（1868—1953）。1923年，他也说：“无法想象人类能够开发原子能。那完全是一种不科学的空想，是欺骗孩子的谎言。自然界使几乎所有的元素都形成了连傻瓜都能明白的、简单的组合，这些元素使世界的大部分有了形状。在这其中不存在着什么使元素解体的能量。”

第三位是卢瑟福。他在1933年9月11日的讲演中说：“一般说来，我们不能指望通过这种途径来取得能量，这种生产能的方法是极其可怜的，效率也是极低的。把原子嬗变看成是一种动力来源，只不过是纸上谈兵。”他还说，那些指望通过原子衰变而获得能量的人，都是在胡说八道；若有人企图从原子转换中获得能量，那他就是在干一件荒唐的事。他反复强调：“那些企图从原子转换中建筑某种能源的人，不过是在痴人说梦。”

此外，德国物理学家普朗克（1858—1947）、丹麦物理学家玻尔

(1885—1962) 等，都没看出 $E=mc^2$ 的精髓。

形势发生了急转直下的变化——哈恩的前述成果和第二次世界大战中德寇的“新动向”。

1939 年 1 月 26 日，在华盛顿召开了第五届国际理论物理研讨会。次日，玻尔宣布，哈恩发现了原子的核裂变，并且可以同时放出巨大的能量。这时，在美国的意大利物理学家费米（1901—1954）立即敏锐地意识到利用这种能量的可能性。在这一年的夏天，当得知德寇军械部成立“铀学会”，对铀的研究有浓厚兴趣的时候，大家的“紧迫感”来了。于是，费米和两位流亡到美国的匈牙利物理学家列奥·西拉德（1898—1964）和威格纳（1902—1995，1963 年诺贝尔物理学奖的三位得主之一），一起找到当时在美国的、已经有崇高威望的爱因斯坦，请他出面说服美国政府赶在纳粹德国之前，尽快研制“威力极大的新型炸弹”。1939 年 8 月 2 日，爱因斯坦在他和西拉德、威格纳的前述联名信件上签了字。富兰克林·德拉诺·罗斯福的朋友、顾问和银行家萨克斯把这一信件送交罗斯福之后，最终促使美国政府决定研制原子弹。

费米

爱因斯坦（左）和西拉德

威格纳

1945 年 7 月 16 日 5 点 29 分 45 秒，人类第一颗原子弹就在美国新墨西哥州离阿拉莫哥多 96 千米的特里尼蒂荒漠上爆炸成功。这颗名为“瘦子”的铀弹爆炸当量约 2 万吨“梯恩梯”（TNT）炸药。

有趣的是，就在这一年原子弹快成功的前夕，富兰克林·德拉诺·罗斯福的海军顾问威廉·莱西海军上将还坚持认为："我作为爆炸物的专家，要说：'原子弹之类的东西绝不会爆炸。'"

我们真的不知道，当日本广岛和长崎上空的蘑菇云升起的时候，莱西将军有何感想。

不但原子弹能释放出原子内部的能量，利用核聚变原理制成的氢弹也能释放出这种能量。1952 年 11 月 1 日，美国在马绍尔群岛的一个珊瑚岛上爆炸了世界上第一枚氢弹。它以液态氘和氚为原料，爆炸当量为 300 万吨 TNT。

与此同时，人类也开始了和平利用原子能的征程。

法国贝尔维核电站

1942 年 12 月 2 日下午 3 点 30 分，以费米为首的科学家，就建成了世界上第一座当天输出 0.5 瓦、10 天后输出 200 瓦的原子反应堆。1954 年 6 月 27 日，苏联科学家在莫斯科附近的奥布宁斯克，建成了世界上第一座核电站。虽然其热力仅 3 万千瓦，输出电力仅 0.5 万千瓦，但却为核电的发展揭开了序幕。1956 年英国的坎伯兰核电站投入使用，则是核能利用进入实用阶段的又一个里程碑。现在，原子能主要用于核电站——目前已经发展到第四代。当今全球的原子能发电站接近 500 座（国际原子能机构报告：截至 2014 年 4 月 23 日，有 449 座在 31 个国家运营），发出的电力约占总发电量的 13%。

原子核裂变产生的能量是巨大的。例如要产生迄今全球最大的水电站——长江三峡水电站 1 820 万千瓦（最终将达到 2 250 万千瓦）那样大功率的电能，只需要 3 千克物质就可以了！有朝一日，核聚变也将用来生产强大的电能。加上原子弹和氢弹对世界的巨大影响，所以，$E=mc^2$ 真的能"改变地球面貌"。

从爱因斯坦天才地提出 $E=mc^2$ 的英明之举可以看出，科学技术的确伟力非凡，是“第一生产力”。然而，恰好是这位爱因斯坦，加上前述几位对这一领域也是内行的“权威”，曾经却给出过那么多失误的预言。这说明科学家的知识和能力并不完备，也不可能完备；也说明科学的伟力有限——它既不能使科学家做出绝对准确的预言，也不能阻止人们受科学技术的束缚而“循规蹈矩”。

我们必须理解爱因斯坦等人的失误。这正如女作家比特丽黛·豪尔所说：“我不赞同你说的话，但是我会用生命来捍卫你说话的权利。”在科学的奥秘没有被披露之前，谁也不能“稳操胜券”。

核聚变装置“中国环流一号”的主机

爱因斯坦等人的失误雄辩地表明，人类社会的确是个复杂的、盘根错节的混合体。科学技术并非不是人类理性思维和感性实践的精髓，但显然不是人类思想和活动的全部。

名家将机会留给查德威克
——中子面前的失误

“怪了，怎么穿透力这么强!”

波特

1928 年，德国物理学家沃尔特·威廉·乔治·波特（1891—1957）（1954 年诺贝尔物理学奖两得位主之一）和他的学生赫伯特·贝克（Herbert Becker），用放射性元素钋产生的 α 粒子轰击铍靶时，偶然发现了一个异常的现象：用电测计数法发现这时铍发射出一种穿透力比 γ 射线更强的不带电的射线。此时，贝克发出了这样的惊呼。

波特也不能解释这个现象，只好又用其他金属靶做实验。结果发现铍靶得到的这一射线比其他靶得到的强十多倍。这时，他们误认为这是一种穿透力比一般 γ 射线更强的 γ 射线。1930 年，他们又发现这种射线的能量比入射的 α 粒子能量还大，但又误认为这个能量的增大来自核蜕变。

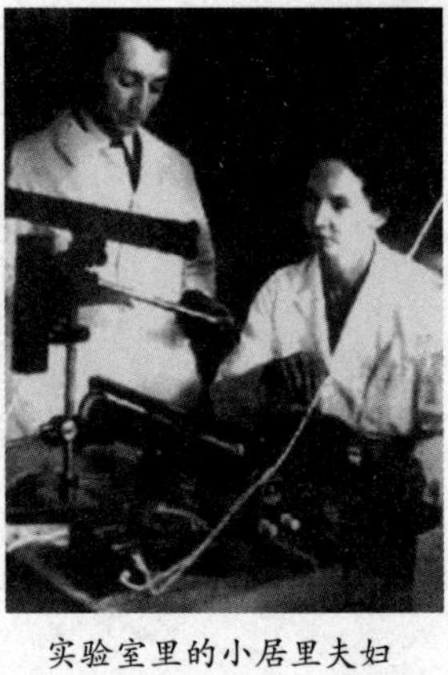
实验室里的小居里夫妇

波特的这些实验，引起了法国的居里夫人及小居里夫妇的注意。1931—1932 年，他们也重做了类似的实验，观察到铍产生的射线的穿透力确实很强。他们还在 1932 年 1 月 18 日发现这种射线能从含氢的物质中打出速度相当大的质子——这个现象是 γ 射线所没有的。在他们所撰写的论文中，理应考虑到这种射线不是γ射线，而是一种新射线，但是，他们却误认为，反冲质子的能量，是类似于电子的康普顿效应的某个过程，是由铍辐射传送来的；能从含氢的物质中打出质子，是γ射线的新性质，从而错过了发现中子的良机。这里提到的康普顿（1892—1962）是美国物理学家。1922年，他发现了著名的康普顿效应——短波长的电磁辐射射入物质被散射以后，出现了波长增大的波。

查德威克

1932年，英国物理学家查德威克（1891—1974）在看到并研究了小居里夫妇的论文报告后，发现其解释存在两个问题：质子散射频率与理论计算相差太大；难以解释α粒子和铍原子核作用能产生如此之强的辐射。他敏感地意识到，这就是他寻找已久的中性粒子。接着，他又做了一系列实验来研究它的各种性质：在磁场中不偏转，说明是中性粒子流；速度约为光速的1/10，因而不是γ射线；把它与氢气和氮气作用时，测出打出的氢核和氮核具有最大速度，从而算出它的质量约为质子的1.15倍。最终，他在1932年2月17日——离小居里夫妇的论文发表不到一个月，给英国《自然》杂志写了一篇题为《中子可能存在》的通信，宣布发现了中子。“中子”这一名词，是查德威克发现中子之后，根据哈金斯的建议取的。这个成就，使他独享了1935年的诺贝尔物理学奖。

那么，查德威克发现中子是不是仅仅得益于小居里夫妇的研究呢？显然不是，否则无法解释是查德威克，而不是小居里夫妇发现中子这一史实。

中子假说，是由英国物理学家卢瑟福（1871—1937）在1920年经过深思熟虑提出来的。在卡文迪许实验室，从1921年就开始了有关中子的实验工作。作为卢瑟福的得力助手和学生的查德威克，目标明确地进行这一探索11年，终于在小居里夫妇实验的启发下，发现了中子。当查德威克读到小居里夫妇的文章，并把他们的看法告诉卢瑟福时，卢瑟福喊道："我不相信！"是的，他不相信这很可能是寻找了多年的中子！由此可见，查德威克发现中子，也不是偶然的。此外，卡文迪许实验室的集体支持和智慧也非常重要。比如，到该实验室工作的苏联物理学家卡皮查（1894—1984）组织的"俱乐部"每周定期聚会，就使中子课题的研究日益深入。

那么，著名科学家小居里夫妇为什么会错过几乎"碰到鼻子尖"的发现中子的机会呢？中国科学家钱三强（1913—1992）（1937—1947 年，钱三强在小居里夫妇身边学习）曾谈到此事——小居里对钱三强说："我查阅的文献资料相当全，但就是没有注意科普材料，所以仍然勉强地把这种新射线当成 γ 射线。哎，我真笨啊！中子存在的证据有 80% 都被我们找到了，但就没有把它点明白。当我看了查德威克的论文，我懊恼得用拳头直打自己的脑袋。"由此可见，他们如果听过并领会了 1920 年卢瑟福有关中子假说的报告，肯定会对自己实验的结果做出正确的解释而发现中子。

钱三强

原来，1920 年卢瑟福不但在伦敦皇家学会的"贝克利科普讲演"中提出了中子假说，而且同年还来到小居里夫妇所在的巴黎做过探索中子存在的报告。当时这对夫妇忙于实验，并且认为卢瑟福"所发表的讲演报告中，不一定会有什么新的东西"，就没有去听报告，因此没有及时全面了解英国同仁的这些研究成果。后来，他们也忽视了从科普资料中及时获取重要信息。

由此可见，小居里夫妇失误的主要原因之一，在于忽视获取科研工作中的信息。现代科学是社会化的，知识日新月异，科学家要合作、交流，互相以成功经验为向导，以失败教训为借鉴，取长补短，才能少走弯路。此外，小居里夫妇的"勉强"也是要不得的。科学上一旦"勉强"毫厘，将失之千里。最后，也可看出科普工作的重要性。

不过，遗憾的还不止小居里夫妇。中国物理学家王淦昌（1907—1998）和他的老师、被爱因斯坦称为天赋比居里夫人还高的“我们的居里夫人”——奥地利女物理学家迈特纳（1878—1968），是另外两位。

1930 年，清华大学的助教王淦昌考取江苏公费留学研究生，由该校著名教育家、物理学家吴有训（1897—1977）、叶企孙（1898—1977）分派到柏林大学当研究生。由于德国物理学家盖革（1882—1945）大师的研究生满员，他就成为迈特纳的唯一的研究生。

同年，王淦昌在柏林大学校本部参加了两次意义深远的物理讨论会，知道了前述波特和贝克的成果。加之迈特纳 1924 年也研究过 γ 射线与元素的衰变关系等，王淦昌经过联想、推理，就怀疑 γ 射线能否具有那么强的贯穿能力。于是设想不仅要用盖革计数器，而且要再用云室作探测器重复波特等的实验，以弄清新射线的本质。当王淦昌两次建议导师重新做实验的时候，却得到迈特纳先后用不同词语、但含义类似的回答：“不要重复并循着别人的路走，而误入他人宅院。”“你很聪明，何必重复他人的实验呢？自己开辟新路吧，那样，你会达到另一座山峰。”

就这样，王淦昌的建议被迈特纳拒绝了。两年后，当迈特纳读到前述查德威克那篇发现中子的论文时，全世界大概只有她知道，查德威克所采用的正是王淦昌两年前向她建议的实验——重复波特等的实验，用以证明那种贯穿力很强的新射线，是名为中子的中性粒子流，并计算出其质量。当这时王淦昌再去拜见她时，她再也没有像两年前那样微笑着说“你很聪明”了，只是低着头，沮丧地对王淦昌说：“这是运气问题。”这一天，也许是她一生中感到最冷的一天：这不仅是因为柏林那 2 月的残雪，还因为她的固执己见！迈特纳啊，你使中子的发现被推迟了两年，也使师生两人痛失发现中子的良机！“运气”确实不好！

那卢瑟福的中子假说又是怎么回事呢？人们由英国物理学家莫斯莱（1887—1915）在 1913 年的实验提出原子核中除了质子，还存在电

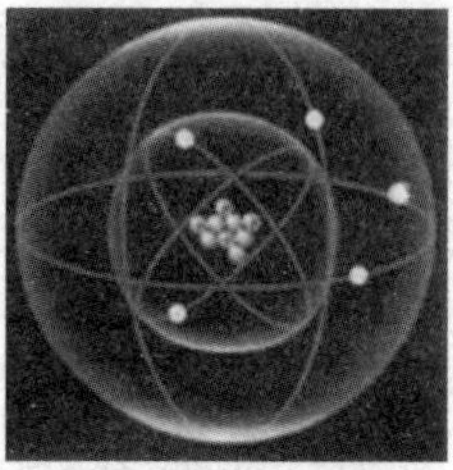
原子核内还有中子

子的假说，但这也遇到难以解释的困难。于是，卢瑟福提出了中子可能是质子和电子紧密结合的中性复合粒子的假说。

在卡文迪许实验室工作的其他物理学家——格拉森（J. L. Glasson），罗伯慈（J. K. Roberts），查德威克和他的两个学生康斯特布尔（Constable）、出生在中国云南后移居英国和美国的生物物理学家欧内斯特·查尔斯·（厄尼）·波拉德（1906—1997），以及前述波特等的探索，也是在这一背景下进行的。

值得注意的是，中子的发现虽然证实了卢瑟福的中子假说，但卢瑟福却认为中子是质子和电子复合的双子，这一概念却是错误的。中子不能转变为质子和电子，而是一种稳定的基本粒子。

中子的发现为核物理开辟了一个新纪元。

首先，使人们对原子核的组成有了一个正确的认识，为原子核模型的建立提供了依据。苏联物理学家伊凡宁柯（1904—1992）在1932年4月21日，德国物理学家海森堡（1901—1976）在同年6月，分别提出了质子-中子模型：原子核由质子和中子构成，质子数即核正电荷数等于核外电子数，中子数和质子数之和为原子核质量数，质子和中子的自旋约为1/2。这就解决了前述原子核内存在电子的假说（这被称为原子核的质子-电子模型）所存在的氮14核自旋反常等问题上的矛盾。其后，原子核的液滴、壳层、集体、光学（复数势垒）等模型相继诞生。

其次，由于中子质量大，不带电，所以不受静电影响而易打进原子核，是一种人工核裂变的理想“炮弹”。由此，又引出诸如慢中子、人工放射性、核裂变、中微子的发现等重大科研成果。

最后，打开了核能利用——如原子弹、核电站等的大门。

有眼不识正电子

——从小居里夫妇到评委的疏漏

弗里德里希·约里奥·居里夫妇

提起我们已经认识的小居里夫妇——法国物理学家弗里德里希·约里奥·居里（1900—1958）和他的妻子、法国物理学家和化学家伊雷娜·约里奥·居里（1897—1956），几乎无人不晓。这不但因为他俩共享了1935年诺贝尔化学奖，而且还因为他俩是名扬四海的居里夫妇的女婿和女儿。

小居里夫妇虽然声名显赫，然而他们也不可避免地会发生失误。他们的失误主要有三次：一次是前面说到的与中子擦肩而过，一次是后面要说的走到核裂变的大门口却转身离去，而这里要说的则是错过发现正电子良机的故事。

狄拉克

1931年，英国物理学家狄拉克（1902—1984）最先明确地预言了“反电子”的存在。但是，它究竟存不存在？如果存在，特性又如何？一直没人能目睹它的“尊容玉貌”。

时至1932年8月2日，从事宇宙线研究的美国物理学家卡尔·大卫·安德森（1905—1991）在拍摄的1 300多张宇宙线的照片中，偶然发现其中有15张内的粒子的径迹与其他照片不同：方向与电子径迹相反，但径迹的粗细和曲率与电子相同。由于此时他不知道狄拉克的电子理论，更不知道狄拉克对反电子的预言，就把它称为正电子——狄拉克当年所说的反电子。

安德森

赫斯

安德森的发现与狄拉克的预言互不相干而又不谋而合，他也因为这一发现，与发现宇宙射线的奥地利－美国物理学家维克托·弗朗西斯·赫斯（1883—1964）共享1936年诺贝尔物理学奖。安德森得到这一殊荣当之无愧：正电子的发现不但证明了量子理论的正确性，证明了狄拉克天才预言的正确性，而且更重要的是，它揭示了物质的一种基本特性——对称性，为人类寻找更多的反粒子开头引路。事实上，接下来就先后发现了反质子、反中子和反西格玛超子。

1932年安德森发现正电子的消息传来，使小居里夫妇吃惊不小，因为他们也拍过类似的照片，并且在1931年末的时候就已观察到正电子的径迹，但是夫妇俩却错把从源发出的正电子误判为是流回源的电子了。这就使小两口痛失发现正电子的机会，而将它留给了半年以后的安德森。

布莱克特

把机会留给安德森的还不止小居里夫妇。英国物理学家、社会活动家、地球物理学家布莱克特（1897—1974）在安德森之前也曾观察到正电子的存在，但由于过分谨慎而没有及时发表，造成终身遗憾。不过，他的遗憾得到了另一种形式的“弥补”——因为改进云室以及核物理和宇宙射线等一系列发现，他在1948年独享诺贝尔物理学奖。

“布莱克特是他的同辈中最多才多艺，也是最受人爱戴的物理学家。”英国地球物理学家爱德华·（泰迪）·克里斯普·布拉德（1907—1980）爵士曾这样盛赞布莱克特。连“同辈中最多才多艺”的人也会因“过分谨慎而没有及时发表”自己得到的新成果而错失获得诺贝尔奖的良机，可见近在咫尺、似乎唾手可得的真理，却又往往是云山阻隔，杳无影踪。科技之路的确崎岖蜿蜒而非平坦大道……

布莱克特的遗憾倒是以另一种形式“弥补”了，但是在评价发现正电子的功绩时，中国物理学家赵忠尧（1902—1998）的遗憾，却永远无法弥补！

赵忠尧

赵忠尧出生在浙江诸暨一个乡村的私塾教师之家，从小体弱多病。但他学习非常勤奋刻苦，15 岁进诸暨县立中学一年后就因成绩优秀，得到免收学费的优待。他于 1925 年在东南大学毕业后，到清华大学当了助教。1927 年，怀着振兴中国科学的宏图大愿，他又到美国加利福尼亚理工学院留学，师从美国物理学家密立根（1868—1953），并在 1930 年获得哲学博士学位。

赵忠尧在 1929—1930 年做的博士论文的题目是《硬 γ 射线通过物质时的吸收系数》。在这个课题的研究过程中，他发现硬 γ 射线通过轻元素的散射完全符合“克莱因－仁科公式”（Klein－Nishina formula），但通过重元素的散射却出现了“反常吸收”和特殊辐射。1930 年 5 月，赵忠尧在美国《国家科学院学报》上发表了有关论文《硬 γ 射线吸收系数（的测量）》。大致同时，欧洲的几位学者也有类似的发现。同年 9 月，赵忠尧还测得这种特殊辐射的能量为 550 千电子伏，辐射角的分布大致同向，质量与一个电子相当。同年 10 月，他又把相关成果的论文《硬 γ 射线的散射》发表在美国《物理评论》上。

克莱因－仁科公式是由瑞典理论物理学家奥斯卡·本杰明·克莱因（1894—1977）与被称为“日本现代物理学之父”的仁科芳雄

（1890—1951）在 1928 年提出来的。这个非常重要的公式，用来计算电磁场对静止电子的康普顿散射微分散射截面与初态、末态光子能量。

奥斯卡·本杰明·克莱因

仁科芳雄

这些成果表明，赵忠尧已经发现了一种新粒子——正电子。

在 1936 年，瑞典皇家科学院却把发现正电子的诺贝尔物理学奖给了卡尔·大卫·安德森（与维克托·弗朗西斯·赫斯）；而安德森的发现是建立在赵忠尧工作的基础上的，这一点连他自己也不否认——安德森在 1983 年出版的一本著作中公开承认，他的实验受到了赵忠尧实验结果的直接启发。几个月后，布莱克特与意大利物理学家奥恰里尼（1907—1993）又发现了更多的正电子，并对正负电子对产生与湮灭的机制做出了合理的解释。然而，这两位著名科学家在自己的论文中引述赵忠尧的工作时，都发生了不应该有的错误——竟然把赵忠尧 1930 年发表的重要成果注释成另外两名科学家的论文，造成了混淆当时物理学界视听的影响。后来，诺贝尔物理学奖评委会主任爱克斯朋教授在他的著作中也坦诚地说，这是一桩“很令人不安的、无法弥补的疏漏”——一个永远遗憾的疏漏。

1950 年 12 月 28 日，冲破重重阻力的赵忠尧回到祖国，并为中国的核物理发展做出了巨大的贡献。

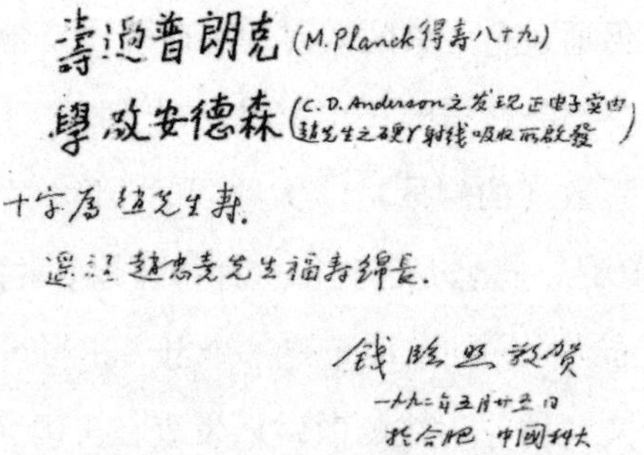

壽過普朗克 (M.Planck得寿八十九)
學啟安德森 (C.D.Anderson之发现正电子实由赵先生之硬γ射线吸收所啟發)
遥祝赵忠尧先生福寿绵长.
钱临照敬贺
于合肥 中国科大

钱临照为赵忠尧写的 90 岁寿贴

虽然赵忠尧与诺贝尔奖擦肩而过留下遗憾，但包括中国在内的许多国家的科学家都承认他对发现正电子的贡献。例如，在 1992 年他 90 岁寿辰时，中国著名物理学家钱临照（1906—1999）就为他写了一份贺贴：“寿过普朗克（M. Planck 得寿八十九）、学启安德森（C. D. Anderson 之发现正电子实由赵先生之硬 γ 射线吸收所启发）……”这是钱临照对赵忠尧学术造诣的准确评价，既表达了他对赵忠尧科学成就的推重之情，同时也隐含着对历史偶然性的深深遗憾。

1998 年 5 月 28 日，96 岁高龄的赵忠尧怀着遗憾但安详而悄然无声地辞别人世。让他深以自慰的是：“这一生一直在为祖国兢兢业业地工作，没有谋取私利，没有虚度光阴。”

在中国物理学史上，赵忠尧是一座丰碑！在世界物理学史上，他也是一颗璀璨的明星！

正电子是人类发现的第一种反物质粒子，这一重大发现与小居里夫妇失之交臂实在可惜。他们的失误告诉我们，在观察到“异样”情况时不能想当然做先入为主的判断，而应别具慧眼，查个水落石出。布莱克特的失误给我们的教训是，过于小心谨慎也会让别人占尽先机。对个人，失去得奖机会；对人类，延误科研进程。事实上，他们的失误让正电子的发现推迟了一个年头。

布莱克特与奥恰里尼的疏漏，以及诺贝尔奖评委会调查研究的缺失给我们的教训是，“当事”科学家们的严谨和评奖者们的深入调查，对于公正的科学评奖与给予科技积极的推动是多么重要！

是“超铀元素”吗

——走到核裂变门口的时候

自从1919年卢瑟福发现元素的人工嬗变以来，许多人都用α粒子轰击某种元素的原子核，从而得到另外的稳定元素。

法国化学家小居里夫妇也是这“许多人”中的研究者。1934年1月，他们用α粒子轰击铝时，得到了放射性元素磷，它的半衰期仅3分钟，最后衰变为稳定的元素硅。此外，他们还用α粒子轰击氢、锂、铍等10多种元素，也观察到类似的现象——放射性同位素可以人为产生。由于这一重大新发现，夫妇俩共享1935年诺贝尔化学奖。他们的有关论文于1934年2月10日发表在英国《自然》杂志上。

Artificial Production of a New Kind of Radio-Element

By F. Joliot and I. Curie, Institut du Radium, Paris

SOME months ago we discovered that certain light elements emit positrons under the action of α-particles[1]. Our latest experiments have shown a very striking fact: when an aluminium foil is irradiated on a polonium preparation, the emission of positrons does not cease immediately, when the active preparation is removed. The foil remains radioactive and the emission of radiation decays exponentially as for an ordinary radio-element. We observed the same phenomenon with boron and magnesium[2]. The half life period of the activity is 14 min. for boron, 2 min. 30 sec. for magnesium, 3 min. 15 sec. for aluminium.

We have observed no similar effect with hydrogen, lithium, beryllium, carbon, nitrogen, oxygen, fluorine, sodium, silicon, or phosphorus. Perhaps in some cases the life period is too short for easy observation.

The transmutation of beryllium, magnesium, and aluminium α-particles has given birth to new radio-elements emitting positrons. These radio-elements may be regarded as a known nucleus formed in a particular state of excitation; but it is much more probable that they are unknown isotopes which are always unstable.

For example, we propose for boron the following nuclear reaction:

$$_5B^{10} + _2He^4 = _7N^{13} + _0n^1$$

$_7N^{13}$ being the radioactive nucleus that disintegrates with emission of positrons, giving a stable nucleus $_6C^{13}$. In the case of aluminium and magnesium, the radioactive nuclei would be $_{15}P^{30}$ and $_{14}Si^{27}$ respectively.

The positrons of aluminium seem to form a continuous spectrum similar to the β-ray spectrum. The maximum energy is about 3×10⁶ e.v. As in the case of the continuous spectrum of β-rays, it will be perhaps necessary to admit the simultaneous emission of a neutrino (or of an antineutrino of Louis de Broglie) in order to satisfy the principle of the conservation of energy and of the conservation of the spin in the transmutation.

The transmutations that give birth to the new radio-elements are produced in the proportion of 10^{-7} or 10^{-6} of the number of α-particles, as for other transmutations. With a strong polonium preparation of 100 millicuries, one gets only about 100,000 atoms of the radioactive elements. Yet it is possible to determine their chemical properties, detecting their radiation with a counter or an ionisation chamber. Of course, the chemical reactions must be completed in a few minutes, before the activity has disappeared.

We have irradiated the compound boron nitride (BN). By heating boron nitride with caustic soda, gaseous ammonia is produced. The activity separates from the boron and is carried away with the ammonia. This agrees very well with the hypothesis that the radioactive nucleus is in this case an isotope of nitrogen.

When irradiated aluminium is dissolved in hydrochloric acid, the activity is carried away with the hydrogen in the gaseous state, and can be collected in a tube. The chemical reaction must be the formation of phosphine (PH_3) or silicon hydride (SiH_4). The precipitation of the activity with zirconium phosphate in acid solution seems to indicate that the radio-element is an isotope of phosphorus.

These experiments give the first chemical proof of artificial transmutation, and also the proof of the capture of the α-particle in these reactions[3].

We propose for the new radio-elements formed by transmutation of boron, magnesium and aluminium, the names *radionitrogen*, *radiosilicon*, *radiophosphorus*.

These elements and similar ones may possibly be formed in different nuclear reactions with other bombarding particles: protons, deutrons, neutrons. For example, $_7N^{13}$ could perhaps be formed by the capture of a deutron in $_6C^{12}$, followed by the emission of a neutron.

[1] Irène Curie and F. Joliot, J. Phys. et Rad., 4, [illegible]; 1933.
[2] Irène Curie and F. Joliot, C.R., [illegible]; 1934.
[3] Irène Curie et F. Joliot, C.R., meeting of Feb. [illegible], 1934.

小居里夫妇1934年2月10日发表在《自然》上的论文的一页

小居里夫妇的发现，在1934年已传到意大利。意大利物理学家费米等人以此为起点，也研究了用粒子轰击元素的实验，只不过他们不是用α粒子，而是用中子。

为什么用中子呢？因为α粒子和原子核都带正电，当α粒子轰击原子核的时候，不但要受到核外带负电的电子的吸引，而且更重要的是要受到原子核的排斥。这样，用 α 粒子就不容易把核轰破——对原子序数大的元素更是如此。不带电的中子却不存在这种困境。

费米等人按顺序用中子轰击了当时已知的 92 种元素。他们用中子轰击从氟开始的元素，结果都得到放射性同位素。当轰击 92 号元素铀的时候，得到了几种具有不同半衰期的 β 放射元素。经过一系列化学分析，他们认为可能是一种原子序数大于 92 的元素——“超铀元素”。于是，费米在罗马大学物理研究所所长、参议员科尔宾诺（1876—1937）的鼓励下，于 1934 年 5 月在英国《自然》杂志上，发表了论文《原子序数高于 92 的元素可能生成》。

事实上，后来证明，费米等人当时得到的物质是很复杂的。虽然其中确有超铀元素的成分，但他们测量的并不是这一部分，而是重核裂变的产物。费米等人误以为是发现了超铀元素，错过走进核裂变大门的机会。

错过发现核裂变机会的还有小居里夫妇。1937—1938 年，他们同助手——塞尔维亚物理学家、化学家萨维奇（1909—1994），用放射化学分析法分析他们用慢中子轰击铀的产物的时候，发现其中一种放射性元素的半衰期为 3.5 小时。再用传统载体法分离沉淀，证明这种元素的性质接近镧。按当时超铀元素的概念，则其性质接近锕。显然，两种结论相距甚远，但他们无法做出解释，也没有深追下去，反而在 1938 年 5 月的《科学院通讯》上说：“……它也许是一种超铀元素……”实际上，他们已经发现了核裂变——裂变后半衰期为 3.5 小时的那种元素，正是钇。

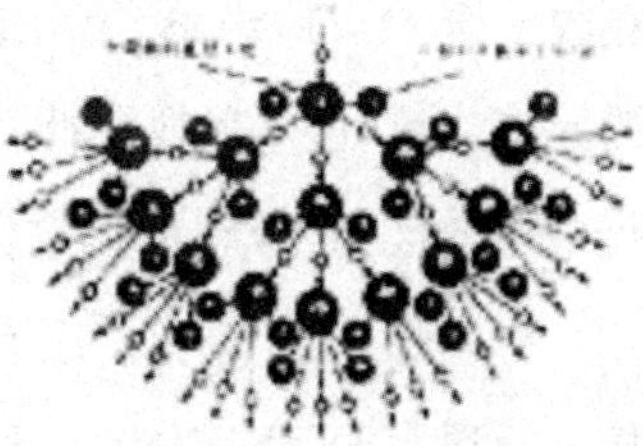

铀的重核裂变示意

此外，欧洲有好几个科研机构，特别是巴黎的居里实验室和柏林大学化学研究所，甚至还有把 1938 年诺贝尔物理学奖授予费米一个人的评委们，都肯定费米发现了超铀元素，以至于有“发现”94 ~ 97 号超铀元素的记载。实际上，他们也误以为核裂变中的产物是超铀元素。

更令人遗憾的是，弗里德里希·约里奥·居里是在预见到有核裂变的可能之后，产生上述失误的。一个证据是，他早在1935年获得诺贝尔化学奖的演讲中就说道：“我们有理由相信科学家可以随心所欲地聚合或分裂元素，从而使爆炸形式的嬗变成为事实……如果这种嬗变一旦能成功在物质中漫延开来，我们可以看到巨大的、可利用的能量将会被释放出来。”由此可见，小居里夫妇不但预言了核裂变的可能性，而且还勾勒出链式反应和利用原子能的图景。只可惜，他们却在如前所述的两三年后，依然误失发现核裂变的良机。

良机属于别具慧眼的智者。在前述费米宣布发现超铀元素后，德国女化学家伊达·诺达克（1896—1978）就认为，发现超铀元素的证据不足，很可能是中子打击重核后分裂成的几块大碎片。费米却没有考虑这一意见，认为能量不足百分之几电子伏的中子，不可能会使抵得住几百万电子伏能量轰击的原子核发生分裂。在他看来，一般重核吸收一个中子后经β衰变成为原子序数增加1号的元素，已是“客观规律”，于是92号元素铀吸收中子变成93号超铀元素也是天经地义的。

哈恩

别具慧眼的智者，还有德国放射化学权威奥托·哈恩（1879—1968）和他的助手、德国物理学家斯特拉斯曼（1902—1980）等人。当他们读到前述弗里德里希·约里奥·居里等在《科学院通讯》上的论文后，在当年12月底就重做了同样的实验，得到了铀原子的确被中子打成碎片的结论。他们也吃不准慢中子怎么会有这么大的本领，以至于在当年12月22日寄给德国周刊《自然科学》杂志的实验报告付邮后，还想设法取回来。

哈恩鉴定铀裂变产物用的化学实验装置

当哈恩等的报告寄给逃亡在瑞典的奥地利女物理学家迈特纳

（1878—1968）之时，正逢也流亡到哥本哈根的玻尔理论物理研究所的奥地利物理学家、她的外甥弗里施（1904—1979）圣诞节来看她。经过她和弗里施的研究，终于做出了核裂变的合理解释，并联合写出论文——弗里施还发明了“裂变”一词。

当迈特纳和弗里施载有用爱因斯坦的 $E=mc^2$ 得出核裂变将产生巨大核能的论文，传到弗里德里希·约里奥·居里处的时候，后者把自己锁在房里，一连几天都不和别人说话——为自己不止一次失去重大发现的机会懊悔不已！

迈特纳

1939 年 1 月 27 日，玻尔在华盛顿的理论物理学讨论会上，宣布了哈恩和斯特拉斯曼的发现以及迈特纳和弗里施的解释。几个小时以后，美国 3 个大学分别用实验证实了核裂变的发现。

弗里施（右）1931 年在汉堡大学奥托·哈恩实验室

费米、小居里夫妇等一次次痛失发现核裂变的失误虽然各不相同，但囿于固有观念——抱住超铀元素不放，难以听进别人的意见，不能穷根究底，却是主要的主观原因。费米失误的另一原因是缺乏足够的化学知识——原子核的研究是物理学家和化学家共同协作的事。对这些失误，费米本人心知肚明——在 1938 年的获奖演说中，他指出了自己的不足：哈恩和斯特拉斯曼发现，在衰变过程中，放射性铀产生了钡，由此必须重新认识超铀元素。

此外，诺贝尔物理学奖评委会把新元素研究和原子核反应研究一起当作费米获奖的理由，显然不妥。

别具慧眼的哈恩等人则抓住时机，做出这一重大发现。哈恩还因此于1944年独享诺贝尔化学奖。

利用核裂变反应的原理，费米领导的科学小组于1942年12月2日，在芝加哥建成了世界上第一座原子反应堆。费米对在核裂变上的失误，依然表现出终身的悔恨——他的学生在他死后的安葬仪式上，还无比悲痛地说："上帝按照不可思议的动机，使我们在核分裂上表现为一个盲人。"

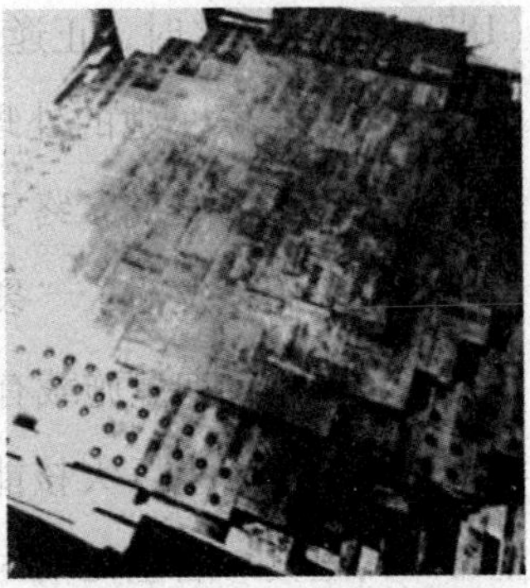

费米领导的小组建成的世界上第一座原子反应堆的堆芯

“弱电统一”面前的遗憾
——从狄拉克到程开甲

“他坐在一盏半明半暗的桐油灯下，打了大赤膊，一手持扇，一手拿只大烟斗，尽管烟味浓烈呛人而他仍勤读不辍。书本旁边是成堆的演算稿纸，而且都是两面用过的带黄色的土纸……”这是抗日战争期间，一位同窗好友见到颠沛流离于全国七个地方的浙江大学的同学——“他”之后的一段描述。

这个“他”是谁——学习这么刻苦?

20多年以后的1964年10月16日，中国的第一颗原子弹爆炸成功。这个“他”成了中国核试验基地副司令员兼研究所所长。

“他”，就是“两弹元勋”之一的中国物理学家程开甲（1918—2018）。

程开甲

1918年8月3日，程开甲出生在江苏盛泽一个渐衰的富商家庭。他7岁时父亲过世，生性刚烈的母亲不甘忍受屈辱而离家出走。小小年纪受此打击，使他变得执着、倔强和坚忍不拔。

1931年，程开甲进入浙江嘉兴秀川中学学习。由于学习刻苦，这位小学二年级曾连续留级三年的“差生”，在一次全省的英语背诵比赛中一举夺冠。为此，同学们还送给他一个雅号——“程book”。

1937年，程开甲以公费待遇进入浙江大学学习。在大学三年级的时候，他写了论文《根据黎曼基本定理推导保角变换面积的极小值》，后来由中国数学家陈建功（1893—1971）推荐给英国数学机构发表，还被苏联数学家斯米尔诺夫（1887—1974）编著的《高等数学教程》全部引用。毕业后，程开甲一边教学，一边从事研究，先后在英国杂志上发表了《用等价原理计算水星近地点移动》《对自由粒子的狄拉克方程推导》等学术论文。

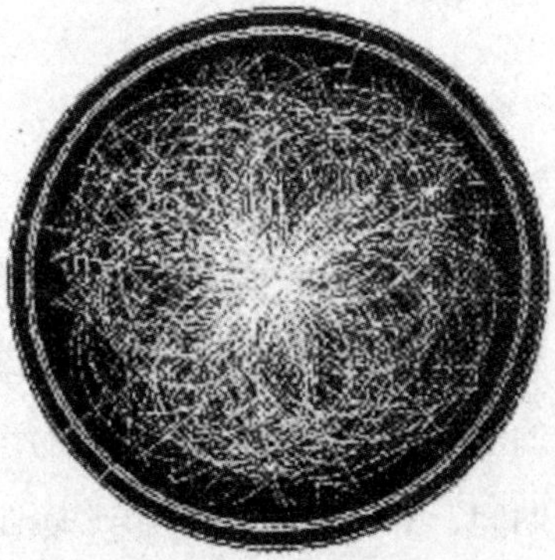

模拟的希格斯玻色子

1944年10月，英国化学家兼科学史家李约瑟（1901—1995）来到浙大，在中国物理学家王淦昌（1907—1998）的推荐下，见到了程开甲。李约瑟对程开甲的论文《弱相互作用需要205个质子质量的介子》大为赞赏，并同意把它转交给英国著名物理学家狄拉克（1902—1984）。遗憾的是，由于狄拉克本人看法的偏执，文章没有发表；而程开甲也没有去怀疑其权威性，就遗憾地放弃了对这个问题的继续研究。

1973年夏，程开甲的这个研究成果，被设在日内瓦的欧洲核子研究中心的实验所证实。这项“为四种力的统一跨出第一步”的成果——“弱电统一”，在1979年获得诺贝尔物理学奖。得奖的是三位物理学家：美国的格拉肖（1932— ）、温伯格（1933— ），巴基斯坦的萨拉姆（1926—1996），而程开甲则遗憾地与诺贝尔奖失之交臂。这里提到的四种力，是统治宇宙的强作用力、弱作用力、引力和电磁力。

从狄拉克到程开甲的遗憾可以看出，在科学上需要刨根究底和大胆猜测。苏联物理学家福克就说过：“伟大的，以及不仅是伟大的发现，都不是按逻辑的法则发现的，而是由猜测得来；换句话说，大都是凭创造性的直觉得来的。”这正如《孙子兵法》所说：“善出奇者，无穷如天地，不竭如江河。”

当然，人生的机遇并不止一次。1946年，在英国文化委员会的资助下，程开甲留学英国爱丁堡大学，师从当时已经加入英国籍的德国著名物理学家、1954 年诺贝尔物理学奖两位得主之一的玻恩（1882—1970）。“在这里，我学到许多新知识，特别是不同观点的争论。玻恩当时常和好友爱因斯坦通信，并常常为不同观点争论不休。”程开甲回忆在这里学习的收获时，这样说。

玻恩

“玻恩教授，对不起，我走了……”1950 年 8 月，程开甲哽咽着告别导师。此时，他心中也在急切地呼唤：“祖国，我回来了！”

就这样，程开甲回到祖国，去实现他儿时科学报国的理想……

朗道武断说“废话”
——杨、李幸运得大奖

对于最早荣获诺贝尔物理学奖的美籍华人杨振宁（1922— ）和李政道（1926—2024），人们并不陌生，他们是在 1957 年共享这一殊荣的。

杨振宁　　李政道

鲜为人知的是，他们能分享这一殊荣，有“幸运之神”——独享 1962 年诺贝尔物理学奖的苏联物理学家列夫·达维多维奇·朗道（1908—1968）的“帮助”。

1956 年，苏联物理学家沙皮罗（1915—1973）通过对介子衰变的研究，提出了介子衰变过程中宇称不守恒的新见解。这本来是一个极其重要的发现，可是当沙皮罗把写成的相关论文恭恭敬敬地交给朗道审阅时，朗道只是冷冷地一笑：“废话。”然后，就顺手把它扔到了办公桌一边“打入冷宫”，再也没有理睬。

一年多以后，杨、李二人发现弱相互作用中宇称不守恒而获奖的消息就传开了。他们的成果大大深化了人类对微观世界的认识，当时震惊了整个物理世界。此时，朗道方如梦初醒，但已追悔莫及。

那么，朗道是个什么人？为什么沙皮罗要把论文交给他审阅？朗道又为什么对新观点不屑一顾呢？守恒、不守恒又是怎么回事呢？

朗道是苏联最著名的科学家之一，也是当时世界级的物理学家

——被誉为20世纪上半叶12个最著名的物理学家之一。1941年，他因在超流理论研究中解决了关键性的理论问题——第二种液氦的量子力学力理论等重大成就享誉世界。在上海人民出版社于1975年出版的《自然科学大事年表》中，可以找到关于他所获成就的5个条目。至于他获得的国内外奖项和荣誉院士、会员称号，更是不计其数。由此可见，他并非等闲之辈。

朗道

正是由于这种“权威”地位，所以沙皮罗将论文交给他审阅，也就顺理成章了。

朗道也有许多缺点——例如常把自己不喜欢的、别人在研究的理论，一律称为“病态”，而与这些人“水火不容”。这方面的典型实例，是他和苏联理论物理学家伊凡宁柯（1904—1994）的“过不去”。他和伊凡宁柯本来是非常要好的伙伴，两人曾一起合作发表过几篇论文。但是，后来却因为小小的矛盾，就变成了“病态”关系。再如，他的学生在他50岁寿辰时为他选编了论文集，但他坚决反对把他与伊凡宁柯合作的论文收进去，也绝不允许伊凡宁柯参加他的研究讨论会。谁要是在他面前提到伊凡宁柯的成就或者文章，朗道绝不会善罢甘休、轻易饶恕他。总之，朗道具有强大的优越感，因而缺乏自我克制力、目空一切、自以为是，故步自封地墨守宇称守恒定律。

朗道的这些成就和缺点，使他不屑于沙皮罗的新观点，上述失误也就不奇怪了。

物理规律一般不会因左右方向的不同而有差别。在量子力学中，人们认为孤立体系的宇宙不会从“偶性”变为“奇性”，也不会从“奇性”变为“偶性”，这称为“宇称守恒定律”。由于人们尚未发现宇称不守恒的例子，所以墨守成规的朗道认为沙皮罗的新观点不值一提。

但朗道这回的武断却错了。就在沙皮罗提出新观点后仅几个月的

1956 年 4 月，杨、李二人就提出宇称守恒定律在弱相互作用下可能不成立。他俩的观点，得到了 29 年前即 1927 年提出宇称守恒定律的匈牙利物理学家威格纳本人，以及其他理论物理学家的鼓励。杨、李二人进一步全面检索了当时的有关实验资料，发现在电磁作用和强相互作用中宇称确实守恒；但在弱相互作用中，并没有可靠的实验证明宇称也守恒。他俩还分析了可以在哪些实验中检验宇称守恒定律，并把关于这一课题的论文《在弱作用中宇称是守恒的吗?》在 1956 年 6 月 22 日，寄给了美国最权威的《物理评论》。该杂志将其改为《对弱相互作用中宇称守恒的质疑》，刊于 1956 年 10 月 1 日出版的第 104 卷第 1 期第254 ~258页上。

他俩的论文发表后，立即就有三组物理学家分别用各自不同的方法进行实验验证，最终都证实了杨、李的理论。

其中哥伦比亚大学和华盛顿特区国家标准局的这一组，由美籍华人、女物理学家吴健雄（1912—1997）领导。1956 年夏到 1957 年 1 月，吴健雄等在强磁场和低温条件下观测到钴 60 在 β 衰变时发射出的电子，在空间中的分布是不对称的，这就证实了杨、李的理论。

吴健雄

第二组和第三组证实杨、李的理论的实验，都是由美国物理学家完成的。弗里德曼（A. M. Friedman）和瓦伦丁·路易斯·特莱格第（1922—2006，出生在匈牙利）在芝加哥用的是乳胶照相法。理查德·劳伦斯·伽尔文（1928—　）、莱昂·马克斯·莱德曼（1922 — 2018）和温里克（M. Weinrick）在哥伦比亚用的是电子学方法。

其实，不仅朗道错了，而且因为“量子物理学方面的工作”，在 1965 年荣获诺贝尔物理学奖的三位得主之一的理查德·费曼（1918—1988）也错了。这位曾猜测宇称有时可能不守恒，但没能深入下去的

费曼

美国物理学家曾以50∶1的赔率打赌说，如果“宇称不守恒”，他就付出50美元。结果，他开出了50美元的支票，不过没有兑现——这张支票放在他打赌对象的镜框里。“可畏的”（杨振宁说他对青年很不客气，所以都怕他）美籍奥地利物理学家泡利（1900—1958）也不相信宇称不守恒。美籍瑞士物理学家、1952年诺贝尔物理学奖两位得主之一的布洛赫（1905—1983）则说，如果宇称不守恒，他要吃掉自己的帽子。

在杨、李二人得奖后，人们才逐渐了解到，在苏联有一位早于他们几个月提出类似理论的科学家。不用说，这就是沙皮罗。由于他的论文还在朗道手中根本没有公开发表，这样，按照科学上的优先权规则，沙皮罗就失去了这一次获得诺贝尔奖的机会。他没有杨、李幸运，因为他得到的不是鼓励而是反对，反对者是他的同胞朗道。

如果把杨、李二人得奖的原因完全“归功”于朗道的武断否定和他俩的“幸运”，也失之偏颇。杨、李二人的成就也是“血汗浇来春意浓”的必然结果。如果没有朗道的武断，那么1957年诺贝尔物理学奖就存在三种可能：沙皮罗一人独享，杨、李二人“名落孙山”；他仨共享；杨、李与吴健雄共享。不过，历史只诠释已然，不相信如果。

历史的伟人和杰出的科学家绝不能居功自傲、自以为是、目空一切，无视“小人物”，武断否定新事物。否则，就会因他们的权力、威信产生更大的危害。大自然的奥秘我们还知之甚少，在管窥蠡测的研究中，我们决不可以偏概全，以个别代替一般，否则将再犯朗道的错误。

人与人之间，只应有左右之别，不应有“上”“下”之差。

贝采利乌斯和奥桑的遗憾
——“让”给克劳斯的钌发现权

奥桑

“看，矿石中又发现了三种新成分!”俄国多尔巴特大学的德国化学家、物理学家戈特弗里德·威廉·奥桑（1796—1866）有点激动地对他的同伴、瑞典化学家贝采利乌斯（1779—1848）说。

“不会吧，在这种矿石中已经发现四种已知元素了。”贝采利乌斯回答说。

原来，在1827年，贝采利乌斯与奥桑一起，考察乌拉尔山的铂矿成分。他们把山上采回的矿石进行加工提炼，先从中制取粗制的铂，然后用王水溶解这些粗制的铂，并研究溶解后的残余成分。当他们得到了钯、锇、铑、铱四种已知金属元素之后，贝采利乌斯就认为研究已经终结，停止了对剩余残余物的研究。

贝采利乌斯

奥桑则不同意贝采利乌斯的观点，继续对残余物进行研究。通过研究，奥桑在1828年从残余物中发现了三种新成分，并把它们命名为Pluranium、Ruthenium、Polinium——其中Ruthenium是为了纪念“俄罗斯”（Rusi——Russia）。贝采利乌斯囿于已有的认识，对奥桑说的“新成分”连看都没看一眼，就给予了否定，于是有了这番对话。奥桑随后也和他一样，停止了对残余物的进一步确认。

他们的“停止”，却是一次终身遗憾。在这“新成分”（后来证实是钌）被推迟发现的10多年间，只有另一位俄国化学家克劳斯（1796—1864）心存疑虑，要“打破砂锅问到底”。1840年，他从彼得堡的一名炼铂匠那里购来2磅（1磅合454克）铂渣，从中提炼出了微量的钯、铑、锇、铱等金属，还得到10%的铂。当他把这个分析结果呈报给政府矿物当局的时候，财政大臣康克林伯爵完全赞成，政府的矿物工程师主任契夫金还赠给他20磅铂渣作为礼物。

克劳斯再接再厉。1844年，他把锇铱矿粉、碳酸钾和硝酸钾混合，一起在银制坩埚中的氧化镁上面加热了大约1.5小时使其熔化，冷却后将熔块用水溶解，再将溶液放在暗处经过四昼夜后，就得到一种橙黄色的溶液。他往该溶液中加入硝酸，就产生了黑色沉淀（其中含四氧化锇和氢氧化钌），然后把这种黑色沉淀与王水一同蒸馏，就得到了黄色的四氧化锇结晶。最后，将蒸馏所得的残渣（主要成分是三氧化二钌和四氧化锇）用氯化铵处理，得到了氯钌化铵，煅烧后就得到海绵状的新元素。他也采用了奥桑的Ruthenium名称，把确认的这种新元素命名为钌（Ru，拉丁文全名Ruthenia）。

克劳斯不嫌弃贝采利乌斯与奥桑的“剩饭”，终于“后来居上”，在“剩饭”中炒出了“美味”——把钌的发现权揽入怀中。

贝采利乌斯最早在1813年采用字母作为沿用至今的化学元素符号，并用它表达化合物的化学式。他还发现并命名了化学中催化剂一类物质。在新元素探索中，他发现并制得了纯净状态的新元素铈、硒、钍、硅、钛、钽、锆和钒，等等。总之，由于他在发展原子论方面及电化学、有机化学、分析化学等方面取得的一系列重大的发现，被人们称为19世纪前半叶世界最伟大的化学家。不过伟大的化学家也会失误，他的这一粗心，就丢掉了已经看到的新元素钌的发现权。

奥桑出于对“权威”贝采利乌斯的迷信，也和新元素钌擦肩而过。看来，对“权威”只能信任，不能迷信——一切都应追根究底。

钌是一种熔点高达2 310 ℃的银白色硬金属，是铂和钯的有效硬化剂，硬化后的合金在工业中有广泛用途。钌的同位素还可用于放射性治疗。

因为误判而丢掉新元素发现权的，当然不止这一例。1785 年，法国化学家贝托雷（1748—1822）不正确地分析自己所做实验的结果，得到氯气是盐酸和氧气的化合物的结论。在此基础上，法国物理学家兼化学家盖·吕萨克（1778—1850）从 1809 年开始，通过实验否定了老师贝托雷的结论。但由于盖·吕萨克并没有抓住这一发现氯的良机，而是误信了拉瓦锡“一切酸中都含氧”的错误观点，遗憾地把发现权留给了英国化学家戴维（1778—1829）。

当他人支持自己的原子论时
——视友为“敌”的道尔顿

原子论是人们认识物质结构的基础理论之一。其认识大致经历了两个阶段，历时约3 000年之久。

早在3 000多年前，中国人就认识到金、木、水、火、土等的性质和作用，到西周末，就有《国语·郑语》提出“以土与金木水火杂成万物”。春秋战国时，墨子认为万物由称为“端”的原子组成。大致同时，古希腊的留基伯、德谟克里特、伊壁鸠鲁等提出了朴素的唯物原子论。这是原子论的朴素思想阶段，但因无实验证据而长期沉寂。

随着新元素的不断发现，有关元素及其化合物的性质等知识的大量积累，物质不灭定律、定组成定律、化合互比定律等先后被发现，法国科学家伽桑第（1592—1655）恢复了朴素的原子论。其后，英国科学家波义耳（1627—1691）、牛顿先后提出物质的微粒说，而俄国科学家罗蒙诺索夫也阐述了他的原子－分子论。这一切，为科学原子论的诞生打下了坚实的基础。

道尔顿

科学的原子论的创立者是英国物理学家、化学家道尔顿（1766—1844）。他于1803年10月18日在曼彻斯特的“文哲学会”上，首次宣读了他有关原子论及原子量计算的论文。其后，他的这些观点又分别在1805年的期刊和1808年的《化学哲学新体系》中发表。他能提出科学的原子论不是偶然的，因为他不仅具有像英国化学家普利斯特利那样卓越的实验才能，而且具有像法国化学家拉瓦锡（1743—1794）那样敏捷的思维头脑。他能在这两人之后用科学的原子论实现化学实验和理论的第一次大综合，以至于让恩格斯认为：“近代化学之父不是拉瓦锡，而是道尔顿。”

道尔顿科学的原子论中的三大重点是：“不同元素的原子以简单数目的比例相结合”“不同原子性状不同”“原子不可再分”。

盖·吕萨克

正当道尔顿考虑其原子论的同时，法国科学家盖·吕萨克正在进行各种物质反应时体积关系的研究。1805 年，他和德国自然学家和旅行家、近代地理学奠基人之一的弗里德里希·威廉·海因里希·亚历山大·冯·洪堡（1769—1859），重做了英国卡文迪许做过的氢、氧化合成水时体积比的实验，得到 199.89∶100≈2∶1 的结果。他还做了许多类似的实验，最终于 1808 年得出结论：“各种气体在彼此起化学反应时常以简单的体积比相结合”“相同体积的不同气体，其密度比与原子量之比，也成简单整数比”。这就是气体反应的体积定律。

气体反应的体积定律，实质上是支持道尔顿的“不同元素的原子以简单数目的比例相结合”的原子论观点的，然而，道尔顿却拒绝这一支持。他反而认为两者尖锐对立，并对气体反应的体积定律做如下驳斥：首先，他认为不同物质的原子大小一定不同，因此在相同的容积内不同物质不可能含有相同数目的原子。其次，他认为如果按盖·吕萨克所说的“相同体积中不同气体的原子数目相同”，那么既然 1 体积氮与 1 体积氧化合成 2 体积的氧化氮“原子”——这是他的原子论中的观点，那么每 1 个氧化氮“原子”中就应只含半个氧原子和半个氮原子，等等。这些和他的原子论中“原子不可再分”的观点势不两立，因此，他指责盖·吕萨克的实验基础不牢固，可靠性不够，理论分析有误。

后来的事实证明，道尔顿的实验技术远不及盖·吕萨克，后者的实验定律是正确的。道尔顿没能看出后者的实验定律，是对他的原子论中正确部分的支持。他视友为“敌”，反对支持自己的盖·吕萨克，是一个重大失误。

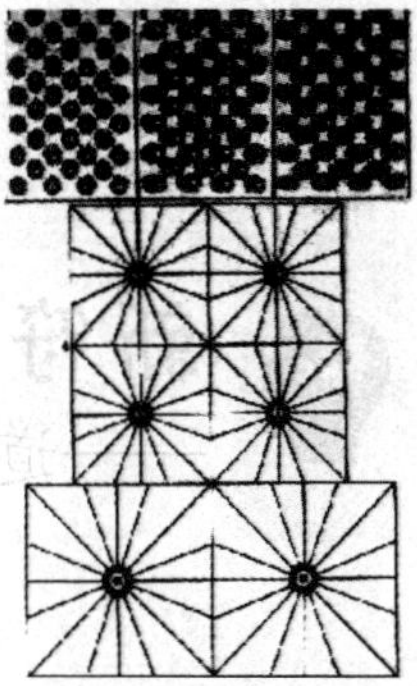

道尔顿描绘的气体的“原子”

我们看到，前述道尔顿的两点反驳也是合理的。一个合理的反驳却是错误的，这显然就得从所依据的理论即原子论上找原因了。事实是，道尔顿的原子学说必须修正前述错误，补充不足。

道尔顿的原子学说的主要错误之一是，认为“原子”（实际是现在所说的“分子”和“原子”）不可再分。如果纠正这一点，那么他的两点反驳也就不能成立了。于是在我们看来，道尔顿之所以产生拒绝别人支持自己理论的失误，关键是他的原子论中有失误之处。

阿伏伽德罗

弥补这一失误的任务，落到了意大利物理学家兼化学家阿伏伽德罗（1776—1856）的身上。他在1811年的论文《原子相对质量的测定方法及原子进入化合物时数目比例的确定》中提出了三个新的观点：①无论是化合物还是单质，在不断被分割的过程中都有一个分子阶段，而分子是具有一定特性的物质组成的最小单位；②单质分子可由多个原子组成；③同温同压同体积的气体，无论是单质或化合物，分子数都相同。显然，这就统一了道尔顿的原子说和盖·吕萨克的气体反应的体积定律，并说明了两者的内在联系。这样，由道尔顿创立的、阿伏伽德罗完善的科学原子论和新原子论思想的第二阶段就大致完结了，并由阿伏伽德罗带入分子论这一全新的阶段。

遗憾的是，道尔顿对分子论也持反对态度。这一失误也许与他要想维持“权威”地位的思想有关。

由道尔顿的失误可见，当别人的理论和自己的学说发生“冲突”时，应客观分析原因何在，不能因为部分成功而掩盖不足和错误。

新符号面前的“拒绝”
——道尔顿故步自封

道尔顿的科学原子论是一个革命性的变革，使化学迎来了发展的新时期。正如恩格斯所说：“现……已经能够有系统地、差不多是有计划地向还没有被征服的领域进攻，就像计划周密地围攻一个堡垒一样。”同时，科学原子论也为道尔顿带来巨大的荣誉。例如，1816 年，他被选为法国科学通讯院士，第二年又被选为曼彻斯特文哲学会会长，约 1826 年被选为英国皇家学会会员和被授予金质科学勋章。

成功和荣誉带来的并不都是喜事。

在道尔顿之前，全世界没有统一的化学符号——“炼金术士”们各行其是，用自己的一套符号来表示化学物质。例如，用中间有一点的圆圈表示金，用中间有一横的圆圈表示盐。显然，随着化学物质的增多，互相不统一的符号就严重地阻碍了化学甚至科学的发展。

1803 年 10 月 18 日，道尔顿在曼彻斯特的“文哲学会”上，首次宣读了他的原子论。其中用一套圆圈符号代表各种元素的原子，并由此画出一些“复杂原子”的统一结构图——这在当时是一个创新。

但道尔顿的这套图，仍然具有难于书写、琐碎难记等缺点。

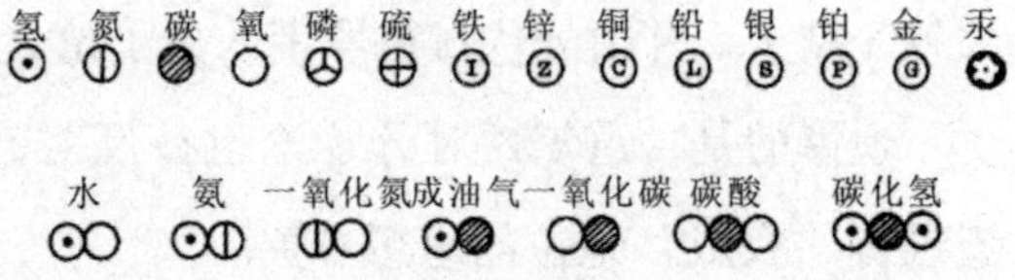

道尔顿的“元素符号”在化合物中的表示

克服这些缺点的是瑞典化学家贝采利乌斯（1779—1848）。1813 年，他建议用每种单质的拉丁名称的开头字母作为化学元素符号。这种化学语言易写易记，因此立即被大多数化学家所采用，并在1860年得到公认，沿用至今。

令人遗憾的是，道尔顿却固执己见，坚持用他那套相形见绌的圆圈符号表示法，直到他生命的终点。

送旧迎新、用优汰劣，这是发展的必然规律，也是人生的幸事。这类事件不胜枚举。在20世纪六七十年代还被工程技术人员视为珍宝的对数计算尺和此前的手摇计算机，到了同世纪的八九十年代就被电子计算器淘汰得无影无踪。与留声机一样辉煌过的盘式、盒式磁带录放音机，很快被能记录声音和图像的光盘取代——这就是人类的科技发展史。

道尔顿反对采用字母元素符号是一个很大的失误，其原因在于他思想保守，不愿接受更优秀的新生事物。另一个原因在于他背上了荣誉和“权威”这双重包袱，以至于难以正视像贝采利乌斯这样的、当时声望比他低的科学家及其成果。也正因为这样，道尔顿在后半生取得的成果不多。

像道尔顿这种拒用先进符号的失误并非绝无仅有。牛顿也曾拒用莱布尼茨更先进的微积分符号，致使英国数学落后于欧洲，而牛顿也没能在数学上再创辉煌。

道尔顿和牛顿的失误值得后人警醒。当一位取得巨大成就的科学家在威望很高的时候，一定要保持头脑的清醒，决不可故步自封，拒绝与时俱进。否则就会贻害自己，贻害科学，最终被永不停息的、劈波斩浪的科学航船抛弃。

半世纪后方认可
——分子论面前的失误

1811 年，意大利科学家阿伏伽德罗推出了分子论。1814 年，法国物理学家安培（1775—1836）也独立提出了类似的见解。本来，这一重要理论是继原子论之后的重大成果，是道尔顿原子论的进一步发展，然而它却被科学界冷落了约半个世纪。

科学界的这一重大失误的原因是多方面的。除了阿伏伽德罗自己缺乏更充分的实验对这一理论加以证实——当时所知道的气体或气化的物质不多，所以实验条件上还受着较大限制——之外，科学界的责任不可推卸。

道尔顿在搜集甲烷

首先，作为科学原子论发起人的道尔顿坚决坚持一个错误的观点：同类原子必然互相排斥，而不能结合成分子，因而阿伏伽德罗“单质的分子可以是由多个原子所组成”的观点“不对”。

其次，在当时的化学界，瑞典化学家贝采利乌斯关于分子构成的“电化二元论”占统治地位，许多人对他的学说笃信不疑，而这一学说与阿伏伽德罗的分子论在某些地方不相容。这些不相容之处使人们冷落了分子论，下面对此加以分析。

早在 1774 年，法国化学家拉瓦锡在其著作《化学概论》中，就认为一切化合作用都与盐的生成相类似，这盐是酸和“盐基”的加合物，而酸则是氧和非金属的加合物，盐基则是氧和金属的加合物。他的这些不完全正确的看法，在当时是可以理解的，因为他书中提及的900种物质里，除单质，不属于酸、碱、盐的仅约30种。这样，当时的化学家们就把两种元素的原子结合成分子的原因，归结为它们之间存在着一种化学亲和力，而这种力的性质类似万有引力。

尼科尔森

到了18世纪末，由于静电现象的研究已相当深入，把化学亲和力归结为电的吸引又成为更时髦的理论。1800年即伏打电池问世这一年，两位英国人——物理学家、化学家、发明家、出版商威廉·尼科尔森（1753—1815）和化学家、外科医生卡莱斯勒（1768—1840）爵士，实现了用这种电池对水的电分解，从阴极得到氢、阳极得到氧。

卡莱斯勒

1807年，英国化学家戴维（1778—1829）对熔融苛性钾和苛性钠的电解表明，阳极得到氧，阴极得到钾或钠。在这些实验的基础上，戴维提出了二元论的接触说，主张不同原子接触时，就相互感应而分别带上相反的电荷，其强弱随元素不同而不同。贝采利乌斯则更进一步，认为各种原子好像磁铁一样，都有两极，一极带正电，另一极带负电，但一个原子两极上所带电的强弱并不相等。例如氯等非金属原子的负电多于正电，因此总体显负电性；而钠等金属原子则正电强于负电，所以总体呈正电性。他还认为氧和钾分别是“绝对负性”和“绝对正性”的。他对电化二元论的解释，就是认为由于不同原子（包括“复杂原子”）带有不同的电性，因而会有相互吸引的力。

根据二元论，同一元素的原子必然带有同种电荷而彼此相斥，因此，单质的分子不可能由多个原子组成。阿伏伽德罗“单质的分子可以由多个原子组成”的观点与此对立，所以贝采利乌斯强烈反对阿伏伽德罗的分子说。

贝采利乌斯的二元论在当时影响极大，虽然它有正确的成分，但显然具有片面性。

19世纪20年代后人们发现，有机化学中被贝采利乌斯称之为负电性的氯原子居然在卤代反应中取代了有机化合物中具有正电性的氢原子，而且化合物的性质改变不大，这就是说负电性的氯原子在新化合物中，居然起到正电性的氢原子的作用，这怎么可能呢？1839年，阿伏伽德罗分子说的支持者法国化学家杜马（1800—1884）由醋酸制得三氯醋酸，也是类似的例子，他也对电化二元论进行了驳斥。总之，由于大量科学实验的新成就，终于使电化二元论发生了动摇。

其后，由于化合物中原子组成比的确定，原子量的测定，化学符号的应用，对原子论、分子论、电化二元论的怀疑，使当时的化学界陷入混乱。为此，1860年9月在德国卡尔斯努厄召开了一个到会者约140人的国际会议，以期在化学式、原子价、元素符号等方面取得统一意见，但最终结论却是“科学上的问题，不能勉强一致，只好各行其是罢了”！不过，在散会时，意大利化学家康查罗尼（1826—1910）散发了他的关于论证分子说的小册子《化学哲理课程大纲》。由于他据理分析、论据充分、条理清楚、方法严谨，对化学界有关错误逐一加以澄清，并为原子量的测定提出了一个非常令人信服的、合理的途径，因此很快得到化学界的赞许和承认。

康查罗尼

康查罗尼在这本小册子中说道：“只要我们把分子与原子区别开来……不固执以为化合物的分子可含不同数目的原子，而各种单质的分子都只含一个原子或相同数目的原子，那么，它（指阿伏伽德罗分子论）和已知事实就毫无矛盾之处。”他还说：“近来化学的进步，已经证明了阿伏伽德罗、安培和杜马的假说……即等体积的气体，无论是单质或化合物，都含有相同数目的分子，但它绝不是含有相同数目的原子。”

由此可见，虽然康查罗尼对原子－分子论没有什么特殊新发现，但他为其发展和确立扫除了许多障碍，统一了分歧意见，澄清了某些错误见解，把原子－分子论整理成一个协调的系统，并给出了合理的阐述。

至此，被冷落了约半个世纪的阿伏伽德罗的分子论，终于在19世纪60年代被大家确认。

道尔顿和其他化学家在对待分子论上的重大失误不是偶然的。除了道尔顿等的思想保守，还与物理化学的发展水平密切相关。没有这近半个世纪理化的新成果，康查罗尼就无法找到一系列旁证并用以阐明分子论，因此分子论也是一个历尽曲折的“千人糕”。

遗憾的是，康查罗尼并没有因为他的成就而获得诺贝尔奖。

助手偷工做假
——莫瓦桑误得"人造钻石"

1893年2月，一位科学家兴高采烈地向法国科学院及报界报告，他用人工方法合成了金刚石即钻石。消息传出，人们无不信以为真——此前此人在氟化学研究和发明电炉方面取得的成功为他带来了极高的信誉，加之他正直的人品，人们把他制得的钻石中最大的那一颗取名为"摄政王"——当时排名世界前五的一颗天然大钻石的名字。西方钻石的价格，也曾因此一落千丈，给那些贪婪的商人以巨大的打击。

他是谁？人造钻石又是怎么回事？

1867年深秋，在巴黎自然科学院讲堂门外，一个衣着单薄的少年站在凛冽的寒风里，正聚精会神地旁听里面科学家的讲演。突然，一阵骂声将他的目光转了过来："滚开，别站在那里……"原来，一位"高贵的"讲演参与者发现了他。少年伤心地流下眼泪，只好默默地准备离开。正在这时，一位年近五旬的老者闻声退出讲堂——当他问明事由后，立即亲切地安慰了这个少年。这位老者，就是法国科学院院士、化学家亨利·爱丁·圣·克莱尔·德维尔（1818—1881），而这个少年，就是于39年之后的1906年独享诺贝尔化学奖的莫瓦桑（1852—1907）。

莫瓦桑

莫瓦桑出生在巴黎的一个贫民家庭，但他以强烈的求知欲意外幸运地结识了德维尔。在其后艰难的岁月里，虽然他在中学毕业后没能继续升学，但曾到德维尔和另一位化学家杜白雷的实验室里当了半工半读的学徒，得到了他们真诚的帮助。1872 年，他进入巴黎农艺研究院，先研究植物生理，后转学无机化学。1886 年和 1900 年先后任巴黎药物学院毒物学和巴黎大学无机化学教授，1891 年成为法国科学院院士。他的主要成就是在 19 世纪 80 年代中后期对氟化物的一系列研究和在 1892 年发明电炉。

那么，他又为什么要研究人造钻石呢？

约公元前 800 年，在印度哥尔康达附近，人类首先发现了天然钻石即金刚石。1906 年 1 月 26 日（一说 1905 年），南非德兰士瓦普列米尔矿山的一个矿主，偶然用一把笔形小刀挖掘矿脉管壁浅处，竟幸运地得到一颗毛重 3 106.75 克拉（1 克拉合 0.2 克）的巨大钻石。这一迄今最大的钻石就以他的名字命名为“库利南”。这颗比成人的拳头还大一些的钻石，后来被切磨成大小不同的 100 多颗，其中最大的一颗为 530.2 克拉，被命名为“非洲之星”，因此，人们又说目前世界上最大的已加工的金刚石是“非洲之星”——现为英国国王节杖上的饰物。它比一些人在 2003 年说的德比尔斯公司的世界最大钻石——“千年星”（203 克拉）还要大。

由于钻石稀少、硬度极高（因而可作最有力的磨削工具）、折射率极大（因而呈现美丽的色彩可用作装饰品），所以具有昂贵的价值、广泛的用途和不可替代的地位。例如，在 2003 年 11 月中旬，一个当时住在伦敦的俄国富商买下一颗世界上最大的 70.39 克拉的玫瑰色钻石，就花了 1 亿美元。钻石一直是人们研究、追逐的“大明星”——它是由什么构成的？可不可以用人工方法制造？

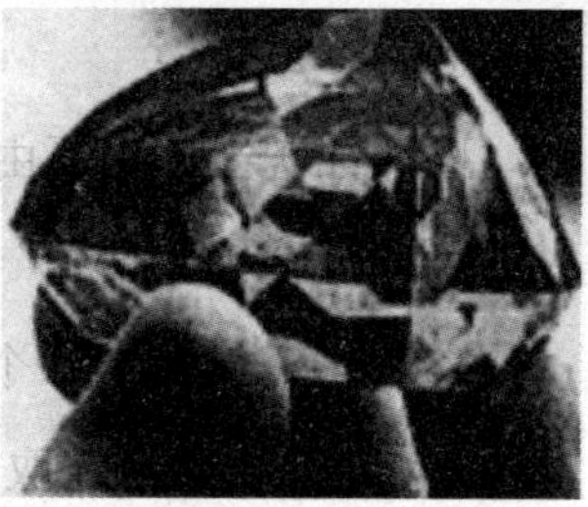

70.39 克拉的玫瑰色钻石

1649 年的一天，意大利的几位科学家在实验室里研究钻石。当他们用放大镜把聚焦的阳光投向钻石的时候，不一会儿，突然出现了一缕青烟，紧接着，钻石就在青烟中消失得无影无踪。他们被惊得目瞪口呆——坚硬的钻石为何如此“不堪一击”啊？

1772 年，法国拉瓦锡等几位化学家合伙买了一枚钻石进行研究。他们把它放在水银槽上方的玻璃罩内用放大镜聚光加热，不久，钻石也化作一缕青烟。他们分析燃烧后的气体，竟是二氧化碳！拉瓦锡由此指出，钻石是碳的一种晶形。1797 年，英国化学家坦南特（1761—1815）也用类似的实验证明，钻石由碳组成。其后，他还对大量生产钻石的南非金伯利地区的地质做了研究，认为钻石是受地下高温、高压后生成的。

金刚石结构模型

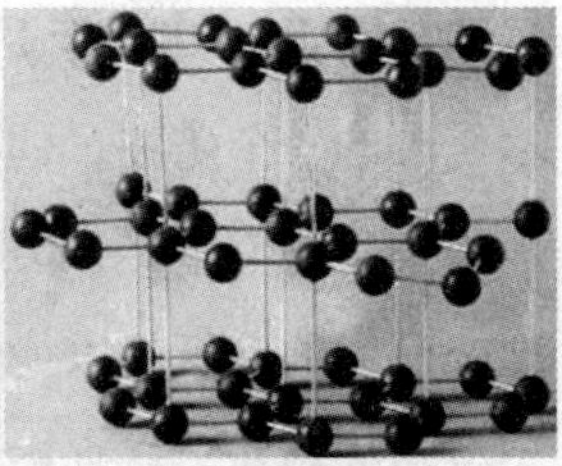
石墨结构模型

不过，一些人仍对钻石由碳组成半信半疑：美丽、高贵、坚硬的钻石怎么可以和“丑陋”、低廉、脆软的碳联系在一起呢？1799 年，法国化学家摩尔沃（1737—1816）在真空中把一枚钻石加热到 1 500 ~ 2 000 ℃，让其膨胀，结果这枚钻石变成了石墨。此时，人们才对“钻石由碳组成”心服口服。这一实验启发了加压可把石墨转化为金刚石的设想。

既然证实了“钻石由碳组成”，又有人猜想高温、高压可能会形成钻石，于是“人造钻石”的实验就逐渐开始了。

1880 年，英国的一个年轻人汉内（J. B. Hanney）把骨油、石蜡（含碳）和锂（用于夺取含碳物中的氢后得到碳），焊在厚钢管中密封烧至红热。他共进行了 80 多次实验，多数钢管破裂；但在未破的三根钢管中发现了 12 颗透明的小颗粒，他说这是小钻石，并在当夜向上报捷。不过，后人按他的方法却得不到钻石，于是人们的态度就由赞赏转为怀疑甚至是嘲笑了。

莫瓦桑在制取人造钻石屡经失败之后，用高温电炉把碳掺入铁中熔化，然后迅速投入大量冷水中。这样，外部铁水受冷凝成固体，体积迅速缩小，对内部铁水形成高压，使碳按金刚石结构排列到位。最后，再用酸洗去铁而得到钻石微粒。这样，他终于在得到的淤泥状物质中用显微镜观察到微小、闪光的八面体微粒，其中一个最大的微粒尺寸有0.7毫米。接着，法国科学院郑重地讨论了莫瓦桑提交的报告，并予以肯定。

可当人们按照莫瓦桑的方法制造钻石时，却仍然没人取得成功。有人向莫瓦桑求教，他却以保密和专利为由加以拒绝。不过，人们在一次次的失败之后不得不对他是否确已得到人造钻石表示怀疑了。

那么，莫瓦桑是否真的得到人造钻石了呢？后来，人们从莫瓦桑的遗孀那里了解到了真相。原来，莫瓦桑当时的助手对无休止的反复实验感到十分厌烦，但又想要莫瓦桑满意，就使出“妙”招：将天然金刚石微粒混入实验材料中……

莫瓦桑受了助手欺骗，他也无意地欺骗了世人。

莫瓦桑的失误在于他过分相信助手，同时又犯了科研工作中的大忌——没有重复实验。如果他重复实验的话，肯定能发现破绽。没有重复实验就贸然公布成果，这是不慎重的。

在1906年莫瓦桑获诺贝尔奖的颁奖会上，瑞典皇家科学院的官方讲话中只表彰了莫瓦桑在氟化学和应用高温电炉方面的贡献，并未提及他的人造钻石一事，只是莫瓦桑本人在演说辞中强调了人造钻石这一“得意之作”。由此可见，将莫瓦桑得奖视为“诺贝尔奖的骗局”是不恰当的。因为“设骗局”的是莫瓦桑和他的助手，评奖委员会并未因人造钻石为他颁奖，那么评奖委员就既未受骗，也未骗人。由此，许多媒体认为莫瓦桑因人造钻石得到诺贝尔奖和造出人造钻石的说法是不真实的。

1953年，美国通用电气公司研究所的四位科学家本迪（F. P. Bundy）、霍尔（H. T. Hall）、斯特隆（H. M. Strong）、罗伯特·温托尔夫（Robert H. Wentorf，1926—1997），以美国物理学家、哈佛大学教授布里奇曼（1882—1961）的高压装置为基础，设计了一种叫

温托尔夫　　布里奇曼

"BELT"的高压装置，用过渡元素镍锰铁钴铬做催化剂，在约7万个大气压和约2 000 K的温度下，于1954年12月16日将石墨第一次成功地制成了钻石。这种方法被称为"金属催化法"。他们于1955年公布了无可争辩的结果：天然与人造钻石的X光衍射图完全一样；两者一样坚硬，可互相在对方表面刻出痕迹；请不同的人在同一设备上重复上百次，每次都得到相同的结果。因为对"高压"的一系列研究，布里奇曼曾独享1946年诺贝尔物理学奖。

此外，还有在上述美国人之前的瑞典ASEA公司于1953年制成了人造钻石的报道，但没有得到公认。

显微镜下的钻石颗粒闪闪发亮

人造钻石的现代技术，是用5万~10万个大气压和1 000~2 000 K的高温，使溶于铁镍催化剂熔体中的碳沉积到金刚石的籽粒上。1982年，日本曾用此法制得直径达6毫米的、迄今最大的单晶钻石，达0.246克。更新颖的方法是爆破法。1984年年底，苏联科学院高压物理研究所合成了迄今最大的多晶钻石，直径为25毫米，高17毫米。20世纪80年代末，人们还用奇妙的化学法来造钻石，例如，1989年日本工学院宣布，他们用酒精蒸气分解，造出0.1毫米大小的钻石。有趣的是，墨西哥国立自治大学的哈维尔·莫拉莱斯等科学家，从1995年开始研究人造钻石，竟在2008年用该国的"国酒"——龙舌兰酒制造出了"个子"小的少量钻石！

近代研究表明，钻石还有以下鲜为人知的特殊性质和用途。纯品透明度为所有物质之最，室温下是最好的导热体和良好的电绝缘体，具有较高的化学稳定性。其摩擦系数特别小，可成为导弹、汽轮机的无摩擦轴承及煎锅等的光滑表面。

评委总是有理
——元素周期律的发现

门捷列夫

元素周期律和体现这一规律的元素周期表是化学的指南针。这项既具有重大意义，又得到科学界公认的重大成果，其创立者门捷列夫（1834—1907）当然会成为诺贝尔奖的有力竞争者。于是，从1901年首次颁发诺贝尔奖开始，门捷列夫就年年被科学界提名。不幸的是，前六年他都被站不住脚的理由排斥在获奖者之外，而当第七年即1907年评委会认为他应得奖时，他已溘然长逝，永远不可能得奖了。这是因为诺贝尔奖不成文的规定：只授给活着的人——仅有的一次例外是，在2011年10月3日，诺贝尔基金会决定将2011年诺贝尔生理学或医学奖颁给三天前去世的加拿大生物学家拉尔夫·马尔文·斯坦曼（1943—2011），以表彰他在免疫学领域取得的研究成果。斯坦曼分享了一半奖金，另一半由另外两人平分。

那么，排斥门捷列夫的站不住脚的那些理由是什么呢？他们说是因为元素周期律已经陈旧。那元素周期表和周期律在门捷列夫逝世之前又有哪些内容陈旧了呢？

首先，1869年元素周期律中只有63种元素，数量比后来实际的少。更重要的是，元素周期律中的一些规律并不很准确。例如，19世纪末发现的一族惰性元素，周期表中未能给它安排位置。又如，在19

评委总是有理
——元素周期律的遗憾

门捷列夫

元素周期律和体现这一规律的元素周期表是化学的指南针。这项既具有重大意义，又得到科学界公认的重大成果，其创立者门捷列夫（1834—1907）当然会成为诺贝尔奖的有力竞争者。于是，从1901年首次颁发诺贝尔奖开始，门捷列夫就年年被科学界提名。不幸的是，前六年他都被站不住脚的理由排斥在获奖者之外，而当第七年即1907年评委会认为他应得奖时，他已溘然长逝，永远不可能得奖了。这是因为诺贝尔奖不成文的规定：只授给活着的人——仅有的一次例外是，在2011年10月3日，诺贝尔基金会决定将2011年诺贝尔生理学或医学奖颁给三天前去世的加拿大生物学家拉尔夫·马尔文·斯坦曼（1943—2011），以表彰他在免疫学领域取得的研究成果。斯坦曼分享了一半奖金，另一半由另外两人平分。

那么，排斥门捷列夫的站不住脚的那些理由是什么呢？他们说是因为元素周期律已经陈旧。那元素周期表和周期律在门捷列夫逝世之前又有哪些内容陈旧呢？

首先，1869年元素周期律中只有63种元素，数量比后来实际的少。更重要的是，元素周期律中的一些规律并不很准确。例如，19世纪末发现的一族惰性元素，周期表中未能给它安排位置。又如，在19

与20世纪之交发现的放射性元素在表中也无法安排，这是因为门捷列夫坚持元素的不变性。

其实这种“陈旧”并不能成为否定元素周期律和周期表的理由，也不会降低周期律和周期表的指导意义。这又是为什么呢？

上述周期表中只有63种元素的“陈旧”，是当时只发现了那么多的元素造成的，门捷列夫不可能把当时未发现的，并且用他发现的理论无法预测的惰性气体等安排出来；因而，评委们排斥门捷列夫的得奖理由是站不住脚的。

克拉森　　阿仑尼乌斯

在1906年的化学奖评选中，10个评委有5人选了为无机化学做出贡献的法国化学家莫瓦桑（1852—1907），4人选了门捷列夫，1人弃权，门捷列夫落选。这反映了评委中认为元素周期律和周期表陈旧的人占了主流。例如，一位评委竟然说：他的发现“太老了，太出名了”。关键的反对者有两个：评委、瑞典化学家约翰·彼得·克拉森（1848—1937）；不是评委，但在瑞典皇家科学院有很大影响力的瑞典物理化学家斯万特·奥古斯都·阿仑尼乌斯（1859—1927）——因为门捷列夫曾反对他的电离理论而与门捷列夫结怨。后来，当评委们不再坚持陈旧论要为门捷列夫评奖时，他已经在1907年2月2日因患肺炎辞世。

评委们失误的原因在于，他们不是以历史唯物主义和辩证唯物主义的观点去看待在一定历史条件下做出的发明、发现的。用评选时的眼光去挑剔30多年前的事物，怎能不犯错误呢？

事实上，任何科学发明发现和任何新生事物一样，一开始总是步履蹒跚的“婴儿”。以元素周期表和周期律为例，门捷列夫认为应以原子量作为绝对正确的排列依据，并认为三对原子量颠倒的元素，是人们把它们的原子量测错了。这些认识都是不对的。可这丝毫不影响这一发现的伟大意义。以后来的眼光和标准来苛求前人及其成就，就一定会失误。

“如果没有从前那些魔法师、炼金术士、星相学家和巫师以忘我精神追求释放那种荒谬能力的话，你还相信科学会产生并变得如此伟大吗?”德国著名哲学家尼采（1844—1900）的这段话，为我们精彩地揭示了化学甚至科学发展的艰难曲折之路。更何况门捷列夫并非魔法师，而是一位伟大的开拓者！

吉布斯

不过，比起门捷列夫，吉布斯（1839—1903）的遭遇更为悲惨。

吉布斯是美国物理学家、化学家，也是19世纪美国最伟大的科学家之一。他在1871年32岁时就当上了耶鲁大学的数学物理教授，奠定了现代化学热力学（物理化学和热力学的一个分支学科）和化学统计力学的基础。有人曾这样评价：“吉布斯在诺贝尔化学奖获得者名单上如果名列第一或第二，将无可否认地给诺贝尔奖增光。”由于吉布斯的巨大成就，他还在1897年被选为英国皇家学会的外籍会员；然而，他始终也没有得到诺贝尔奖的提名，直到遗憾地撒手人寰！

纪念吉布斯的邮票，2005年5月美国邮政总局在耶鲁大学发行的4枚邮票中的1枚

不过，吉布斯远非诺贝尔奖史上最“悲催”的人。最“悲催”的是德国理论物理学家阿诺德·约翰内斯·威廉·索末菲（1868—1951）——他被84次提名，但始终与诺贝尔奖无缘！

“草木有本心，何求美人折。”对于门捷列夫与吉布斯“错过”诺贝尔奖，我们“无言独上西楼”，只能用唐代诗人张九龄的这句诗来安慰他俩了。对于诺贝尔奖评委会来说，也许改变一下评选规则（例如不再坚持“不颁发给逝者”）更好，否则“几多愁”的评委们，就只能遗憾地看着“一江春水向东流”了！

对门捷列夫落选诺贝尔奖，直到今天还有人为之鸣不平。例如，一篇名为《史上10项伟大贡献却惨遭诺贝尔奖冷落》的文章，就把他和奥地利的迈特纳、中国的吴健雄等，列为“惨遭诺贝尔奖冷落的10个（项）科学家”。

门捷列夫所获科普利奖中的奖章

不过，英国皇家学会对门捷列夫这位“老外”倒是更看重——1905年，因为他“对化学和物理科学的贡献”，授予他英国皇家学会的最高奖——科普利奖（含奖章和奖金）。

从“英雄”到“罪犯”
——氟利昂这样浮沉

提起盛极一时的“英雄”氟利昂，人们都知道它是被判“死刑”而行将就木的“罪犯”。它为什么会从“英雄”沦为“罪犯”呢？

氟利昂是氯氟烃类物质的总称，例如电冰箱里用的二氯二氟甲烷（F－12）就是其中最重要的一种。

包围着地球的臭氧层

1930年，美国杜邦公司根据工业发展和人类生活的需要研制出了二氯二氟甲烷。它的主要研制者是托马斯·米格莱（1889—1944）。由于它是一类无色、无味、性质稳定、不燃烧、无腐蚀性、易被液化和无毒性——即使误食也不会中毒的气体物质，所以一问世就凭借这些优良性质而被人们广泛用作空调器和电冰箱的制冷剂，火箭、喷气式飞机的推进剂，各种气雾剂产品（如喷发胶、杀虫剂）的抛射剂，高精密度的机械部件和半导体产品的清洗剂，各种发泡塑料制品、硬质薄膜、软垫家具等的发泡剂。一句话，它是推进工业和人类生活现代化的“幕后英雄”，曾对科技、工业、人类生活水平的提高，发挥了巨大的作用。

正当人们大量制造并使用氟利昂的时候，科学家们却在20世纪70年代发现，它会大范围地破坏臭氧，如果不加限制地继续大量使用，将会给人类带来巨大的生存灾难。

原来，在距地球表面20来千米的同温层中，有一约厚20千米的臭氧层会被氟利昂破坏。臭氧在大气中的体积含量不足两百万分之一——如果把它们全部均匀地覆盖在地球表面，厚度仅为2.8毫米。不过，就是这一薄薄的臭氧层，却吸收了太阳光中99%以上的紫外线，使其基本上不能到达地面，从而保护了地球上的万物生灵。雷雨过后的空气格外清新的一个原因，就是由于雷电让一部分氧变成了具有漂白和杀菌功能的臭氧。如果臭氧层遭到破坏，来自太阳的紫外线这一“无形杀手”就会长驱直入。科学家的测算证实，如果大气中的臭氧减少1%，射到地面的紫外线就要增加2%，人患皮肤癌的发病率则增加约4%。一些科学家认为，臭氧层变薄还会损坏人的免疫系统，使患白内障和呼吸道疾病的人增多；损害海洋生物；阻止植物的叶、茎生长；还会导致温室效应，从而使海平面升高，沿海低地的城市变成汪洋，沃土变为荒漠……

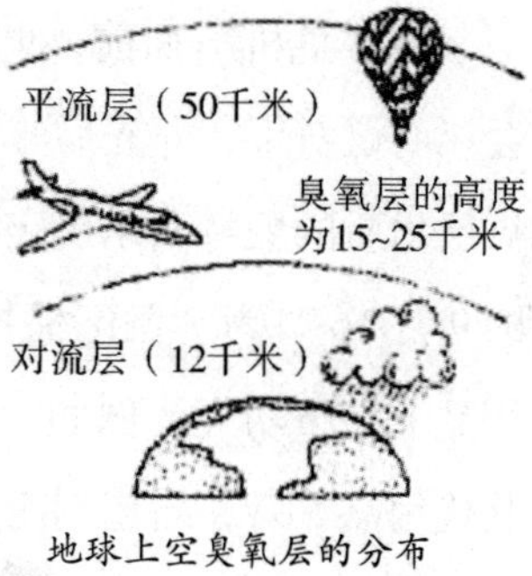

地球上空臭氧层的分布

当然，臭氧也是“双刃剑”——太多也不好。当空气中的臭氧体积分数达到0.012×10^{-6}——也就是当今许多城市的典型值，人们就会皮肤刺痒，眼睛、鼻咽、呼吸道受刺激，肺功能受影响，引起咳嗽、气短和胸闷等症状。如果高到0.017×10^{-6}，入院治疗的人数就会上升8%左右。

那么，氟利昂是如何具体破坏臭氧层的呢？由于氟利昂性质稳定，不能在低空中分解，所以就漂浮升入同温层，在紫外线的作用下，其中的氯原子被分解游离出来。氯原子能夺去臭氧分子中的1个氧原子，使由3个氧原子组成的臭氧分子变成由两个氧原子组成的普通氧分子，从而丧失其吸收紫外线的能力。1个氯原子能这样“连续作案”，破坏近10万个臭氧分子！一旦进入大气，氟利昂类物质可以在那里滞留100年！基于上述认识，加之20世纪80年代世界氟利昂产量每年高达100万吨，于是人们预测，再这样继续下去，总有一天臭氧层会被破坏殆尽，使整个地球表面直接袒露在强烈的紫外线之下。这显然是一个足以毁灭地球的、可以同全球核大战相比拟的大悲剧。

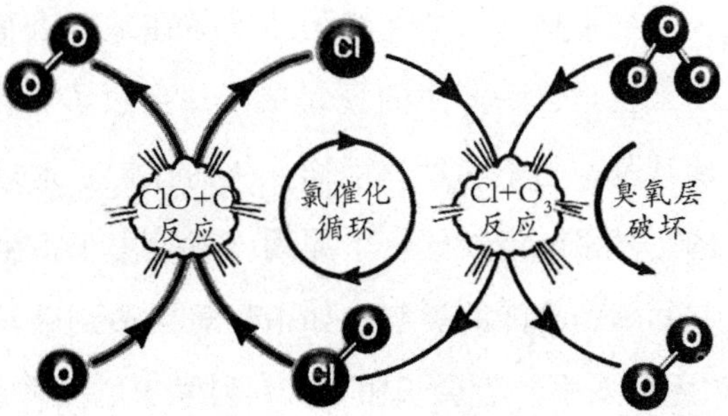

臭氧形成和被破坏的机理

氟利昂的罪犯面目真正大暴露，是在20世纪下半叶。1984年英国科考队首先在南极上空发现了臭氧被它破坏后形成的空洞，其面积与美国国土相当，这一发现立即使全世界感到震惊。北极与第三极——青藏高原上空的情况同样令人担忧。还有人认为，全球臭氧层都受到了损害。美国宇航员还用资料表明，自1969年以来，横跨美国、加拿大、日本、中国、苏联、西欧等的广阔地带上空的臭氧层也已减少了约3%。

在“危机”面前，世界各国迅速采取了行动。国际组织多次召开会议商议对策，并先后签署了《保护臭氧层维也纳公约》《关于消耗臭氧层物质的蒙特利尔议定书》等。联合国大会还通过决议，确定每年的9月16日为“国际保护臭氧层日”。不少国家都在研制氟利昂的代用品上狠下功夫。例如，当年发明氟利昂的杜邦公司，又率先研制出其代用品SUVA新型制冷剂——用它造出的“无氟冰箱”，对臭氧的破坏比氟利昂减少98%。当然，只有制冷剂和发泡剂都被替代的才是无氟冰箱——如果只有制冷剂被替代，则是假无氟冰箱或半无氟冰箱。中国政府则规定，从2007年7月1日起，全面禁止氟利昂等损害臭氧层的物质的消费，但原来使用的“有氟”设备仍可继续使用。2007年9月22日，联合国环境规划署在加拿大蒙特利尔宣布，来自世界上191个国家和地区的代表一致同意，在2030年全世界都要彻底停止生产和使用氢氟氯烃。

即使氟利昂被“绳之以法”，但要恢复已遭破坏的臭氧层的“元气”，也要等到21世纪中叶。氟利昂这一当年的“英雄”、今日的“罪犯”，就这样给人类带来了灾难，说明大自然对人类的报复就是这样残酷无情！

氟利昂从“座上客”沦为“阶下囚”的历史值得人们深思。这一方面要求我们增强环保意识，以避免滥用这类物质造成恶果。另一方面也可以看出，人类对自然界的认识的确是一个由浅入深、由表及里的过程。类似的例子还有下面一个。

人们在20世纪70年代开始在汽油中添加入一种叫MTBE的添加剂，以取代原来在汽油中添加的、对人体有害的铅。MTBE能使汽油更有效燃烧且减少空气污染，按理说是一种环保产品，但它却易从加油站的地下油罐中泄露。在美国加利福尼亚州，MTBE污染已迫使供水商关闭了很多县的水井。据美国地质勘探局2000年的一次取样调查，在14%的饮水中发现了MTBE。1993年3月，克林顿政府宣布禁止使用MTBE。于是这一“环保产品”又从“英雄”沦为“罪犯”。

DDT破坏生态
——诺贝尔奖评委也有责

米勒

1948年诺贝尔生理学或医学奖，被授予瑞士生化学家米勒（1899—1965）一个人，以表彰他把“DDT作为高效应接触杀灭节肢动物毒物的发现”。从此，DDT作为其后一二十年的重要农药而载入史册，有过“光辉”的历史。

DDT（滴滴涕）又名二二三（二氯二苯基三氯乙烷），化学式为（$ClC_6H_4)_2CH(CCl_3$）。它是一种无色针状晶体，对害虫有强力的触杀和胃杀作用，对热较稳定且挥发性小，所以杀虫效果能维持较长时间，且对人畜毒害作用不明显。在20世纪中叶，它曾是一种使用普遍的有效农药。

最早合成DDT的是奥地利-德国化学家欧特马·蔡德勒（1850—1911）——由他在1874年用氯苯和三氯乙醛缩合而成。不过，他当时没有发现它的杀虫作用。

最早发现DDT杀虫作用的是米勒。米勒出生在瑞士土肥水美的阿勒河畔。当地每逢收获季节，害虫就泛滥成灾，农民虽想尽办法，但收效甚微。大片毁于害虫的庄稼的惨景，给少年米勒留下了强烈的刺激，他立志要攻克治虫难关。

1918年，米勒进入巴塞尔大学攻读化学专业，7年后获得博士学位。接着，他在奇吉化学公司工作。1935年，米勒就开始了对杀虫剂的研究，其间他的胞妹从家乡来信说家乡又闹虫灾，这更使他加快了

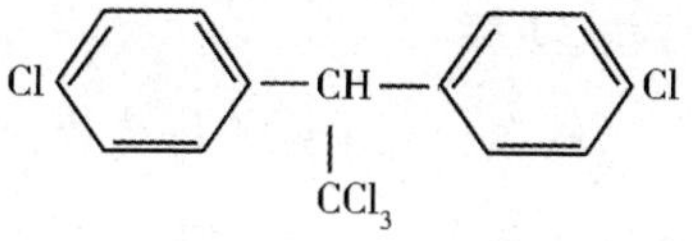

DDT 的化学结构式

研究的步伐。他回忆起小时候一位老人给他讲的中国有“以毒攻毒”的方法。在此启发下，他终于 1938—1939 年合成了 DDT，但当时他也不知道其实际用途。接着，他在实验室的老鼠身上实验，发现 DDT 可使老鼠产生几天的皮肤瘙痒、恶心、头痛。后来在蚊子、毛虫和虱子等身上实验，才发现它们会立即死亡。他发现了 DDT 的高效杀虫力之后，就使它成为人类第一个被大量使用的有机合成杀虫剂，并于 1942 年取得专利。

不过，此时 DDT 的生产技术复杂，所以价格昂贵，还没有得到推广。后经工艺改良，成本下降，才在 1943 年起大量上市。接着就成为风靡一时的杀虫剂，并和原子弹、青霉素一起，被称为第二次世界大战中的“三大发明”。

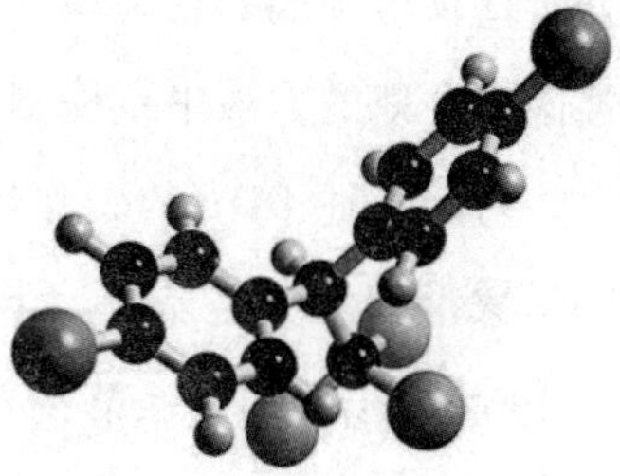
DDT 的模拟分子结构示意

在第二次世界大战期间，DDT 有效地消灭了传染病的媒介——体虱和跳蚤等，防止了疾病的流行。第二次世界大战后，在控制意大利那不勒斯城斑疹伤寒的流行和在地中海、印度、东南亚等地防治疟蚊方面都战功赫赫。

在农业上，DDT 能杀灭粮食作物、经济作物、果树和蔬菜等中的许多害虫。它还能杀灭蚊蝇，在医疗上也有极大的用途。

但是，到 20 世纪 50 年代初，人们就开始发现了因大量使用 DDT 之后的一系列副作用。

首先，一些害虫、病原菌对包括 DDT 在内的许多药物产生了抗性，这就使用药剂量要加倍甚至加几倍，而且还要重复防治。这样，就造成对环境更大的污染和对生态更大的破坏。因为 DDT 对热较稳定且挥发性小，不易被生物分解，容易残留积累下来，通常最多可在土壤中存留20年。

其次，它杀死了许多害虫的天敌，从而使某些本来危害不严重的昆虫或螨类，上升为重要害虫。

再次，它的长期残留性使农产品、水产品、家禽家畜中都有不少的残留积累，而由此可进入人体危害人的肝脏、脂肪等，使人慢性中毒。例如，1976年美国洛杉矶动物园的小河马突然全部死亡，就查明是农药厂排出的DDT废液造成的。又如，1997年美国研究人员发现，DDT具有与雌激素相似的作用，可使男性“非男性化”，从而出现雄性退化。再如，研究人员在20世纪90年代发现，中国一些地区妇女的乳汁中含有DDT、六六六等有毒物质。DDT还可使胎儿畸形、发育不良或死亡。

最后，DDT的长期残留，污染了土壤和水域，严重破坏了生态平衡。例如，鸟类体内含DDT会导致它们产软壳蛋而不能孵化。再如，处于食物链顶端的食肉鸟（如美国的国鸟白头海雕）几乎因此而灭绝，连南极企鹅的血液中也检测出DDT。

卡逊收集农药危害的证据

对于上述DDT的副作用，美国女海洋生物学家蕾切尔·路易斯·卡逊（1907—1964）在1962年出版的《寂静的春天》——一本有关环保的科普著作中有详细的描述。这本书主要是揭露有机农药带来的和可能带来的“大破坏”，描述它对人类生存构成的威胁。虽然书中的一些观点曾引起争议，但它及时地向人类敲响了重视环境污染和环境保护工作的警钟，曾在西方产生强烈的反响。书中详细地描绘了DDT和其他杀虫剂对人类生存环境的灾难性破坏：DDT积累在生物组织中，甚至进入细胞内，使生物畸形，人和其他动物生殖能力下降，诱发癌症或其他疾病，污染环境，等等。这些研究的起因，是她的朋友哈金斯（Huckins）夫妇在1958年写信向她反映的情况：飞机喷洒的DDT毒死了生活在他们住地的鸟。由此，提前退休的卡逊的研究就从海洋生物学转向生态学。经过4年搜集材料、写作之后，她出版了这部当时惊世骇俗而影响至今的著作。

《寂静的春天》首版的封面

鉴于这本书的提醒和大量DDT造成的副作用，人们终于决心告别这把双刃剑：自美国率先在20世纪60年代起禁止用它作杀虫剂以后，包括瑞典在内的大多数国家都从1970年起陆续这样禁止；中国也在1983年颁布法令，把它列入禁用农药。在2004年5月17日，联合国在挪威首都奥斯陆通过了“禁用化学药物黑名单”（即“肮脏的12种化学物”：阿尔德林、氯丹、迪厄尔丁、DDT、艾氏剂即氯甲桥萘、七氯、灭蚊灵、毒杀芬即氯化莰、多氯联苯、七氯苯、二噁英、呋喃），其中就有DDT。

因为人们对滥用DDT造成的严重副作用的批评，诺贝尔奖评委会已公开表示为1948年为DDT的发明者颁奖感到羞耻，并表示应把奖发给那些经得起实践检验的发明创造和没有争议的成果，以避免再度发生这类失误。

人类终于较快地制止了因大量使用DDT和其他杀虫剂造成的环境污染和生态破坏，并很快收到了实效。例如，美国在1970年和1972年颁布有关水质法令禁用DDT之后，密西根湖一些鱼类体内的DDT质量分数，就从1970年的$10\times10^{-6}\sim20\times10^{-6}$降低到1976年的$1\times10^{-6}\sim6\times10^{-6}$。

不过，人类为此付出的代价也是惨痛的。由于DDT的残效，使它的影响会持续多年。1988年，美国佛罗里达州波普卡湖区鸟类蛋的孵化率仍降低到20%——远低于通常的70%。20世纪90年代，美国医学家在美国母亲的乳汁和死亡产婴的脑内都发现过DDT。美国环保局生殖毒理学科的比尔·凯尔斯及其同事在英国《自然》杂志上指出，

DDT的代谢物对老鼠的试验表明，它会使原来没有乳头的雄鼠长出乳头，而且生殖系统异常。美国研究人员发现，佛罗里达州的鳄鱼阴茎变小为正常的1/4。美国、日本和巴西等国发现了大量畸形青蛙，有的有三条、五条，甚至六条腿，有的则褪去绿装改“穿”白、红新装，有的还对人产生可怖的攻击性。南极企鹅也不能幸免——它们的体内发现过有机氯农药……

《寂静的春天》出版40周年纪念版的封面

既然DDT及其他一些同时代的杀虫剂、杀菌剂、除草剂会造成巨大的副作用，那是不是人类就无法用类似的方法去征服那些直接或间接危害人类的生物或病毒呢？

答案是否定的。

早期的农药都来自植物和矿物，这被称为第一代农药。例如，用硫黄、烟叶水杀虫，用硫酸铜防菌、病。

第二代农药即有机合成农药。例如DDT和六六六等为杀虫剂，福美联、代森锌等为杀菌剂，2，4－滴等为除草剂和植物生长调节剂。

高效、低毒、不污染环境、不破坏生态的第三代农药——有机杀虫剂、化学不育剂、激素类农药、生物性农药等的研制，为前述人类的“征服”之举添上了重重的砝码。例如，美国梅特卡夫等研制的DDT的代用品益滴涕，它可被生物降解成无毒物质，对环境影响不大。又如，英国伊利奥特（M. Elliot）等合成了天然除虫菊的类似物苄氯菊酯，具有高效、广谱、低毒而又可被生物降解的优点，可避免环境污染。有理由相信，“绿色杀虫剂”——生物杀虫剂或生物农药的使用，将能既杀灭害虫，又不危害人的生命健康和破坏生态环境。

此外，针对DDT引起的其他害虫及螨类的猖獗，人们提出了害虫综合防治的概念，主要是从生态系的概念出发，重点协调化学防治与生物防治的关系。至今，这一概念已成为一门包括生态、昆虫、植病、杂草、土壤、数学（系统分析、计算机）、经济等学科在内的一门综合性学科。

另外一条思路是通过杂交、转基因工程等手段，发现或培育抗虫、抗病毒、抗菌的优良品种。例如，中国科学家在1995年培育出了世界上首例抗大麦黄矮病毒的转基因小麦。英国诺里奇研究中心的安尼·奥斯伯恩等科学家，于2006年在燕麦中发现了一种能产生抗生素的酶“Sad2”，这将有助于培育出能抗作物疾病（例如全蚀病）的谷物。全蚀病是一种由真菌引发的感染作物根部的疾病，具有很强的破坏力，而“Sad2”能在作物中最容易受到真菌攻击的地方制造出抗菌物质。

当然，被“抛弃”和禁用的不只是DDT。例如，中国继1991年发文禁用毒鼠强之后，又在2003年规定禁止制造、买卖、运输和储存毒鼠强——一种5~10毫克就可致人死亡的剧毒农药，情节严重的最高可判死刑。在2008年1月，国家环保总局等6个部门联合发布了2008年第一号公告，要求停止使用甲胺磷、对硫磷、甲基对硫磷、久效磷、磷胺这5种高毒农药。

除了农药污染，当今还有其他五花八门的污染。据2007年的一项统计表明，中国每年因污染造成的损失，达到GDP的10%！

环境保护，刻不容缓！

灰狼、腐叶和狐蝠
——生态灾难是人自作孽

如果有机会走进美国黄石国家公园，你会看到一个繁茂的生物王国：白杨树枝繁叶茂，麋鹿在林间嬉戏，不时传来灰狼的叫声……

可是，在三四十年以前，却不是这个样子。在20世纪六七十年代，人们在这里看到了一件怪事——20世纪二三十年代茂盛的白杨树越来越少，麋鹿也几乎不见踪影，更没有成群结队的灰狼。这些生物到底怎么了？

在20世纪二三十年代，这里的灰狼吃麋鹿，麋鹿吃白杨树的叶子，灰狼和麋鹿的粪便及麋鹿的残骸就成为白杨树的养料——这里维持着一定的生态平衡，但是，随着当时的“西部开发”，凶恶的灰狼被大量枪杀并最终灭绝。

白杨树

照“理”说，灰狼灭绝就应该是麋鹿和白杨树的昌盛——在它们形成的、有两个环节的“食物链”中大量繁衍，但事实却并不如此，麋鹿和白杨树的数量都急剧减少。

对这种奇怪的现象，美国政府让生物学家们展开调查——要找到扼杀麋鹿和白杨树的“罪魁祸首”。

开始，生物学家们没有找到原因，但却意外地发现了一个更奇怪的谜——白杨树不但“老态龙钟”“营养不良”，而且没有近年生的新树！

在生物学家们继续穷追不舍之后，使人惊异的谜底终于揭开了。原来，在灰狼消失之后，有三个环节的食物链被打断了一个环节——灰狼的粪便和麋鹿的残骸是白杨树的“优质养料”（它们比麋鹿的粪便更好），此时没有了！也就是说，原先的生态平衡被破坏之后，形成了“三输”的局面——威胁人畜安全的灰狼被赶尽杀绝，白杨树随之“营养不良”，麋鹿的数量也因白杨树叶这个“美味佳肴”的减少，而不断减少。

灰狼

麋鹿

最后，美国政府只好从加拿大引进一些灰狼。一二十年以后，又重新形成了这条老的、有三个环节的食物链，于是白杨树又“枯枝发芽”，为麋鹿提供鲜嫩的树叶，灰狼也又有了美味的麋鹿肉，同时用粪便和麋鹿残渣营养着白杨树……

显然，是美国人在20世纪二三十年代把灰狼赶尽杀绝的失误，才使黄石公园一度美景不再的。

其实，像这种人为因素造成的“生态灾难”远不止这一起。

美国黄石国家公园一角

也是在美国，20世纪末。西部的一个州突然爆发了一场森林大火——上万亩森林遭受灭顶之灾。事后发现，“罪魁祸首”是森林中的那些枯枝、腐叶和衰草——它们在遇到“星星之火”后，迅速燃烧而形成“燎原之势”……

事后人们痛定思痛，决心亡羊补牢。州政府责令全州的森林管理部门的人员，加上全社会的环保主义者，及时“釜底抽薪”——清理森林中的“衰草枯枝”，铲除火灾发生的“物质基础”。

采取这一措施后，果然“大见成效”——在随后的两年里，再也没有发生大的火灾。

正当大家暗自得意之时，另一种始料未及的森林灾难却使他们目瞪口呆——一种由云杉卷叶蛾引起的虫害突然大面积爆发！这种数量剧增的害虫在毛虫阶段危害树木，专门吞噬树木的嫩叶和嫩芽，在很短的时间里，几万亩珍贵的树木成片成片地枯萎、死亡。

眼看着虫害在迅速蔓延，更多的森林将遭受侵害，束手无策的州政府赶紧向联邦政府求援。美国农业部的专家对这一现象进行了调查，最后得出的结论令许多人大吃一惊。原来，造成云杉卷叶蛾大量繁殖和严重危害森林的主要原因竟是他们自己——对森林中朽木腐叶枯草的清理！

这又是为什么呢？

原来，在森林中，树木最大的天敌之一是某些虫类。在通常情况下，危害树木的昆虫数量保持在一定的水平线以下，只会引起树木小规模的灾害；而当某些偶然因素发生，引起这些有害昆虫大量繁殖的时候，大片的森林就会被毁灭。

那么，是什么东西在控制着这些有害昆虫的数量，使其保持在低水平线上的呢？生物学家经过研究后发现，森林中的大多数昆虫的数量，与那里的鸟儿和蚂蚁的数量成反比——当鸟类和蚂蚁很多的时候，大多数昆虫的繁衍就受到压制而减少；而当鸟类和蚂蚁受到了某种侵害时，大多数昆虫，尤其是某些有害的昆虫就大量繁殖。

现在，朽木腐叶枯草没有了，以之为食的昆虫就没有了食物，数量就急剧减少；而这些昆虫数量的减少，使鸟类和蚂蚁也没有了食物，数量也就急剧减少——大多数的鸟类都是食虫鸟，各种各样的蚂蚁也把那些“肉滚滚”的、行动缓慢的毛虫当作丰盛大餐。鸟类和蚂蚁数量的急剧减少，自然就使一些危害森林的害虫数量急剧增加，森林也就在虫灾下毁灭了。

看，这又是一个食物链被破坏引出的灾难。

当然，人类对待生态的失误，还不仅仅限于食物链被破坏这一种形式——下面的“好吃”，是又一种形式。

2003 年的一期美国的《动物保护》杂志报道，美国科学家发现，生活在太平洋关岛的查莫罗人所患的怪病，和他们爱吃当地的“马里亚纳飞狐”（又叫“狐蝠”）这种蝙蝠有关。

关岛飞狐倒挂在树上

关岛怪病叫“全身性肌肉萎缩症”，这种病会造成人肌肉萎缩无力、瘫痪、痴呆以致死亡。仅以乌塔麦克村为例，在 1944—1953 年间，当地死亡的人之中有 1/4 ~ 1/3 都是因为得了这种怪病。卡拉锡尔夏威夷国家热带植物园的民族植物学家保罗·阿兰·考克斯及其同事们，认定以苏铁种子为主要食物的狐蝠，是造成此病的罪魁祸首。苏铁类植物的种子在关岛和周围的太平洋诸岛随处可见，它含有对神经系统有害的化学毒素。

美国著名神经学家奥利弗·萨克斯在一本神经学杂志上撰文，提供了有关吃狐蝠与患这种怪病之间联系的第一份证据。狐蝠大量吃苏铁类植物的种子，从而在体内积聚了达到危险程度的毒素——就像许多动物体内积聚了相当多的剧毒杀虫剂 DDT 一样。

查莫罗人品尝美味佳肴——狐蝠，是自古代流传下来的传统习惯之一。原先在关岛，到处都是一飞起来就遮天蔽日的狐蝠，是当地的一道风景线；而狐蝠成了人们餐桌上的美味佳肴之后，数量就从当初的 6 万多只降到后来不到 200 只了。

对狐蝠的大肆捕杀，持续了整个 20 世纪。直到该物种被世界自然环境保护协会列入濒危物种名单之后，人们对其捕猎及贸易的活动才遭到禁止。现在这个能赚大钱的“屠杀”仍未终止——人们偷偷将其打死后冷冻起来用船运到其他地方销售。

其实，像查莫罗人“好吃”引怪病这类事件，在2002年那场“非典”灾难中也有再现——这次“上阵”的是“贪嘴”的人和果子狸。

一种“亨德拉病”，也是人类过度“开发”的结果。在澳大利亚昆士兰省的亨德拉镇的一次赛马会上，两个赛马的人和10匹马突然死亡。相关人员在调查了500多种动物之后的结果是，当地人过度拓地开荒之后，早先引进的狐蝠被迫到森林边沿去吃野果子的果肉为生，而狐蝠排出的野果子的果实又被马吃，结果使马感染了致命的病毒。

为了人类的健康，让我们别再“搅得周天寒彻”——包括摒弃滥吃野生动物的恶习吧！

其实，不要随意亏待甚至杀戮地球上的生灵已经不仅仅是一个简单的“人类健康”问题，还是涉及生态平衡、可持续发展等诸多方面的根本大计问题；我们必须和“岁岁年年竞自由”的地球生命和谐相处。正如蕾切尔·路易斯·卡逊在1962年出版的《寂静的春天》一书中所说的那样：“我们必须与其他生命共同分享我们的地球。”美国女海洋生物学家卡逊，是美国《时代周刊》在20世纪最后一期评出的该世纪100位最著名的科学家之一。

年轻时的卡逊

对于中国环保走过的弯路和教训，我们只在这里回顾“蒙冤”的麻雀就能管窥。“我又遗憾见不到多少麻雀。上世纪50年代被无端定为四害之一的麻雀，曾被全国人民群起而攻之，酿成了举世闻名的闹剧，现在则濒临灭绝。”中国国学大师季羡林（1911—2009）曾在《回家》一文中说，“在小山上偶尔看到几只，灰头土脑，然而却惊为奇宝了。”

好在2000年，中国国家林业局正式把麻雀列入对经济和科研有价值的益鸟，给曾被定为“四害”之一的麻雀“平了反”，这也算是走出了远见卓识的一大步吧。

“五祖马尾”是如何枯萎的
——不可忽视的动物入侵

身是菩提树，
心如明镜台；
时时勤拂拭，
莫使有尘埃。

五祖寺

在7世纪下半叶湖北黄梅县城东东山的五祖寺，禅宗第五代祖先大满禅师宏忍（602—675）要找有悟性的人传递衣钵，叫众僧各出一偈。661年的一天，“上座”（弟子中声望最高者）神秀（约606—706）在墙上写下了这样一偈。

这时，寺内的“伙夫”——惠能即慧能（636或638—713）在厨房舂米，听到了神秀的回答，就说，美则美矣，了则未了，我的偈是：

菩提本无树，
明镜亦非台；
本来无一物，
何处惹尘埃。

惠能

就这样，在520年由印度传入中国的禅宗——佛教的一个派别，在五祖宏忍之后被分为南北两派——北派的掌门人是六祖神秀，而影响更大的南派的掌门人就是“南能北秀”中的六祖惠能。

那么，在唐朝咸亨年间（670—674）建造的、气势恢宏的五祖寺即东山寺，“现在还好吗”？

松材线虫放大图

东山寺倒是风韵犹存，然而寺庙竹林附近的松林，却像火烧了一般，其中马尾松几乎无一幸存——全都枯萎而死。那么，置马尾松于死地的元凶是谁呢？

是北美的“入侵者”——松材线虫。

不会吧！马尾松遭殃，怎么可能和相距万里之遥的这种小虫子搭边呢？

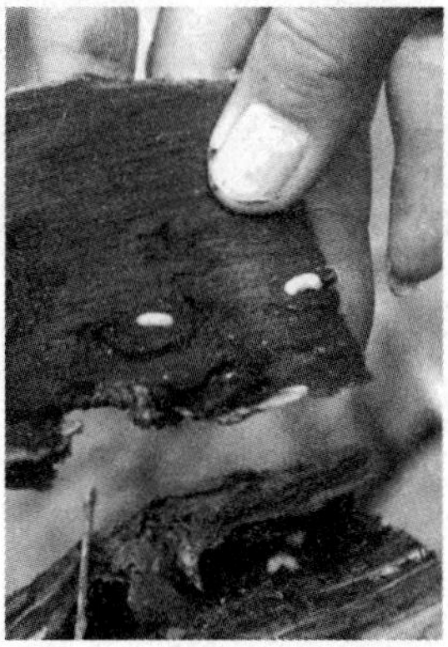
受松材线虫病感染致死的松褐天牛的白色幼虫

原来，松材线虫是随木制包装箱偷偷潜入中国的。1982年这种虫子首先在南京中山陵被发现后，在浙皖鄂粤港等地成灾——几乎毁灭了这些地方广泛分布的全部马尾松林。对了，这个“偷渡客”还是搭“顺风车”免费进入中国的。显然，造成这种失误的，是我们自己。

松材线虫几乎在中国全境内蔓延过。例如，截至2004年年底，重庆市就有9万多亩包括长江三峡库区在内的松林遭到它的侵害，直接经济损失超过3 000万元；而2007年8月24日中央电视台新闻频道播送的字幕消息称，国家林业局的统计表明，松材线虫已蔓延到中国12个省、市、自治区的113个县！

像松材线虫这种从“外面”进来产生危害的动物，叫“外来入侵动物”。

外来入侵动物当然不止松材线虫一种。

1987年，广东、福建等地从外国引进红耳龟（因耳部是红色得名），成为家庭宠物。近些年，这种龟频频出现在湘江。它已被国际上列为“100种最危险的外来入侵物种”，在中国很少有天敌，完全打败了当地龟。

2002年6月25日至7月10日，新疆哈密市先后有8人遭入侵的黑蜘蛛袭击。从2000年以来，该市已经有18人被黑蜘蛛咬伤。

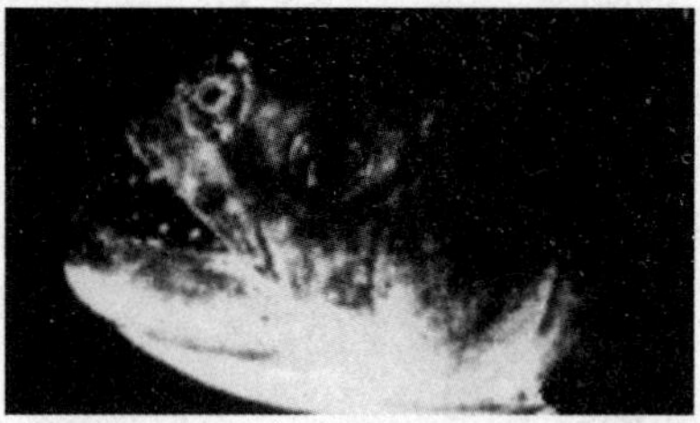
食人鲳

喜欢群居的食人鲳，又名红肚食人鲳、食人鱼或脂鲤——因为比一般鲤鱼在背部多一个小的脂鳍而得名。它原产亚马孙河流域，最长30多厘米，最大约4千克，18个月就成熟，繁殖力强（每次产卵4 000 ~ 10 000粒），有很强的攻击性——攻击人和水中动物。在亚马孙河，每年就有1 000多头水牛受到它的攻击。好在亚马孙河有多种食肉鱼是它的天敌，所以还不至于造成灾难。可由于它在中国境内没有了天敌，本地的各种鱼苗就成了它的“盘中美味”。2002年，食人鲳曾在广东猖獗一时，引起过不小轰动。

…………

在外国，同样也会面临动物入侵的问题。

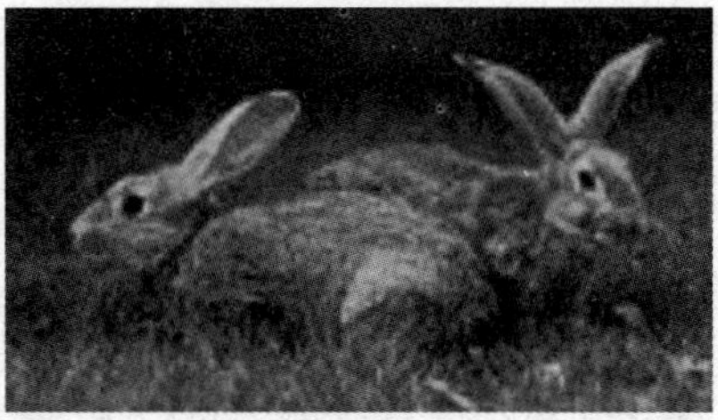
土地被兔子占领

1859年，英国人奥斯汀给澳大利亚的维多利亚州带去了24只（一种说法）兔子，放养了13只。1863年的一场火灾使这些兔子从笼中“胜利大逃亡”，成为野兔。由于当地的优越条件——牧草丰美，加上兔子的繁殖力强——一对兔子3年就可繁殖1 300只，使澳大利亚南部2/3的土地被它们占领，到1950年已经发展到7.5亿只。10只兔子可吃掉一只绵羊的草，这使新威尔士州的羊从1 360万只跌到360万只。为了防止兔子的危害，昆士兰州筑建了长1.3万千米的防兔铁丝网，但无济于事。

兔子灾也发生在英国。12世纪，诺曼底人为了狩猎和毛皮生意，把一种兔子（oryctolagus cuniculus）引进了英国。至今，这些兔子每年都会给英国造成1.6亿欧元的损失。

1935年，澳大利亚的农场主为了对付当地危害甘蔗的一种甲虫，就从国外引进了一种可长到30厘米、重约2千克的布福蛙。结果，在吃完了甲虫等害虫之后，布福蛙就开始吃益虫，造成了难以控制的局面。

布福蛙

美洲灰松鼠在1876年被引进英国。它们有吃花的球茎和鸟蛋的习惯，还有给小桦树剥皮的毛病。此外，由于它在丛林和庭院中觅食的能力比当地人非常喜欢的红松鼠更强，且有2/3的灰松鼠都携带着一种对红松鼠几乎是致命的皮肤病病毒，所以很快就成了“不受欢迎的鼠”。讨厌它们的人，称它们为“树鼠”。在灰松鼠增多的同时，红松鼠在减少。尽管红松鼠也有破坏性，但比灰松鼠要小。

红松鼠

斑马贝，一种来自欧洲的软体动物，20世纪80年代偶然从欧洲传入北美，现广泛生长在五大湖和密西西比

斑马贝

河，布满了五大湖的湖底。

本目水母原产美国，20 世纪 80 年代侵入黑海，立即吞食了其中几乎所有的鱼卵、幼鱼和浮游动物。

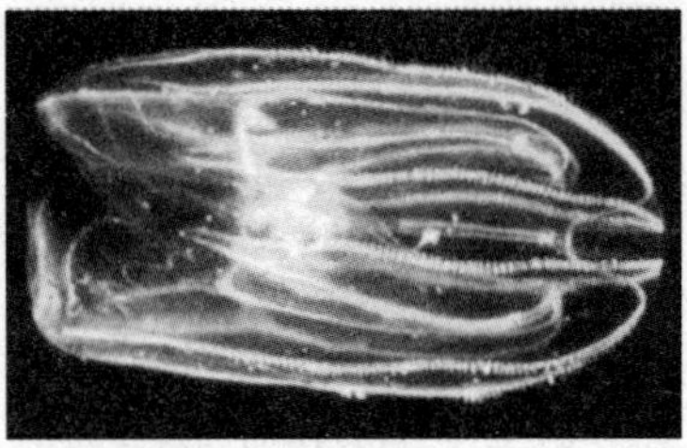
本目水母

原产于欧亚大陆和北非的野猪现在已经在加利福尼亚的圣何塞生了根。

亚洲大鲤鱼是 20 世纪 70 年代为控制水草生长而被引入美国的，现在，在密西西比河中到处都能捕到这种鱼。

2003 年，国家环保局和中国科学院公布的第一批 16 种外来入侵物种中，有 7 种动物：蔗扁蛾（原产非洲热带）、湿地松粉蚧（原产美国）、强大小蠹（原产美洲）、美国白蛾（原产北美）、非洲大蜗牛（原产东非沿海）、福寿螺（原产南美亚马孙河流域）、牛蛙（原产北美）。

牛蛙

其实，世界各国都在剿灭“入侵动物”。例如在 2007 年，日本最大的湖泊琵琶湖所在的志贺地区发起了“吃掉太阳鱼运动”——因为这位“贵宾”大量吞吃本地鱼，威胁着当地的生态环境。太阳鱼本来是美国伊利诺伊州的“州鱼”，由于该州芝加哥市市长理查德·戴利在 1960 年曾将其作为礼物送给过到访的日本皇太子明仁，所以又被称为“太子鱼”。后成为日本天皇的明仁，对当年盲目引进太阳鱼后悔不迭。

从“紫色恶魔”到“美丽杀手”
——不可忽视的植物入侵

“推桨迎朝霞，摇橹御洪波。”落日余辉夕照，水面金波粼粼；或湖上渔舟唱晚，或岸边情人私语。这就是有浪漫美景的维多利亚湖——驰名世界的非洲第一大湖。

又名水荷花的“水中美人”——水葫芦

在乌干达境内的这个湖畔，还有和这浪漫美景同样浪漫的一个爱情故事。

20 世纪 70 年代，一位南美人来到乌干达工作。为了讨得他在这里的女友的欢心，就从家乡亚马孙河给女友带来了“水中美人”——水葫芦。

可是，接下来的故事并不浪漫。

维多利亚湖湖滨为鱼米之乡，该湖又昵称“母亲湖”。到了 20 世纪 80 年代，没有天敌的水葫芦大量繁殖，疯狂“浪漫”——像厚厚的毯子占领了这个湖 80% 的水面，约 1 000 平方千米。它覆满湾口，阻碍人们行船，窒息水中生物，维多利亚湖浪漫的美景不见了。由于工农业生产和生活废水未经任何处理即排入湖中，湖水富营养化，水葫芦疯长成半人高“森林”；“林”底下无阳光且缺氧，致水藻、鱼类死亡，湖水发臭，影响了沿岸数千万人的生活。许多渔港商港被堵死，航线瘫痪，水产锐减，渔民失业。一些船只本来夜泊开阔水面，夜间起风，结果一早起来就开不动船了——四周被水葫芦团团包围。被“窒息”的湖水开始腐败，用这种水洗澡甚至会导致皮肤瘙痒。

同样是关于水葫芦的，开始浪漫，后来并不浪漫的故事。1884 年，一位美国植物学家到巴西旅游，发现了水葫芦的“美丽”，就好奇地把它带到新奥尔良博览会上展出。这样，被誉为“美化世界的淡紫花冠”的水葫芦，被许多人带回自己的国家。不到百年，水葫芦就成了东半球 60 多个国家的常见有害植物。于是，“水中美人”成了“紫色恶魔”。

庞蒂卡姆（ponticum）—— 一种被誉为“花中美人”的杜鹃花，是开淡紫色花朵的高大漂亮灌木，主要用于观赏。

杜鹃花庞蒂卡姆

1763 年，一位伦敦的园艺家把这种在伊比利亚半岛南部被列为危险物种的杜鹃花，引进英国。当地的暖湿气候和酸性土壤，以及这种花自身根部的强大固氮力和非凡的耐寒力，使它如鱼得水。它的繁殖力极强——不但种子能生根发芽，而且枯枝也能“触地生根”，并很快发出许多新芽，接着每簇植株每年又产生几百万枚种子。不但如此，它的花朵色彩异常艳丽，成了向传粉昆虫“求爱”的“白马王子”，其他植物的处境可想而知。更有甚者，它还配备了一套完善的“化学武器”——叶子产生的酚类物质可确保自己免被动物啮食，而分泌的毒素则可阻止其他植物发芽。

就这样，庞蒂卡姆高 10 米、覆盖 100 平方米的“星团”叶片，使 98% 的阳光无法照射到地表，所有在它下面的植物都被判了死刑。就这样，它以极快的蔓延速度，在当年拿破仑未能染指的大不列颠群岛西部入侵成功——威尔士地区斯诺敦尼亚天然公园的 3 000 公顷土地因它而寸草不生。就这样，“花中美人”成了“美丽杀手”。

对于这个凶恶的入侵者，英国民众展开了“抵抗运动”——例如“科学保护中心”成立了一个科学小组，专门研究应对之策。

美国人曾将中国的葛藤带到美国种植。由于当地气候非常适宜葛藤生长，因此葛藤长得奇快——光秃秃的山地变成了绿洲，原本寸草不长的土地上也开始有了生机。后来美国人开始犯愁了——生命力旺盛的葛藤长得实在太快，不该长的地方也被它占据了。在短短的几十年中，葛藤侵占了200多万公顷的土地，很多本地的植物由于得不到足够的阳光开始死亡，许多动物由于栖息地的改变而迁移。引入葛藤，成了美国历史上一场重大的植物入侵灾难。

在中国，也有不少入侵植物。肆虐上海崇明岛的互花米草，因其具有固沙促淤作用，在1985年从美国引进。由于缺少天敌，互花米草已成为整个崇明海滩的霸主，导致鱼类、贝类因缺乏食物大量死亡，水产养殖业遭受致命创伤，而生物链断裂又直接影响了以小鱼为食的岛上鸟类的生存。生态学家警告，如果不加以控制，崇明岛的生物链就将严重断裂。如今互花米草又在福建沿海等地大量蔓延，已造成沿海滩涂大片红树林死亡。

紫茎泽兰

在云南华宁县盘溪镇，原产中美洲的“恶草”紫茎泽兰摆上了街头售卖，成了当地群众一项稳定的收入。因为人们发现它能在蔬菜运输中起到保鲜作用，保证蔬菜在运输时不变质，到了目的地能卖个好价钱。一些农民每天天不亮就到附近割紫茎泽兰，然后在集镇上卖。紫茎泽兰有一种强烈的气味，牛羊和其他动物都不吃它，且它的繁殖能力特强，挤占了其他植物生存的空间，使其他植物难以生长，对中国川滇等南方地区的生态环境造成了危害。尽管科学们家想尽多种方法消灭它，但它造成的危害却有增无减。

中美洲的多年生藤本植物薇甘菊，在20世纪90年代初传入中国之后，前几年也猖獗一时。原因是，该植物在新环境中没有了天敌，而在原产地，有160多种昆虫和菌类直接或间接以它为食，其数量因此被控制。它的种子极其细小——每千粒仅为0.089 2克，具有类似蒲公英的白色绒毛，能借助风力做长途旅行。

…………

近处的薇甘菊和远处的水葫芦在比谁能“占水为王”

截至2000年，入侵中国的杂草已有108种，隶属23科、76属。在2003年，国家环保局和中国科学院公布的第一批16种外来入侵物种中，有9种植物：紫茎泽兰、薇甘菊、空心莲子草即水花生（原产南美）、豚草（原产北美）、毒麦（原产地中海地区）、互花米草（原产美国东南沿海）、飞机草（原产中美）、凤眼莲即水葫芦、假高粱（原产地中海地区）。此外，还有一个“中国农业100种最危险的入侵物种名单”——“1棵过一个晚上就能长出7棵来”的“水白菜”即大薸，名列其中。

空心莲子草　　大米草

原产欧洲的大米草，耐盐、耐淹等特性很强，成熟的种子易脱落，可随潮水漂流扩散至远近各处繁殖，具有促淤造陆、固土绿化等作用。20世纪60年代起，福建省开始引进大米草。到了2012年，它就霸占了福建省大约2/3的海滩，使水产品和其他植物无法立足，人们的生活也受到威胁。好在经过当地人因地制宜的整治，最终变害为宝，控制了它的“恣意妄为”。2017年5月，浙江省宁波市象山港大桥西侧的海滩上，新建了几个硕大的“花坛”。“花坛”用根系发达的海滨木槿建成，试验证明海滨木槿繁衍之后能有效对抗蔓延的大米草，并逐步把它“驱除”出去，从而修复滩涂生态。

“幸福草”不幸福
——从容应对“侵略者”

2005年，中国流行着一种时尚——用美丽的“幸福草”代替满天星在鲜花市场出售。在某些地方，该花甚至成为花卉市场的“俏货”。

那么，幸福草真的能给我们带来“幸福”吗？

幸福草

幸福草的学名叫加拿大一枝黄花，又叫麒麟草或黄黄莺花。在1935年被作为观赏植物引进之后，20世纪80年代逸为野生。它的繁殖力很强——一株幸福草就可产生像蒲公英种子那样有冠毛的、能随风传播的种子2万多粒，且它肉质粗壮的地下根也有很强的繁殖力。它的生长力和吸收养料的能力，比许多植物都更胜一筹。加上它在原产地的一些天敌——几种甲虫、蝽、蛾的幼虫等，在中国也不复存在，它就逐渐“攻城拔寨”，扩展到整个东南沿海一带，甚至远达云南等地，所以它还被一些地方称为“霸王花”。这样，随处可摘的优势加上它花小而美丽，就代替了满天星。

令人遗憾的是，这幸福草并没有给我们带来幸福，而是带来了灾难。在它的覆盖下，其他植物缺乏阳光而几乎不能生长，一些节肢动物和昆虫也因此缺食而死。例如，因为它的危害，浙江宁波莼湖镇果农的橘子树叶片明显变小，果子产量也只有往年的1/3。以至于在前些年，宁波市政府曾不得不专门下文件，对它进行剿灭。

幸福草根状茎冬天钻出地面，春天能茁壮成长，比一般的杂草“更胜一筹”

不过，加拿大一枝黄花并不是一枝黄花，有人闹不清，还惹出了一场官司。2004 年 2 月，已经种植了 6 年“黄花”的郑州市二七区农民陈红亮，种植了 6.4 亩一枝黄花。在 2005 年 4 月 21 日，加拿大一枝黄花在全国禁种以后，河南省市区三级林业执法部门说他种的是加拿大一枝黄花，建议铲除，就铲除了 4.7 万株。同年 5 月 23 日，中国科学院昆明植物研究所标本馆经鉴定认为，陈红亮种的不是加拿大一枝黄花。当年 7 月 19 日，陈红亮就状告了有关部门。

事实上，给人类带来灾难的入侵生物已不胜枚举。它们主要带来四方面的危害。

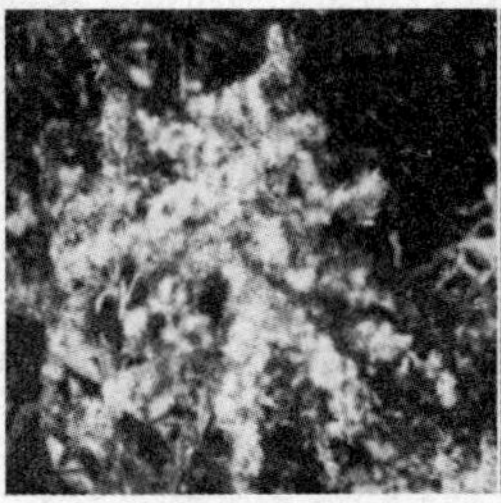
幸福草种子上的冠毛使它能随风传播

幸福草的主根粗壮，能贮存养分，耐干旱

首先，是严重的物种灭绝、生态破坏和“生物污染”。2003 年国际自然保护协会说，近 400 年中灭绝物种中的 39% 是入侵生物造成的，如引进的河鲈使南疆博斯腾湖的大头鱼永远在地球上消失；疯长的水葫芦使云南滇池的水生高等植物从原来的 18 种减少为现在的 3 种。生态破坏和“生物污染”的例子也很多，如号称松树“癌症”的松材线虫病使江浙一带的山林变得面目全非，南京中山陵的 2 000 多万株松树死亡；从澳大利亚引进的一种桉树像抽水机一样使其他树种缺水死亡。

其次，是直接威胁人畜健康。豚草是原产北美洲的一种恶性杂草，随农作物进口混入中国。它的花粉可随风飘扬，蔓延迅速，会侵害人体。2003 年 11 月，在哈尔滨就发现 30% 的过敏患者的病因是豚草的花粉。过敏反应表现为鼻子、眼睛、喉咙发痒，连续打喷嚏、流鼻涕、咳嗽，严重时还胸闷、气喘，甚至可导致肺气肿。原来，在豚草的花

豚草

粉中含有容易引起人体过敏反应的物质。除了加拿大一枝黄花、土荆芥、三裂叶豚草等的花粉，还有其他植物也会使一些人过敏。特别是三裂叶豚草和豚草，是中国引发“枯草热”的重要根源。目前，这两种草已在东北、华北、华东和华中泛滥成灾。川滇等地的马、羊经常误食紫茎泽兰而死——凉山州在1996年就主要因此而减产了6万多头羊。

再次，是造成巨大的经济损失。2000年，中国每年因生物入侵造成的经济损失高达1 196.76亿元，占当年国内生产总值的1.36%。而在2005年，生物入侵使美国、印度和南非分别损失1 500亿、1 300亿和800亿美元。光是兔灾，每年就给澳大利亚农业造成3.73亿美元损失。中国每年因水葫芦的危害，就损失100亿元。

最后，是可能作为恐怖活动的手段。疯牛病和典型猪瘟，都可被恐怖分子带进想攻击的国家。

这样，防治生物入侵的任务，就迫切地摆在我们的面前。

防治生物入侵，首先要搞清它是怎么入侵进来的。

空心莲子草严重堵塞河道

第一种是人们“有意栽花”，实际是“引狼入室”——出于农牧渔业生产、城市公园绿化、景观美化、观赏、药用、食用等目的，有意引进新物种。水葫芦是世界“十大害草”之一，但它的“金玉其外”，赢得了世界范围内的“芳心无数”，于1901年也被作为观赏植物引入中国。马缨丹、圆叶牵牛、红花酢浆草、金鸡菊、胜红蓟、三裂蟛蜞菊、蛇目菊、空心莲子草等也是作为观赏植物引进的；决明、蓖麻、美洲商陆、洋金花、土人参、蒲公英等则是作为药物引进的。牛蛙、福寿螺等作为人的食物引进；

而假酸浆则作为畜类食物引进。

第二种是人们“无心插柳”，却让“入侵者”“免费偷渡”——在贸易、旅游、运输等过程中，有害的物种乘机“暗度陈仓”。典型的实例是原澳洲的棕树蛇搭乘美军战斗机进入关岛。北美的松材线虫，是随木制包装箱偷偷潜入中国的。三裂叶豚草通过火车从朝鲜进入中国东北。假高粱混在进口粮食中进入中国，目前在台、粤、桂、琼等地危害农作物。北美车前草通过旅游带入中国，现今在江、浙、沪、皖一带危害农作物。到2005年，船舶的“压载水”已经成了全球500多种海洋入侵生物的“特洛伊木马”。

供药用和食用的蒲公英从欧亚大陆“走向全球”

第三种是“自然”为媒——生物依靠风力“飞行”或水流“游泳”，从空中或水上入侵；或者由鸟兽食用种子或果实后迁徙传播。紫茎泽兰、飞机草种子，就是通过风力从中越、中缅边境进入中国的。薇甘菊的种子，则通过气流从东南亚进入我国广东。加拿大飞篷、一年篷、藿香蓟、野茼蒿等，都是借助于种子上的冠毛飞越“万水千山”的。水稻象甲借助气流进入中国大陆。飞鸟啄食单刺仙人掌的果实后，迁徙到其他地方，排出的粪便中有没被消化的果核，使之得到传播。其实，自然界许多植物都是靠“自然”“四海安家”。一首儿歌唱出了蒲公英的这种“免费”旅行：“一个小球毛蓬松，好像棉絮好像绒。对它轻轻吹口气，飞出许多小伞兵。风啊风，请把伞兵送一送。到了明年三四月，路边开满蒲公英。”

原产美洲的小龙虾（克氏原螯虾）

据国家环保总局在2005年统计，中国当时已知外来入侵物种为283种，其中90%以上是有意或无意引进的，“自然”入侵者只占

3.1%。这里，入侵中国物种的数量各机构说法不一。例如，当时也有400多种的说法。

防治生物入侵，接下来就是采取积极的应对措施。

首先，是统一“地球公民”的“防侵”认识，建立评估体系，制定法规。荷兰海牙第六次防治生物入侵大会，制定了防治生物入侵的15条原则。1997年，世界自然保护联盟和联合国环境规划署，共同发起“防治全球物种入侵计划”。国际海事组织在2004年2月，通过了《船舶压载水沉淀物控制和管理国际公约》。各国也采取了对应行动，例如，美国在1999年制定了防治生物入侵的法律，其中就有养黑鱼（即乌鲤）要被判半年刑。中国也制定了《全国生态环境保护纲要》；2003年10月22日，农业部紧急启动外来入侵生物防治计划。曾经面对“兔满为患”的窘境，澳大利亚政府则专门颁布了一个消灭兔子的法令。

其次，是“御敌于国门之外”。引进的所有物种——包括引进的原入侵物种的天敌，要经过严格论证，严密检疫检查，看它们是否会对“土著物种”造成危害，是否会疯长而成为新的侵害物种。有时，还可“试营业”，在“摸着石头过河”之后再决定。例如，在引进水葫芦的天敌——水葫芦象甲（象鼻虫）之前，中国农业科学院生物防治研究所就进行了大量的调研工作，在确认它只与水葫芦“为敌”而不危害当地的其他植物之后，才决定引进。引进水葫芦象甲之后，浙、闽、桂的水葫芦危害得到了一定的控制。

最后，是采用各种手段积极剿灭。

在“传统”手段中，有直接打捞——如打捞空心莲子草和水葫芦，也有人工铲挖拔烧等——如2004年下半年浙江等地铲除加拿大一枝黄花的“大行动”。

由于“传统”手段耗费的人财物力很大，所以引进入侵物种的天敌、利用先进科技等手段更为当代人采用。对危害乌干达的水葫芦，乌干达的一位科学家就从水葫芦的故乡亚马孙河请来了它的天敌象鼻虫，结果水葫芦被有效控制。泽兰实蝇仅吃紫茎泽兰，不危害其他植物，所以被美国、澳大利亚、新西兰、南非等引入；中国也于1983年在云南释放了泽兰实蝇，收到了一定的效果。青海大草原用鹰灭鼠，每天每只鹰可吃掉两三只鼠。

大火焚烧加拿大一枝黄花

天津则繁殖了国内首批2亿只寄生蜂——美国白蛾的天敌白蛾周氏啮小蜂，专门寄生在美国白蛾体内来对付它。

此外，利用“基因战争”——用转基因技术消灭入侵者，也在进行。在澳大利亚最长、流域面积最大的墨累河里，90%的鱼都是一种入侵的、危害当地鱼种的欧洲鲤鱼。澳大利亚一家国立研究机构的生物学家荣·斯勒瑟尔的研究小组，就成功地把一种基因移植到雄欧洲鲤鱼体内，让它们只有雄性后代而逐渐绝种。

最后，“细菌战”也是可供选择的方法。澳大利亚当年面对“兔灾”无计可施，到1950年开始采用“细菌战”，使99.8%的野兔命丧黄泉。持续近百年的“兔灾”，基本上被消除。原来他们从法国昆虫学家德利尔那里引进了涎瘤炎病毒，把它注射进两只野兔体内，然后“放兔归山”，让病毒在兔群中广泛传播。此前，德利尔也用这种方法，成功地制服了危害他在巴黎郊外菜园的野兔。

对待生物入侵，既要警惕和积极防治，也不要“谈‘侵’色变”。事实上，入侵生物完全战胜当地生物的实例并不常见。美洲灰松鼠成功入侵英国后，几乎被视为入侵物种战胜当地物种的典型例子。尽管现在英国的红松鼠剩下不到万只，我们依然不能确切地说，在竞争中灰松鼠取得了彻底胜利——或者红松鼠已经甘拜下风。其实，在灰松鼠“侵略”之前，红松鼠种群数已经呈阶段性衰减趋势。

此外，对于入侵者，我们还应该辩证地看待。水葫芦有窒息水中生物、堵塞河道等危害，但也有能净化水质，美化环境，作为猪、鸭、鹅的饲料等好处。如何用“好”避“坏”，保持生态平衡，“学习”并利用“敌人”们超强的适应、生长和繁殖能力等，把有益的生物变得强悍，也是我们的研究课题。

“文明青年”能改变愚昧吗
——达尔文操之过急

“贝格尔”号军舰

1831年12月27日早晨，大西洋辽阔的海面上空朝霞灿烂，东风劲吹。油漆一新的“贝格尔”号英国海军军舰，要从普利茅斯港出发扬帆远航探险了。这艘优质桃花心木制的三桅杆军舰，排水量是24吨，配有6门大炮和6只供登陆用的小船。英国政府派它去的使命，是去进行殖民掠夺——然而，有一位博物学家要同行。

在“贝格尔”号上，有62个船员。现在，第63个“船员”也上来了——这位博物学家要搭乘它周游世界，进行环球科学考察。1836年10月2日，这位博物学家回到普利茅斯港。

23年之后的1859年11月24日，这位博物学家根据环球考察的资料写出了生物学史上的划时代巨著——《物种起源》，在伦敦出版。于是，这艘不光彩的殖民掠夺军舰，就因为他而永载史册。

这位使“贝格尔”号青史留名的博物学家，就是我们熟知的英国生物学家达尔文（1809—1882）。他和同胞——另一位博物学家华莱士（1823—1913）各自独立创立的生物进化论，被恩格斯誉为19世纪自然科学的三大发现之一。然而，达尔文也有不少失误之处，下面是其中的一次。

达尔文

华莱士

1832年，达尔文一行首先来到非洲南部。在一个原始部落里，他发现那里的人们没有衣服穿，住的是山洞，或在树上搭一个巢，吃的是野果禽兽，过着茹毛饮血的原始生活。达尔文在那里住了几天，惊奇地发现了一些“新情况”：当地的人把老年妇女赶进深山老林，让她们自然饿死；在没有食物的时节，则将妇女生的婴儿或小孩分而食之。达尔文十分惊讶，就问他们为什么要这样做？部落首领通过当地的“翻译”告诉达尔文：“妇女的任务就是生孩子，生下的孩子有两种用途，一是留下来延续种族的生命，二是供我们缺食的时候当粮食。妇女老了，不能生育了，留她们有什么用？我们不吃掉她们就已经很宽容了；在饥荒没有食物的时候，我们只有吃小孩，不吃小孩我们吃什么呢？”

其实，在世界上还有一些地方也有“吃人”的风俗。在非洲巴布亚新几内亚的一个原始部落里，当地的土著居民就要在祭奠时吃掉死者的尸体。在2003年11月，南太平洋岛国斐济的土著人就为他们的祖先在1867年7月21日吃掉了戴维·托马斯·贝克因，正式隆重地向应邀到场的贝克因的后代道歉。贝克因是英国卫理公会的传教士，因为当年拿下了土著首领头发上的梳子，把自己的帽子给首领戴上，被认定严重违反了当地的法规。

好了，还是回到达尔文。“这里的人太残忍了！”达尔文痛苦地摇摇头，“我下决心要改变这个原始部落不尊老爱幼的局面。”于是，他用高价买下了一个当地男婴并将这婴儿带回了英国——他要把这个非洲血统的小孩变成一个“现代文明人”，然后用这位“文明人”去改变当地那种“弃老食幼”的原始野蛮现状。

16年后，这个非洲孩子长成了“文明青年”，达尔文通过熟人把他送回了他的家乡。

又过了一年之后，达尔文旧地重游——想看看那个非洲原始部落在自己委派的“现代文明青年”的领导下，是不是有了质的变化。可是，达尔文到处都找不到那个自己精心培养的非洲青年。最后，他问部落首领，那人是否来了这里？首领回答：“来了。”达尔文又问：“那他人呢？”“我们把他吃了！”达尔文大惊：“那么好的人，为什么吃了？”“他什么都不懂，什么都不会做，我们留下他有什么用？”达尔文听了之后，无言以对。

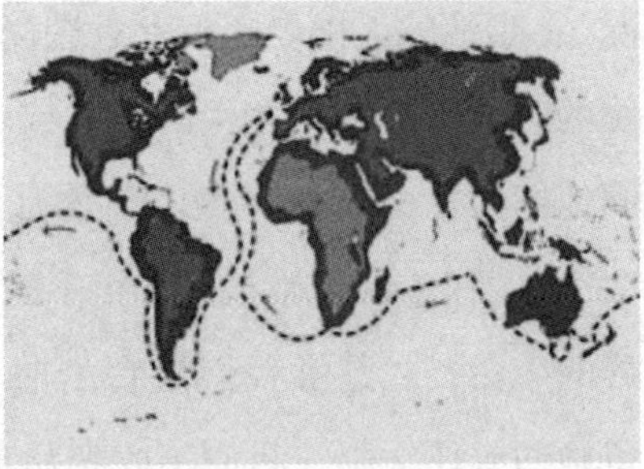

达尔文的环球航行路线

回家后，达尔文在自己的日记中写道：“一个人的愿望和他所希望得到的结果并不正成比。一个种族遗留下来的疑难问题，绝不是依靠一个或几个‘文明人’就可以解决的，从野蛮进化到文明，这其中有一个痛苦而又漫长的过程，欲速则不达。社会上每个人都应适应自己周围的生活环境，否则，哪怕他再高明，也终将被淘汰。适者才能生存啊！”

顺便指出，达尔文在进化论中的许多观点，至今还存在争议。他说生物进化过程通常是一点一点地发生的——微小的进步起因于不断的生存竞争中适者的“自然选择”，然而，科学家们在化石中始终没有找到这种渐变的证据。达尔文还曾在一本生物进化论的著作上写下“千万别说什么更高级、更低级”，反对生物有高等、低等之分；而在1977年，生物学家古尔德出版的《自达尔文以来》一书中，则不同意这种观点。

成果埋没卅五载
——孟德尔遗传规律

孟德尔

1965年仲夏的一天，捷克斯洛伐克摩拉维亚镇热闹非凡，各国遗传学家应该国科学院之邀云集于此。他们怀着崇敬而感慨的心情，在这里的一座教堂开会，纪念奥地利遗传学家格雷哥尔·约翰·孟德尔（1822—1884）的《植物杂交实验》论文发表100周年。

孟德尔何许人？一篇100年前的论文何劳科学家们大驾光临？为什么要在教堂开会？为什么与会者“崇敬而感慨”？为什么捷克斯洛伐克人对这位奥地利人“情有独钟”？

1822年7月22日，孟德尔出生在奥地利布隆（Brunn，今捷克布尔诺）的一个贫苦农家，虽天资聪颖，但却无钱接受良好的教育。受父亲酷爱种花的影响，他对种植花草树木很有兴趣。后来，为生计所迫，他只得于1843年21岁时进了布隆城的奥古斯丁修道院，当一名见习修士。孟德尔不太“忠于职守”，而是利用业余时间，去研究教堂里陈列的气象仪器和后花园里的花花草草，因此无缘受到主教青睐。这样，在1849年10月，他就被派往布隆南部的兹诺伊莫高中，教数学和希腊文等课程。

1850年，为了取得正式教师资格，孟德尔参加了教师甄别考试。阅卷的时候，“伯乐”包姆加纳教授从物理试卷中发现了他的才华，就和佩耶教授一起在1851年推荐、赞助他到维也纳大学理学院去学习，修道院院长纳普也予以支持。在维也纳大学，孟德尔系统学习了数学、物理、化学、动物、植物等，其中奥地利植物学家翁格尔（1800—1870）讲授的《植物生理学与显微技术》对他后来发现遗传规律有很大影响。孟德尔和一些著名科学家也有过来往，例如曾当过同胞、物理学家多普勒（1803—1853）的实验演示助手。孟德尔还参加了维也纳大学的动植物学会，发表过一些生物学论文。1853 年夏，他回修道院当神父，并受聘为附近一所教会学校——时代学校代理教员，从此教动物、植物、物理等学科 14 年。

孟德尔一面教学，一面在修道院后花园里种了许多植物、养了许多动物做杂交实验。从 1854 年起，经过 9 年研究，终于用豌豆实验，揭示了（基因）分离定律和自由组合定律这两条新的基本遗传规律——统称孟德尔定律。1865 年2 月8 日至3 月8 日，自然科学研究会第二次年会在布吕恩（今捷克布隆）召开。会议期间，孟德尔在好友、气象学家耐塞尔的鼓励与支持下，到会宣读了概括上述成果的论文《植物的杂交试验》。虽然与会者听后不太理解，也无人提问和讨论，但第二年这篇论文还是被收入该会会报《布隆自然科学研究会会报》第 4 卷中，还出了单行本。

（基因）分离定律示意

孟德尔的成果是划时代的。首先，他通过杂交创立的遗传分析的遗传学方法，至今还在广泛使用，与细胞学方法、物理学化学方法、数学统计方法构成现代遗传学研究的四大方法。其次，英国生物学家达尔文（1809—1882）的生物进化论无法解决生物遗传的问题，只好求助于性状遗传理论和法国生物学家拉马克（1744—1829）的融合遗传理论；而孟德尔则用实验驳倒了这两种错误的理论，从而创立了孟德尔定律，奠定了遗传学的基础，被人们称为“植物学上的拉瓦锡”。

孟德尔的成果，更具有巨大的实用价值。利用他的遗传学方法，人们已培育出农产品活体中更为坚强的品种——防擦伤马铃薯就是其中之一。在20世纪60年代，农学家诺尔曼·鲍劳格引入了一种个体小，但产量高的矮生小麦。它在受饥荒困扰的印度和巴基斯坦，拯救了成百上千万人的生命——被称为“是一场发源于孟德尔花园内的绿色革命”。

遗憾的是，其后几十年却无人认识到孟德尔这些成果的重大意义。

弗里斯

科伦斯

西森内格·契马克

云舒云卷，遗传学在“枉过一春又一春”之后终于走到了20世纪的第一个春天。从1900年春开始，发生了一系列“戏剧性的事件”——三个不同国度的人，在他们开始实验时并不知道孟德尔论文的前提下，完成了被历史学家们所称的“孟德尔定律的重新发现”。这个“重新发现”是：荷兰的德·弗里斯（1848—1935）用日见草、罂粟、曼陀罗等做实验后，于3月26日在阿姆斯特丹发表了《论杂种分离的规律》；德国的科伦斯（1864—1933）用玉米实验后，于4月24日在耶纳发表了《杂交分离的孟德尔规律》；奥地利的西森内格·契马克（1871—1962）用豌豆实验后，于6月20日在比利时根特发表了《豌豆人工杂交》。被埋没的伟大理论，35年后才“重见天日”，人们自然“崇敬而感慨”。

那么，一个伟大的成果为什么会被埋没35年呢？科学界为什么会产生这么长久而重大的失误呢？

是论文没有传播出去吗？不是。载有孟德尔成果的前述单行本，当时就被分寄到欧美约120个图书馆、学会、协会，会报也寄出115本，孟德尔本人也把油印的论文副本先后寄给慕尼黑大学的德国著名植物学家耐格里（1817—1891）、维也纳植物园主任凯尔纳、植物学家霍夫曼、植物杂交权威福克等人；但得到的却是冷淡或冷嘲热讽的对待。直到1884年1月6日孟德尔在布隆去世的时候，他周围的人只知道他是一个老修士，而不知道他还是一个出类拔萃的遗传学家！

这些植物学家出现失误的原因是多方面的。

首先，一些人要么只懂数学而不懂植物学，要么只懂植物学而不懂数学，因而他们无法读懂孟德尔用数学方法研究遗传学的论文。耐格里就是其中“不懂数学”的一位。他对孟德尔论文中的数学计算感到十分厌烦，因为这么琐碎、平凡、“缺乏理论深度”的论文与他崇尚的恢宏体系和富有哲理的思辨，怎么也联系不起来。于是他草草看了一遍了事。直到1891年耐格里辞世的时候，他也不知道自己对遗传学犯了这么大一个错误。如果耐公有知，当不眠于地下。由此可见，科学家的综合素养多么重要！

其次，一些人认为，连达尔文等著名科学家都不能解决的重大而玄妙的遗传学问题，怎么可能由一个没有博士、教授等头衔的“小人物”“业余生物爱好者”，在修道院里种种花草、数数豌豆数量、看看豌豆颜色就解决了呢？一些人认为孟德尔的研究“不过是为了消遣，他的理论不过是一个有魅力的懒汉的唠叨罢了”。耐格里收到孟德尔寄来的信和论文之后，于1866年12月31日回信，答应重复孟德尔的豌豆杂交实验，但他根本就没有动手。因为在他看来，真的动手，也是在“有魅力的懒汉”面前白费劲。他认为，“你用豌豆所做的实验还远远没有完成”“只有那些在模糊的专业领域能够做出正确判断的人，才能核实这个问题”。耐格里这种对与他交往达7年之久的孟德尔不屑一顾的态度，使他不可能重视并进而承认、肯定孟德尔的学说。这种对“小人物”的蔑视态度在凯尔纳身上也表现得十分突出。他收到孟德尔的信和论文后，曾回过信。可他的助手说，孟德尔的信和论文在凯尔纳的图书馆里，连拆都没有拆开！

再次，一些科学家的失误在于缺乏科学的洞察力。孟德尔的成果在一定程度上超越了当时的“主流”科学思想，因为传统的“融合遗传”理论与孟德尔的“粒子遗传”格格不入；在研究方法上，传统的定性观察实验也与孟德尔的数学统计方法不同。像霍夫曼这种看过并在自己著作中有5处引用孟德尔论文的植物学家，也没能看出孟德尔成果的价值所在——他捡了芝麻，丢了西瓜。因为孟德尔成功培育了植物杂种，使植物杂交权威福克不得不提到孟德尔的成果；但他却认为，这“十分类似奈特的结果，但孟德尔自以为发现了各种杂种类型之间稳定的数量关系”。由此可见，他也囿于“主流”而否定孟德尔的成果，没能看出孟德尔成果的真正价值。更有趣的是，了解孟德尔工作的俄国植物学家施马里高伍森（1849—1894），曾在自己学位论文的历史部分加的一个附注中，正确评价了孟德尔的工作，但当1875年《植物区系》杂志发表他论文的译本时，却令人遗憾地删去了这一附注。这也许是因为怕偏离“主流”而被贻笑大方吧！由此总结出的经验是，在评价新成果时，也要敢于偏离传统的“航道”，游出“主流”，用科学的慧眼洞察事物的本质。

第四，与历史局限有关。一方面，当时研究的“热点”不是物种杂交，而是生物进化。因为1866年孟德尔发表论文的时候，正是达尔文著名的《物种起源》发表之后第7年，自然这才是当时的“热点”。另一方面，学术资料没有到达对它感兴趣的每个人手中——达尔文本人就没能看到孟德尔寄给他的论文副本。达尔文至死也不知道，异国他乡的孟德尔正好堵上了他学说中的最大漏洞，解决了他进化论中的遗传难题。由此得出的经验是，科学家们不但应关注“热点”，而且要顾及“冷门”；让学术资料广泛交流而使优势互补，更是当今“知识爆炸”“信息爆炸”时代人们应注意的问题。

孟德尔将理论联系实际

第五，与孟德尔缺乏百折不回的精神有关。孟德尔收到耐格里建议他再用山柳菊做实验的回信之后，做了这一杂交实验，但是，结果却未尽如人意，这已使他意冷心灰，加之科学界的冷漠蔑视，更使他

“无心恋战”。1668 年，他被任命为修道院院长，再也无暇从事他所钟爱的植物研究，于是他的植物遗传研究就此终止。由此可见，他本人缺乏像爱迪生那种万难不屈的精神，也是他科学成果没有得到进一步发展、在生前没有得到承认的重要原因。由此可见，坚持“走自己的路”，耐得寂寞，坚韧不拔，对一个科学家是何等重要！

最后，也与宗教桎梏有关。宗教界把孟德尔的实验研究看成是“不务正业”，甚至是“离经叛道”之举，把他的重大发现也看成“异端邪说”。由此可见，在迷信与愚昧面前，科学反而成了“悖谬”。联系“法轮功”等歪理邪说的危害，更使我们感到弘扬科学、破除迷信，依然任重道远。

当然，科学之水会川流不息。在 2005 年 3 月 23 日，英国新科学家网站以《不拘小草挑战遗传法则》为题，报道了野草拟南芥从“祖父母”那里继承了“父母双方”都没有的 DNA，向孟德尔遗传规律提出“挑战”的消息。因为此前印第安纳州普渡大学的罗伯特·普鲁伊特领导的小组发现，有的“拟南芥拒绝忠实繁殖”。此外，在经典遗传学中，某些非基因突变是不可能遗传的。国外媒体在 2018 年 4 月报道，不少事实表明，某些“非基因印记”（饮食、温度、寄生虫、社会联系等）都能影响后代的特征。这符合出生在俄国纳米瑞夫（Nemyriv，今属乌克兰）的美国杰出演化遗传学家迪奥多西·格里戈维奇·多布赞斯基（1900—1975）在 1937 年出版的大作——《遗传学和物种起源》（*Genetics and the Origin of Species*）中的“综合进化论”（生物的后代是遗传与进化的综合体）观点。

多布赞斯基

此外，中国科学家在世界上率先发现了水稻自私基因，并由此破解水稻杂种不育的机理。这是科学史上首次发现植物自私基因，证实了植物界同样存在不符合孟德尔遗传规律的非经典遗传现象。相关研究成果在线发表于 2018 年的一期《科学》杂志上。所谓自私基因，是指双亲杂交后，父本或母本中能控制其自身的DNA片段优先遗传给后代的、具有自私性质的基因。在此前2017年的一期《科学》杂志中，曾报道了小鼠和线虫自私基因的非孟德尔遗传现象。

不过，这丝毫不影响孟德尔的业绩在人们心中永存——今天，在摩拉维亚博物馆的孟德尔纪念大厅里，他的遗物作为珍贵文物供人参观……

埋设32年的成果
——巴巴拉遗传规律

麦克林托克在做实验

1983年12月10日，一年一度的诺贝尔生理学或医学奖颁奖会，在斯德哥尔摩中心的深蓝色音乐厅隆重举行。瑞典国王（1973年起在位至今）卡尔十六世古斯塔夫（1946—　）把150万瑞典克朗（约19万美元）的奖金、一枚金质奖章和一张获奖证书颁发给了美国女遗传学家巴巴拉·麦克林托克（1902—1992）一个人。

巴巴拉何许人？为什么在81岁高龄才获奖？她是因取得什么科学成就而成为有史以来首位独享该奖项的女性的？

巴巴拉出生在美国康涅狄格州首府哈特福德一个医生之家。1908年全家迁往纽约郊区布鲁克林。1923年她在康奈尔大学农学院植物系毕业获得学士学位后，于1927年获得植物学博士学位。

巴巴拉的科学生涯始于她毕业后，但取得重大成果的工作则始于20世纪30年代初。1931年，由于此前的一些成绩，她获得国家研究院提供的为期两年的研究员薪金。此后两年，她在康奈尔大学农学院、哥伦比亚州密苏里大学、加利福尼亚理工学院间穿梭往返。同年夏天，她承担了鉴定变异染色体的任务，并一直以此为研究方向。

经过20来年对印第安玉米等的研究，她于1951年做出被称为“跳动基因”（MGE’S）理论（又称“移动的控制基因”学说）的重大发现。

麦克林托克：2005 年 5 月美国邮政总局在耶鲁大学发行的 4 枚邮票中的 1 枚

按照孟德尔遗传定律，全黑的那种印第安玉米的后代应该是全黑色的玉米粒，但事实是，还有带黑色斑纹和无色的玉米粒；全黑、黑斑、无色三种玉米粒的比例为 12∶3∶1。这一结果与细胞遗传学家的观察结果相似。

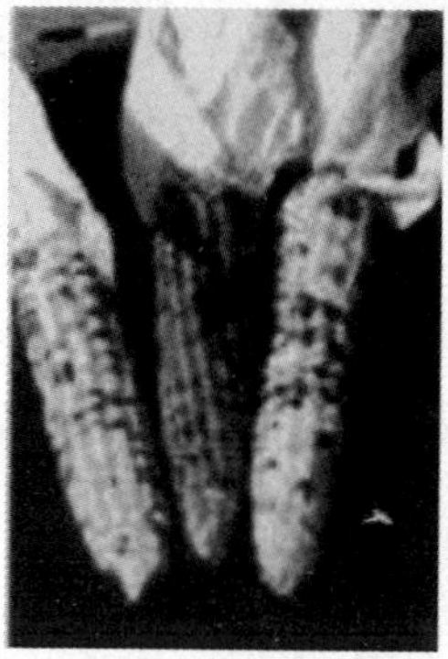

麦克林托克培育的“跳动基因”玉米

为了解释这一事实即违反孟德尔遗传定律的现象，巴巴拉于 1951 年在冷泉港的生物学专题会议上提出了崭新的跳动基因理论。认为遗传基因中除了在染色体上有固定位点的专管颜色的基因——结构基因 SG，还有两个“控制基因”也管颜色。这两个“控制基因”在染色体上可从一个位点“跳动”到另一个位点，当它们移至 SG 附近时，一个“控制基因”——解离因子 DS 会抑制 SG 功能的表现，并能引起染色体断裂；而 DS 本身位置的“跳动”和引起染色体断裂的能力又受到另一个“控制基因”——激活因子 AC 的控制；当它们离开原来受其影响的结构基因时，该结构基因又能发挥原来的功能。这一理论被称为“跳动基因”理论，所提到的两个“控制基因”就被称为“跳动基因”。该理论解答了玉米颜色不符合孟德尔遗传定律的问题。

这一理论的重大意义在于，为基因的进化、基因的功能及其相互作用的机理提供了理论基础，同时也为研究细胞的分化和个体发育提供了条件，有可能为人类攻克癌症提供线索。

只是，这一“走在时代前面的发现”却遭到冷落。巴巴拉在 1951 年冷泉会上发言后，人们说她“完全疯了”。1953 年她阐述这一学说的论文发表后，向她索要论文副本的只有3个人。后来一个诺贝尔评奖委员会的委员说："全世界大约只有5个遗传学家赞赏她的成果。"

就这样，一个重大的、遗传学上划时代的成果被冷落了32年。

是什么原因，使科学界冷落她的重大成果呢？

首先，是因为遗传学界死守当时占优势地位的传统观念。当时的遗传学认为，遗传基因是以直线排列的方式坐落在染色体上的，位置比较稳定，好像线穿起来的珠子一样排列不动；只有染色体发生畸变（如易位、倒位）时它们才能发生变化。巴巴拉却说基因可以"跳来跳去"，这怎么可能呢？因而她的全体同行都嘲笑她的"跳动基因"。

其次，还与人们看不起巴巴拉的研究方法有关。1953年，美国生物化学家沃森等发现了DNA的双螺旋结构，这本来在一定程度上支持了巴巴拉的发现。可奇怪的是，巴巴拉却更加孤立了，因为一些人被发现DNA的生物学家的"新式研究方法"所迷惑，看不起巴巴拉那种花费大量时间、依靠观察的"老式"基础研究方法。由此看来，"新式研究方法"固然可喜，但排斥"老式"基础研究方法却不可取。

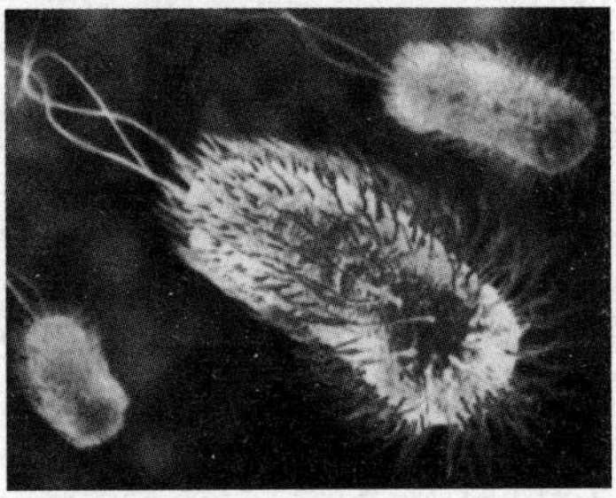

最常见的细菌大肠杆菌：被生物学界研究得最多的细菌之一

再次，研究水平的局限。在20世纪50年代，电子计算机技术还不够成熟，人们难以"看到"细胞染色体上的微观结构，也没有其他证据可进一步证实巴巴拉的发现。直到20世纪60年代后，一些生物学家才用电子计算机证实了巴巴拉的发现：从细菌到哺乳动物的很多生物体内，都有插入序列、转位子等可移动的遗传成分。20世纪60年代法国科学家雅可和莫诺在研究大肠杆菌一组发酵乳糖的基因时，就发现了与"跳动基因"相似的"操纵子"；夏皮罗和西特尔同时研究大肠杆菌半乳糖"操纵子"异常突变时，也发现了类似"跳动基因"的"转座子"。20世纪70年代，生物学家在基因工程实验时，也突然发现基因在细菌中频繁移动，其后不久又发现在果蝇体内和酵母中也有同样的情形。20世纪60年代末人们终于如梦初醒：原来巴巴拉是正确的。由此引出的教训是：虽然受研究水平的局限使我们不能一下子对新理论做出裁判，但不能对它持冷淡，甚至讽刺、打击的态度。

与当初没有得到承认就辞别人世的孟德尔相比，巴巴拉是幸运的。她的幸运来自她的坚韧不拔——这一点她胜过孟德尔。当一个记者采访时问她“对于这么长时间的冷落，您是否感到痛苦”的时候，她回答说：“如果你确信自己是正确的，你对寂寞和冷落就不会在意，因为你知道，真理迟早会大白于天下。”

“曾经沧海难为水，除却巫山不是云。”正是凭着这种坚定的信念，巴巴拉没有理由怀疑自己从实验事实中得到的成果；也正是凭着这种信念，巴巴拉才以乐观进取的精神继续着她的研究，并健康地活到81岁——她领奖的那一天。

巴巴拉身高仅1.52米，体重仅约40千克，然而由于她对研究课题的热爱，对自然和植物的热爱，她每天在玉米地或实验室里工作16小时。这样，一个一生甘于寂寞而不甘于平凡的科学伟人形象就伫立在我们面前。

转基因工程的失误
——始料不及的副作用

对现代人来说，“转基因”一词已不再神秘陌生——它是我们时代最时髦的词汇之一。

随着生物工程技术的发展，科学家们应用基因遗传技术，将一种生物体内的基因，移植到另一种生物体内，进行基因新组合，从而改变生物的特性。这样，人类就可以根据自己的需要和意愿，在很大程度上定向改造生物的特性，甚至创造出新物种。这就是转基因工程技术，由此得到的新生物品种就是转基因植物或转基因动物，它们可给人类提供转基因食品或派上其他用场。

帕尔米特尔

布林斯特

转基因动物的研究始于1980年，1982年掀起热潮。在1982年，华盛顿大学的美国生物化学家理查德·帕尔米特尔（Richard Palmiter），与他的长期合作者——宾夕法尼亚大学兽医学院的美国遗传学家拉尔夫·劳伦斯·布林斯特（1932—　）领导的一个小组，把一个能够被锌调控的DNA元件与大鼠的生长激素基因连在一起，并将其注射到受精的小鼠胚胎中，从而培育出了第一批转基因小鼠。这些转基因小鼠长期取食含有足量锌的食物后，成为超常生长的、体重为正常小鼠两倍的“超级小鼠”。

英国科学家将太平洋中一种水母身上神奇的、遇到外来威胁时能释放出化学报警信号的基因植入植物的基因中，使植物在缺水、虫咬、营养不良时，其叶片分别呈蓝、火红、黄色，这就能合理及时地对其灌溉、治虫和施肥了。

日本人找到了一种活性氧化分解力很强的大肠菌过氧化氢酶，将其植入植物的叶绿体中，增强了植物的耐旱性。这种转基因植物在强阳光照射下不供水，5 天后叶片仍未变化；而普通植物叶片 2 天后就发黄了。

英国科学家把细菌中的一种特殊基因植入油菜等芥子类植物的基因中，培育出一种多烃基丁酸的塑料植物。这种植物的根、茎、叶都能制造出多烃基丁酸颗粒，可直接制成各种塑料制品。这种制品的优点是，埋入地下 6 个月内即分解为二氧化碳和水，有利于“环保”。

转基因水果究竟好不好？

1995 年，法、美科学家联手，培育出了一个水稻新品种，它能抵御最常见的黄杆菌传播。接着，继日本科学家将大豆中的铁蛋白基因植入普通水稻，培育出含铁量高两倍的水稻新种之后，在 2000 年 2 月 14 日，中国水稻研究所宣布试种成功了抗除草剂的转基因水稻，并很快投入大量种植。

在防治疾病方面，用转基因技术让奶牛、山羊等禽畜制造各种极贵重药物、蛋白质、生物因子、白介素、干扰素等的努力从来就没有停止过。至 1999 年，已有人血清蛋白、长效 tpA、抗凝血酶Ⅲ、蛋白质 C、凝血因子Ⅸ、αL 抗胰蛋白酶、纤维蛋白原、人血红蛋白、乳铁蛋白等获得初步成功，其中抗凝血酶Ⅲ已进入后期临床试验。美国科学家将蚕体内的一种基因植入葡萄中，培育出能抵抗皮尔斯病的转基因葡萄。2000 年 1 月，瑞典科学家用转基因技术培育出一种富含 β 胡萝卜素的“黄金水稻”——呈金黄色而得名，给维生素 A 缺乏病区的人们带来了福音。这一年，中国河北大学还成功培育出抗虫杨“741”——它有效地解决了“杨絮因风起”危害人体健康和环境的难题。2002年，德国科学家又培育出了预防乙肝的转基因胡萝卜。同年，日本科学家还培育出了转基因蚕——它们吐出的丝，可以织成抗菌绸。

转基因技术取得了很大的成功，然而，使科学家们始料不及的是，他们的成功却伴着一系列失误，其中之一就是转基因工程的副作用。

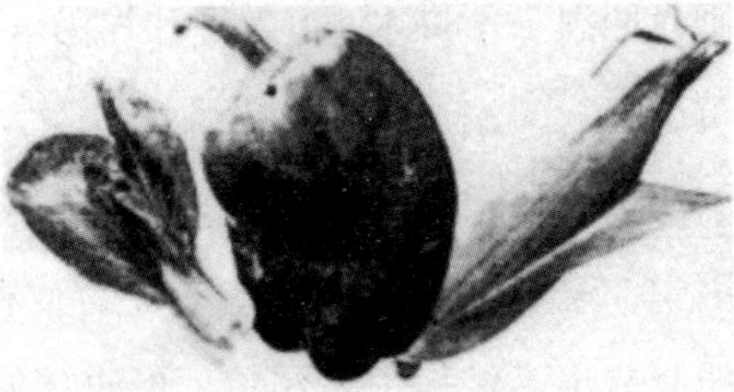

转基因蔬菜、粮食究竟好不好？

副作用之一是一些转基因食品吃了不安全。理论和实践都表明，许多未经人工驯化的植物都有不同的毒性，这是它们避免被动物和人吃掉的生存竞争手段，也是优胜劣汰、物竞天择的结果。如果将这些植物的基因植入农作物中，虽然使农作物具有了诸如耐寒、抗病、富含蛋白质或其他营养素等优点，但同时也产生了毒性。例如，为了提高大豆的品质，一家美国公司把巴西一种野生坚果的基因植入大豆，培育出一种高营养值的转基因大豆，但很多人吃后全身有过敏反应，有人认为这就是转基因农作物毒性的表现之一。在1995年5月，英国科学家发现一种抗虫转基因玉米“BT”的花粉中含有毒素。蝴蝶幼虫啃食撒有这种花粉的菜叶后会发育不良，导致多数死亡。美国的“帝王蝶事件”和巴西的“坚果事件”——后来发现是“虚惊一场”的转基因生物事件，更加剧了人们的这种担心。

副作用之二是转基因生物会破坏生态平衡，特别是对生物多样性的影响。大自然经过亿万年的演化，各种生物相对处于一种和谐的生态平衡状态；但是，如果我们用转基因技术把某种生物人为地变得更加“强悍”，那其他物种就会衰败以致灭绝。1996年，英国《自然》杂志报道，丹麦科学家给油菜植入了一种抗除草剂的基因，意在对油菜地施用除草剂时不损害油菜而只杀灭杂草。试验取得了预期的成功，然而，油菜试验地中和附近一些是油菜近亲的杂草也表现出较强的抗除草剂特性。经实验室检验，发现这些杂草体内也有抗除草剂基因。显然，转基因油菜将它所获得的人们强行给它的抗除草剂基因传递给了它的“亲戚”——杂草。要是让这种状况发展下去，杂草强大的生命力将会胜过普通农作物和不带这种基因的杂草，生态平衡势必会受到破坏。当然，这种影响还会波及依靠杂草生存的昆虫、鸟类和其他动物。

副作用之三是转基因生物将其遗传特性转移给其他生物，导致基因突变——这被称为“基因逃逸”或“基因漂流”，从而使生物的品质变坏和形成对人、对环境的危害。例如，有的转基因作物有了抗病虫害的基因后，它们会刺激和诱发害虫抵抗力的增加或加速害虫抵抗力的进化。具体实例是，在2001年，美国加州大学伯克利分校的研究人员发现了远离墨西哥转基因玉米基地100多千米之外的奥斯科萨卡山区，也有这种转基因玉米的DNA；而2002年在加拿大发现的“超级杂草”，则发生在当地种植转基因油菜仅两年之时。

转基因作物还面临育种问题，因为它们不容易得到多代稳定的遗传。它们的种子第二年不容易发芽，所以被戏称为“绝种技术”。这样，农民就只好每年买种。

此外，转基因动物还会涉及伦理、道德等方面的问题，有可能被错误利用。例如，2002年2月19日在旧金山举行的“美国科学进步协会”的年会上，生物学家莫瑞诺披露，南非军队就曾试图研制一种令人恐怖的生物武器，能够根据人种的基因构成来区分不同的打击对象。

鉴于转基因技术已经带来或潜在的副作用和其他危险，人们对转基因生物采取了不同的态度。

1997年4月初，100万奥地利人在一份请愿书上签字，呼吁全面禁止转基因食物；一些美国人甚至在美国农业部前脱得一丝不挂地抗议政府生产转基因食品；2001年9月下旬，一些法国人割去了转基因玉米。意大利、奥地利、卢森堡政府明令禁止农民种植转基因大米。另一些人则在趋利避害地继续从事转基因食品的研究和开发，甚至企图通过转基因技术对人进行重新设计。

墨西哥国家科学院的负责人弗朗西斯科·玻利瓦尔·萨帕塔认为，转基因技术和其他任何技术一样都可被错误利用，不能因刀可用于杀人就禁用。洛克菲勒基金会的康韦则更乐观地认为“到2020年时”，转基因作物将是唯一提供粮食的办法。

2000年2月28日，一个有关转基因食品安全性的国际论坛在英国爱丁堡开幕，会议呼吁人们对这类具有革命性但有争议的食品保持谨慎并合理评价。同年3月在加拿大蒙特利尔通过的有130个国家签署的《生物安全议定书》，对经过转基因处理的种子的交易进行了限制，但并未限制其种植。这一年3月15日联合国粮农组织则呼吁慎用转基因食品。在2002年3月20日和7月1日，由中国农业部和卫生部各自制定的《农业转基因生物标识管理办法》与《转基因食品管理办法》相继生效。看来，如何趋利避害地利用转基因技术造福人类，将是科学家们面临的重大课题。

从李时珍到布特列洛夫
——大不过“锅”的“烙饼”

“现在的世道，做医生是很苦的，有身份的人哪个也不肯干这一行，你可不要步我的后尘，好好去读书吧。”李时珍（约1518—1593）的父亲希望儿子走读书做官的道路，这样对他说。

李时珍

可是，李时珍在3次乡试落榜之后，想的是“不为良相，即为良医”。1538年，20岁的李时珍最终说服了父亲，放弃了科举入仕的道路，开始了在艰难环境中的行医生涯。他或步行或骑驴，深入民间，遍游四方，探访名医、百姓，向有实际经验的人们请教；历尽千辛万苦，甚至生命危险，采集药材，积累第一手资料……

林奈

在动手写书费时27年之后的1578年，明代医学家、博物学家李时珍写成了后来被称为“古代中国的百科全书”的《本草纲目》（初次刊印于1593年）。中国古代最伟大的药学巨著《本草纲目》，有16部52卷62类190万字，记有1 892种药物（其中新增374种）、11 096个药方和1 160幅附图。它被翻印了80多次，翻译成10多个国家的文字而流传全世界，被誉为“东方医学巨典”。连瑞典著名的博物学家林奈（1707—1778）和英国那个享誉世界的生物学家达尔文（1809—1882），都在他们的巨著中引用过《本草纲目》的资料。到了20世纪，

“药圣”李时珍已被认定为“世界文化名人”，其雕像屹立在莫斯科大学的长廊之中……

尽管李时珍在科学上有许多发现，也做了大量去伪存真、斥“炼丹术士”、驳长生不老等工作，但是并没有摆脱神鬼观念的羁绊。在他的《本草纲目》中，除大量的精华外，也夹杂了若干糟粕——例如，他认为死人枕席、孝子衣帽、寡妇床头灰可以入药，钟馗像可以辟邪，人的天灵盖可以杀鬼……

这些唯心主义者的糟粕，多少减弱了《本草纲目》的光辉，是李时珍的重大失误。

不过，李时珍的失误是可以理解和原谅的——在16世纪那神鬼迷雾弥漫之际，谁能“超凡脱俗”呢！李时珍受时代限制产生的缺陷和失误，并不会减弱他的伟大和光辉。

关于《本草纲目》的“后续报道”是在2008年初，一大批专家学者打算对常用的500种药方进行提炼分解，以彻底弄清药理，进而重写这本书。

其实，像李时珍这样因时代限制产生的缺陷和失误，并非“只此一家，别无分店”。

被誉为西方植物学鼻祖的林奈（1707—1778），相信纷繁的物种是上帝精心的安排。化学结构理论的创始人之一、俄国化学家布特列洛夫（1828—1886），也抵挡不住唯心主义的袭击，在国内外的许多杂志上发表文章，企图找到当时“时髦”的“神降术”的“科学依据”……

布特列洛夫

林奈等人和李时珍一样，都是受到了当时“大气候”的制约——例如，那时的大科学家们普遍都相信宗教。即使是在一个时代处于思想先驱位置上的人们，也仍然要受到时代科技发展、经济生活、思想水平等的限制。

于是，我们想起了一句尼泊尔谚语：“多大的烙饼，也大不过烙它的锅。”

把这句谚语引申到世间万象上，也可以做出这样的阐释：任何事物都受客观条件的限制，人们可以做出很大的“烙饼”，但无论怎样大的“烙饼”，都大不过“烙”它的大自然这口“锅”。

寄生虫致癌吗
——菲比格误得诺贝尔奖

"这是什么鸟?"

"凤凰。"

"要多少钱才能买到?"

…………

战国时楚国的一个樵夫，捕到一只漂亮的山雉（野鸡)，上面是一个不认识凤凰和野鸡的路人和他的对话。经过一番讨价还价，最后两人以 20 两金子成交。

路人想拿着这只"凤凰"——百鸟之王去献给楚王，不料过了一夜这只鸟就死了。路人非常懊恼，逢人就说，自己可惜的并不是金子，而是没能把"凤凰"献给尊贵的楚王。

漂亮的山雉

并不知道"凤凰"实际是野鸡的楚王听了这个故事之后，非常感动，就赏给他 200 两金子——他当时买野鸡价格的 10 倍。

后来，人们就用"楚人献雉"这个成语，来形容那些不辨真伪，以假为真的人。唐代大诗人李白，也有"楚人不识凤，重价求山鸡"的诗句。

2 000 多年以后的 1926 年，也有一个"瑞（典）人献'雉'"的故事。

1867年4月23日，一个逗人喜爱的小男孩出生在丹麦的西尔克。他长大后在柏林大学学习，其后又转到丹麦首都哥本哈根大学医学院继续学习。1890年，年仅23岁的他，获得了医学博士学位。毕业后，他在首都近郊挂牌行医。

这个年轻医生医术高明，深受富贵人家的敬重，加上他是风华正茂的美男子，又从事受人仰慕的医生这个职业，于是就成了贵族小姐们追逐的对象。

无巧不成书，在他行医的时候，治愈了一个姿色绝顶而又久病不愈的贵族小姐——芬妮。没过多久，芬妮成了他的妻子。这对伴侣感情非常融洽，过着欢乐的家庭生活。谁知婚后一年，芬妮——一朵美丽的花就凋谢了。

这位不幸失去爱妻的“帅哥”，就是我们这个故事的主角——丹麦医生约翰尼斯·菲比格（1867—1928）。

菲比格

丧妻后的第一年，菲比格像丢了魂似的，无心再给别人看病——关了诊所，去了德国。

1894年，菲比格回到哥本哈根，次年在哥本哈根大学医学院任解剖学教授和病理解剖研究院院长，开始用大白鼠研究癌症的病理。

1926年，菲比格独享诺贝尔生理学或医学奖。他得奖的原因是对癌症研究的贡献——发现“寄生虫致癌”。用授奖者的话来说，是“菲比格第一个成功地揭开了癌症病因面纱的一角”。

那么，菲比格真的发现“寄生虫致癌”，从而“揭开了癌症病因面纱的一角”吗？

1907年的一天，菲比格在做一次解剖实验时，偶然发现三只野鼠的胃内都长着一种肿瘤。他用显微镜仔细观察肿瘤后发现，其中心部位寄生有一种蠕虫——病菌旋尾线虫（或称瘤筒线虫）。他认为是这种寄生虫导致肿瘤的形成，于是于1913年发表了一篇论文，说含有病菌旋尾线虫的蟑螂等昆虫，可诱发诸如鼠胃中肿瘤的形成和生长；还说他将这种病菌注射到健康的大白鼠胃里，结果使原本健康的大白鼠长了肿瘤。他还因此把旋尾线虫称为“癌虫”或“肿癌螺旋体”。

此后没有任何一个人在重复菲比格的实验的时候，能得到相同的“旋尾线虫致癌”的结果。但由于菲比格的巨大声誉和他的不幸经历，竟没人怀疑他的结果。于是，他顺利得到了不该得到的诺贝尔奖。

1929 年，美国医学家弗朗西斯·佩顿·罗斯（1879—1970）发现了产生胃癌的三种病菌，并分离出致癌的病毒，由此证实菲比格的实验有误。事实上，菲比格当年发现的那种肿瘤并不是癌，而是上皮细胞的化生和增生。

分析菲比格失误的原因，是没能辨明那些肿瘤究竟是不是癌，当然也就无法进一步弄清癌的成因了。这种科学研究中的失误告诉我们，一个错误的判断将会带来一连串的失误；而这在进行重大课题的研究中应特别注意，否则投入了巨大的人力、物力、财力和花费大量的时间，最终还得不到真正的成果。

当然，如果仅仅是菲比格一个人失误的话，诺贝尔奖也是不会给他的。遗憾的是，斯德哥尔摩加罗琳医学外科学研究院的医学家评委会也产生了失误，才误把该奖评给了他。这一失误在一定程度是情有可原的：当时的医学家们对癌症的认识还不很清楚，而人们又急于想攻克癌症这一人类健康的凶恶杀手，对于这种研究的任何成果都在密切关注和十分重视之列。这样，急于奖励这类成果的举动也就在情理之中。不过，失误终归是失误，这将留下永恒的遗憾。

对于菲比格的失误还有另一种说法。说当时他给大白鼠注射的并不是旋尾线虫，而是从动物恶性肿瘤中提取的旋尾线虫携带的病菌——难怪别人无法重复他的实验了。如果真是这样的话，那他就不仅仅是科学上的失误，而是用伪造的实验来欺世盗名了。

更具有讽刺意味的是，真正应该得奖的德国医学家奥托·沃伯格（1883—1970），却在 1926 年被菲比格击败！不过，好在才华出众的沃伯格不久又得到了另一重大成果——发现了呼吸酶的性质和作用方式，从而在5年之后的1931年才独登诺贝尔生理学或医学奖的领奖台。

现代版的“瑞（典）人献‘雉’”的恶果，是难以估量的——以后30多年，这个奖项的评委会再也不敢把这个奖项颁发给研究癌症的科学家了，也再没有“楚王”把10倍的“金子”奖赏给他们……

切除脑额叶能治精神病吗

——仓促评奖酿悲剧

1935 年，美国举行了一次国际神经和精神病学学术研讨会。会上，一位美国医生公布了他的一项新发现：猩猩的一部分大脑额叶白质被切除以后，它由原来比较狂躁、凶暴变得安静、驯良了。他还认为，由此可启发找到治疗人类精神病的钥匙。到会的葡萄牙神经外科学家安东尼奥·莫尼兹（1874—1955）听了很受启发：如切除精神病患者的一部分脑额叶白质，是否也可以减轻他们的狂躁症状呢？

莫尼兹

那么，这两位的看法和设想有没有科学根据呢？

从 20 世纪 30 年代开始，许多医学家就用动物——其中多用与人类比较“亲近”的猴子和猩猩做实验，以期弄清人脑的结构和相应的功能区域。勃德曼就将人脑分成 52 个区域。研究表明，功能和区域确有一定的对应关系，如果把某一区域的组织去除，那么对应的功能将会削弱或消失。由此可见，上述两位的看法和设想不无依据。

莫尼兹回国后的 1936 年，在助手利马的合作下，试着用切除一部分脑额叶白质的方法，治疗几例狂躁性和精神病人。结果这些病人不再吵闹，除睡眠外，没有什么别的行为，连食欲也减退了。医护人员和病人家属，此时都感到了莫大的经济、心理和精神等方面的轻松和解放，带来的一系列好处可想而知。于是慕名求医者曾络绎不绝。莫尼兹还在 1936 年出版了一本关于脑叶切除手术的小册子。

赫斯

1949年，诺贝尔生理学或医学奖被授予莫尼兹和瑞士医学家华尔特·鲁道夫·赫斯（1881—1973）两人。前者得奖的原因是，“脑额叶切除手术对某些精神病的治疗价值”。

由于莫尼兹的得奖，他的治疗精神病的方法进一步盛行。

人们在后来一系列的医学实践中发现，这种治疗精神病的方法带来了一系列的恶果：许多病人虽然在手术后安静下来了，但不久他们就永远地“安静”了；另一些病人，则成为永久的植物人；还有一些病人，像幽灵一样四处游荡，要另用药物才能控制。

一些专家则认为，莫尼兹1936年出版的小册子对手术效果的介绍，含有夸大不实之词。他说手术不影响患者的智力和记忆——而事实上约有一半的患者术后有意识和行动上的障碍，如感情冷漠、行动迟缓、神经紧张、失去方向和时间感等。

于是，有人认为莫尼兹的疗法无异于对病人的摧残甚至谋杀，是一种犯罪，有的甚至要控告莫尼兹。至于有没有人利用这种方法将有利益冲突的对手冠以“精神病”来实施这种“治疗”，达到扫除对手的目的就不得而知了。

鉴于这种情况，一些国家的政府就或明或暗地禁止了这种疗法。

莫尼兹和诺贝尔奖评委会的这项失误表明，药物或手术治疗疾病，应全面评价和有长期临床实践作支撑；忽视对副作用的检测或仓促做结论，都是不足取的。

在诺贝尔奖各奖项的评选中，以生理学或医学奖中的评选失误百分比最大。这一方面反映了研究或评价这一领域成果的艰难；另一方面又提醒我们，在进行这种研究或评价时应慎之又慎，因为这事关“最宝贵的财富”——人的健康和生命。

莫尼兹生于葡萄牙雅万卡，毕业于康宁布里雅大学并获得医学博士学位，曾到法国深造，对神经生理学也很有研究。他从 1927 年至 1937 年潜心钻研脑神经病理学，创建了脑血管造影术——从颈动脉注射一种显影剂，使脑血液循环在 X 光下清晰地显示出来，然后进行 X 光投影照相。医师可根据血管形态及位置变化对颅内病变做出诊断。这项技术一直沿用至今，是神经科诊断大脑疾病的常规诊断方法。他还是当时驰名欧洲的外交家和政治家，1917 年曾任葡萄牙驻马德里公使，1918 年出任外交部部长。

幸亏罗斯活到九旬

——诺贝尔奖高龄得主之一

截至2019年4月，诺贝尔奖总共颁发给了904人（共908次，其中有4人两次得奖）和24个组织（共27次，联合国难民署两次得奖、红十字会三次得奖）。其中最年轻的得主是英国物理学家威廉·劳伦斯·布拉格（1890—1971）。他是在1915年25岁的时候和他的父亲威廉·亨利·布拉格（1862—1942）因发现晶体中的X光衍射现象，共享诺贝尔物理学奖的；而高龄得主之一，就是我们这个故事的主人公弗朗西斯·佩顿·罗斯（1879—1970）。

威廉·亨利·布拉格

威廉·劳伦斯·布拉格

罗斯是一位美国肿瘤学家。他从1909年起就开始研究鸡肌肉瘤（癌）的病毒感染问题，证明这种肉瘤是可以移植的，而其中的病毒是致癌因素。他将1911年发现的“肿瘤病毒”注射到健康的小鸡身上，结果健康的小鸡也增生了同样的肉瘤。显然，这已确证该病毒致癌。后来人们还将这种“肿瘤病毒”称为“罗斯鸡肉瘤病毒”。

癌症是威胁人类的杀手之一，最早有效研究、治疗的工作在20世纪初才起步。1900年就有人开始用X光治疗上皮癌，但收效不大；因此，罗斯的工作必然会引起人们对这一众人关注领域的极大兴趣，认为这是癌症研究的一项里程碑式的成果，应得诺贝尔奖。

遗憾的是，许多年来，竟没有一个诺贝尔生理学或医学奖评委敢对罗斯提名。

为什么没有评委敢提名罗斯呢？这与评委会“一朝被蛇咬”有关——他们在1926年以“对癌症研究的贡献”，给丹麦人菲比格（1867—1928）发了这个奖之后，发现这个“贡献”并不存在而受到谴责。于是，威信受损的评委会就“宁愿背‘保守主义’之名，而不去冒‘敢作敢为’的风险”。就这样，“三年怕井绳”的结果是——以后30多年不敢把这个奖项颁发给研究癌症的科学家。在1959年，终于有位评委会的委员大胆推荐罗斯，引起大家激烈争论的时候，加罗琳医学外科学研究院的一位评委竟说：“如果罗斯得奖，全世界会说我们是发疯！”

诺贝尔生理学或医学奖评委不是“以事实为依据，以‘法律’为准绳”，而是看别人的“眼色”，不出错才怪！

就这样，直到半个世纪以后的1966年，几乎全世界的癌症研究专家都承认罗斯的研究成果，“罗斯鸡肉瘤病毒”这一专用名词已在医学界流行多年之后，当年的诺贝尔生理学或医学奖才授予他和出生在加拿大的美国医学家哈金斯（1901—1997）。后者得奖的原因是“有关前列腺癌治疗工作的研究”，而罗斯获奖的原因，却依然是半个世纪以前“对肿瘤病毒的发现”。这时，罗斯已87岁，成为诺贝尔奖历史上不多的几位高龄得主之一。比他还高龄的有美国的雷蒙德·戴维斯（1914—2006）——在2002年即他自己的“米寿”（88岁）之年，喜获物理学奖；还有出生在莫斯科的美国经济学家莱昂尼德·亥维奇（1917—2008）——在2007年和另外两人荣获经济学奖时，他正好90岁。

罗斯

哈金斯

阿什金

2018年诺贝尔物理学奖，被授予96岁的美国科学家阿瑟·阿什金

(Arthur Ashkin，1922— ）与其他两人，让他成为迄今最高龄的得主（获得总奖金的一半）。

1929年，罗斯发现了三种致癌病毒，还证明了它们是可以遗传的。其后很多医学家的研究表明，癌症病毒不是人与人之间横向传染的，而是在直系亲属间纵向传播。

诺贝尔奖评委会在罗斯做出重大成就之后半个世纪才向他授奖，这是一种迟疑不决、裹足不前的失误。要是罗斯没能活到87岁，他就无法得奖。可见罗斯比俄国化学家门捷列夫幸运。罗斯也比英国女性化学家与晶体学家罗莎琳·富兰克林（1920—1958）幸运，因为后者不到40岁就死于癌症，而与她合作的另外三人都因发现DNA的双螺旋结构而荣获1962年诺贝尔生理学或医学奖。

此外，1994年诺贝尔物理学奖授予夏尔和布劳克雷斯，而做出获奖成就最重要的人物——夏尔的老师沃伦却没有得奖，因为他于1984年已经辞世。不过，像罗斯这样活到高龄、等到诺贝尔奖评委会授奖的科学家也并非绝无仅有。美国遗传学家、首先独享诺贝尔生理学或医学奖的女性巴巴拉·麦克林托克（1902—1992）在她的“跳动基因”发现30多年后才于1983年得奖，这时她已81岁高龄。德国物理学家鲁斯卡（1906—1988）在发明电子显微镜之后53年才得到诺贝尔物理学奖，这时他已年近八旬。苏联物理学家卡皮查（1894—1984）在1938年发现液氦的超流动性之后等待了40年，才和另外两人共享1978年诺贝尔物理学奖，当时他已84岁高龄。德国籍奥地利人弗里希（1896—1982）因对动物行为的研究和另外两人共享1973年诺贝尔生理学或医学奖，当时他已86岁。

诺贝尔奖公正、及时的评选，是对做出贡献的科学家的肯定；更重要的是对该项科学成果的肯定，而这又有利于该成果的推广、应用。由此可见，既要避免优柔寡断或草率从事，又要大胆果敢、及时准确，才能避免误评或迟评。要做到这些，只有加强评选人自身的素养，广泛获取信息，切实调查研究，完善评选机制。这也正是诺贝尔奖各评委会任重道远且艰难的，但又必须面对的重大任务。

现在，攻克癌症的研究仍在紧锣密鼓地进行着。2007 年 9 月的一期德国《法兰克福报》说，德国慕尼黑理工大学以佩尔·松内·霍尔姆为首的科学家，已经找到了让癌细胞本身生产毁灭自己的“药物”的方法，并在动物实验中取得成功。

何不一视同仁
——“胰岛素”评奖中的不公

“啊，是这样!”一个不久前还闲得无聊的医生，此时来劲了。

这是1920年10月30日，在加拿大西安大略医学院图书馆。一个生理学讲师看到了一篇论文——美国人莫里斯·巴伦写的《胰岛素和糖尿病的关系》，非常兴奋。

班廷

这个生理学讲师，就是弗里德里克·格兰特·班廷（1891—1941）——一个出生在加拿大安大略湖附近阿里斯顿农家的孩子。班廷于1916年在多伦多大学医学院毕业之后，就应征入伍，当了整形外科军医中尉，曾到过英法前线。第一次世界大战后，他回到加拿大，在安大略的小镇隆敦行医，但生意清淡。于是，闲得无聊的班廷，就到西安大略医学院当了生理学讲师。当他在学院的图书馆专心准备讲义的时候，意外翻到了刚出版的《外科、妇产科》杂志，看到了巴伦写的那篇论文。

那么，班廷为什么这样兴奋呢?

追寻往事踪影——踪影并不迷茫。原来，在班廷的童年时期，他的一个女性朋友因为得了糖尿病而死去。深有感触的他，就立志攻克这一疾病。见到这篇论文，他当然就来劲了。

在当时，糖尿病是一种非常可怕的、无法治疗的疾病——全世界数以百万计的人都被它折磨着，直到生命的终结。

历史终于在1889年出现了转机。在这一年，德国医学家冯·梅林（1849—1908）和出生在俄国、长期工作在德国的医生兼病理学家奥斯卡·明可夫斯基（1858—1931），通过切除或结扎狗的胰脏手术，发现了胰脏同糖尿病的联系。后来，许多科学家也证实获得了同样的发现。

显然，要攻克糖尿病，就必须解决三个问题。一是究竟是胰脏中的什么有效的成分，对糖尿病起作用？二是如何把它提取出来？三是确定这种成分确实能治疗糖尿病，并成功应用于临床。

1909年，法国生理学家梅耶（1878—1934）终于有了重要进展。他将胰脏中分泌的对糖尿病起作用的激素称为“胰岛素”——虽然此时胰岛素的分泌同散存于胰脏中的胰岛组织之间的关系仅仅是初步确定。1916年，英国医学家薛华命名了胰岛素（insuline）。

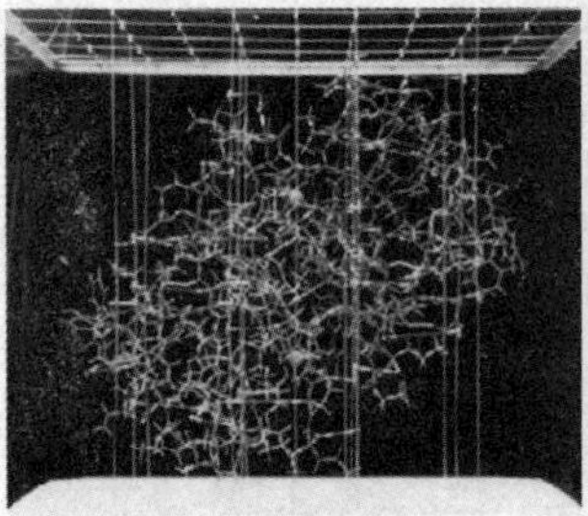
胰岛素的空间结构模型

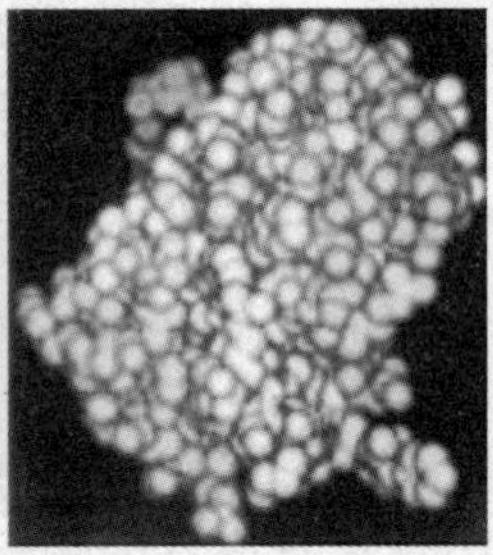
胰岛素的立体结构

为什么叫“胰岛”呢？这是因为很少的分泌胰岛素的细胞，分散在大量分泌胰酶的细胞中，好像水中的孤岛一样。由于德国病理学家兰格亨斯首先在一篇论文中提到它，所以又叫“兰格亨斯岛”。

在明白了是胰脏中的胰岛素对糖尿病起作用之后的问题，就是提取胰岛素，但是梦寐以求提取出胰岛素的生物化学家们，却谁也没能如愿以偿。

那么，提取胰岛素的困难究竟在哪里呢？原来，是科学家们在很长一段时间采用的方法不对——把胰腺捣碎，然后抽提。因为胰腺里含有大量的蛋白水解酶——这种胰腺酶能分解蛋白质，这样，胰岛素的这种蛋白质就在抽提的过程中被这种酶破坏了，就无法得到胰岛素。对提取胰岛素，当时许多科学家都望而却步。

自古“蜀中无大将，廖化作先锋”。这“廖化”，就是“不知天高地厚”的“外行”班廷和他的助手查尔斯·赫伯特·贝斯特（1899—1978）。

贝斯特

班廷看到的巴伦的论文中说，结扎胰导管可以使分泌胰腺酶的细胞萎缩，而胰岛细胞却不受影响。他读了以后很受启发，想来想去彻夜难眠，于是找出他的笔记本，在上面写道：“结扎狗的胰导管，等候6~8星期使胰腺萎缩，这就避免了胰腺酶对胰岛素的破坏，然后再切下胰腺进行抽提。”他决心大胆地往前走——卖了家乡隆敦的家，驾着一辆命名为“胰脏”的老爷车奔赴多伦多。

麦克劳德

当时在加拿大，只有多伦多大学的生理系有条件做这样的试验。于是班廷两次到多伦多大学，向该大学生理系的英国苏格兰生理学家麦克劳德（1876—1935）教授求助，希望允许他在那里做实验，但都被拒之门外。因为麦克劳德认为：“用这种方法是相当困难的”。

直到班廷“三顾茅庐”之后，麦克劳德才终于勉强同意借给他10只狗，允许他在暑假期间借用一间简陋的实验室工作8个星期。考虑到班廷本人是化学的“门外汉”，麦克劳德为他配备了一位助手，就是即将毕业的医学院学生贝斯特——他是两个助手中由抽签决定的一个。麦克劳德本人则远涉大西洋，到苏格兰的家乡阿巴金度假去了。

1921年5月17日，29岁的班廷与22岁的贝斯特开始实验。两人密切配合，结扎狗的胰导管的工作由班廷负责，血和尿里葡萄糖含量的分析则由贝斯特完成。在夏季潮湿、炎热、简陋的实验室里奋战了两个多月后，两人终于在7月30日午夜取得了初步成功。此时，他们给一只患糖尿病的狗注射了5毫升从91只狗的胰腺里提取出来的、极为宝贵的胰腺提取液。这时，奇迹出现了——这只奄奄一息的狗过高的血糖浓度迅速下降，然后竟可摇头晃脑地活泼走动。一项伟大的发现就这样初步完成了——虽然这只狗在仅仅过了20天之后就死了。

为什么说班廷和贝斯特是“不知天高地厚”的“外行”呢？因为他们是在对提取胰岛素的困难程度知之甚少的情况下，大胆做这一工作的——甚至连班廷自己在已经取得这一成果之后还说：“当时如果我知道文献中对这一课题的复杂性的论述的话，我恐怕就没有勇气研究它了。”

可初生牛犊的确不怕虎——“外行”因为“不知难”，所以“胆大包天”。

在上述工作的后期，班廷和贝斯特又在牛胎儿身上，提取了有高度活性的“爱列斯林”——胰岛素。爱列斯林（insulin）意译为“从胰岛分泌的蛋白质”，这个名称是麦克劳德把薛华的 insuline 中的“e”去掉后得到的。由于胰岛素中有异体蛋白，使提纯工作受阻。班廷和贝斯特就求助于麦克劳德，但麦克劳德也不能解决，就求助于生物化学家 J. B. 科利普。擅长生物化学的科利普改进了提取工作，终于提得较纯的胰岛素。

由于牛胎儿的数量有限，班廷等人接着开始在成年牛的胰脏中大量提取胰岛素。最终用酸性酒精来磨碎胰脏，解决了前述胰腺酶分解胰岛素的难题——基本解决了前述第二个问题。

1921年11月13日，提纯胰岛素的论文在多伦多大学生理俱乐部首次发表。

1922年1月22日（一说11日），班廷等第一次把胰岛素用于临床人体实验——注射在一个14岁的濒死男孩顿普森身上，使他成功保住了性命——基本解决了前述第三个问题。

1923年，诺贝尔生理学或医学奖平分给班廷和麦克劳德，而对“发现胰岛素”也做出重大贡献的贝斯特却遗憾地被排斥在外。

其实，对研究起主要作用的是班廷，而麦克劳德、贝斯特、科利普起次要作用。要么把奖颁给班廷一人，要么四人共享——如果不考虑“名额限制”而仅颁给班廷、麦克劳德是有失公平的，因为麦克劳德的工作不能和班廷相比。只字不提贝斯特、科利普两人的诺贝尔奖，是一个巨大的遗憾。为了表示对此不公的抗议，班廷拒绝到斯德哥尔摩领奖。

可喜的是，这个遗憾多少得到了弥补：班廷把他奖金的一半给了贝斯特，而麦克劳德也把他奖金的一半分给了科利普。

另一个遗憾却无法弥补，那就是世界医学界公认比班廷早 6 个月独立发现胰岛素的罗马尼亚人 N. 帕包列斯库，没有得奖。

那么，诺贝尔奖评委会为什么会把帕包列斯库排斥在获奖名单之外呢?

比较“合理”的解释是，评委会评奖时并不知道帕包列斯库的工作。如果是这样，帕包列斯库对自己成果的宣传和评委会搜集信息的工作就应当改进。下列事实却对上述“合理”解释提出质疑：当人们对这一年的获奖者提出质疑的时候，评委会却没有做出任何解释。对此，人们不得不对当年生理学或医学奖评选的公正性表示怀疑。

后来，麦克劳德又改进了提取方法。1925 年，美国生化学家艾贝尔（1857—1938）终于得到纯化的胰岛素结晶，并在次年投产，从此开始广泛用于临床——彻底解决了前述第三个问题。

“维生素C”不是万应灵丹
——“始终都对”的鲍林也犯错

“我的毕生精力都致力于伟大的科学事业，他们说我自命不凡、异想天开，的确如此，但我知道自己始终都是对的。”

《延缓衰老》中文版封面

这是一位有令人炫目的科学成就的“科学家”的感言——拥有桀骜不驯个性和豪情万丈的感言。那么，他是谁呢？

自从1747年苏格兰皇家海军外科医生詹姆斯·林德（1716—1794）首次用水果（富含维生素C）治愈了坏血病以来，人类就开始关注维生素C。美国保健和营养领域的权威、《纽约时报》著名科学撰稿人简·卡帕写的《延缓衰老》一书中，也提到维生素C可防治坏血病。

霍沃斯

1933年，自英国生化学家、1937年诺贝尔化学奖两位得主之一的瓦尔特·诺曼·霍沃斯（1883—1950）成功合成了维生素C（人工合成的第一种维生素）以来，人类就为如何将19世纪早已发现的这类“营养要素”派上更大的用场绞尽脑汁。两届诺贝尔奖得主、美国著名化学家鲍林（1901—1994）就是其中之一。

鲍林并不是一位医学家，那他怎么会从事医学研究，又是怎么得出这一结论的呢？

1968年，鲍林将兴趣转移到医学领域，而这是头一年一位名叫欧文·斯通（I. Stone）的“生物化学家”写信给他引起的。斯通在信中说，有计划地服用维生素C，将有益健康和治疗感冒。鲍林和夫人爱娃如此照办，果然健康状况有所好转；偶尔一次轻微感冒，服用大剂量维生素C后也痊愈了。鲍林认为，许多人对维生素的日需量，是无法从正常的食物中得到的。因此，他和精神病科医生霍金斯共同探讨后得出结论：许多人的异常行为实际上是因“分子失衡”引起的，只要在合适的时间给予恰当的营养素分子就可治疗这些疾病。他们将这一观点称为“正分子精神病学”——通过为大脑提供最适宜的分子环境，特别是正常存在于人体的物质来治疗精神疾病。后来，他们又将这一观点推广，以治疗其他各种疑难杂症，名称也推广为“正分子医学”或“正分子疗法”。这一疗法的关键，在于找到能使人处于健康状态的“正分子物质”——维生素C就是他们心目中的这种物质。

有了上述认识，鲍林就在1970年出版了他的著作《维生素C与感冒》——提出一个人如果每天坚持服用1克甚至更大剂量的维生素C，就可预防感冒。这本书因其具有实用特色而一度畅销。1976年，他将此书修订为《维生素C、感冒和流感》出版——此书中维生素C的剂量已经大幅度增加，能防治的疾病也增加了流感等。1979年，他的思想再度发展，出版了《维生素C与癌症》，提出每天服用10克维生素C后，甚至连癌症也可辅助治疗。到了1986年，他在出版的《怎样才能感觉舒适、寿命延长》一书中说，大量服用维生素C“可增进健康，增加生活快乐，有助于防治心脏病、癌症和其他疾病，并且可延缓衰老”。他在这本书中，还引用了艾伯特·圣特·焦尔季（1893—1986）写给他的信中的话：“人可以服用任何剂量的维生素C，一点危险也没有。”要知道，这位出生在匈牙利的美国医学家艾伯特·圣特·焦尔季，可不是等闲之辈——由于对维生素C等的研究成果，曾独享1937年诺贝尔生理学或医学奖！

那么，鲍林的这些观点有没有实验事实为依据呢？“有”的。

鲍林独享1963年诺贝尔和平奖后，和爱娃合影

1976年，鲍林和苏格兰医生伊文·卡梅伦按每天10克剂量维生素C治疗100例晚期癌症患者，然后将另外1 000例接受其他药剂治疗的病人作为对照组，比较他们病情的发展和幸存者的比例。结果发现，服用维生素C组的病人平均多活了300天。此外，鲍林一家坚持把鲍林夫人爱娃在72岁经胃癌手术后，还能活上5年归功于维生素C；而鲍林也将他飘拂的白发、浓密的双眉、红润的面颊、充沛的精力归功于维生素C。

那么，上述鲍林的实验事实，是不是真的能令人信服地证明大剂量维生素C的确能防治所提到的疾病呢？不能。

上述鲍林和卡梅伦的两组实验，其临床判断标准和治疗方法实际上无法完全平行，因此是不可比的；特别是没有采用“双盲对照法”做实验，其实验结果是靠不住的。这是因为疾病的治疗包括心理和药物两个方面——当药物治疗不起作用的时候，有时心理治疗会不同程度地起到作用。完全可以设想：我们告诉100个癌症患者，伟大的科学家鲍林能拯救你们危在旦夕的生命，只要坚持每天服用大剂量的维生素C就行了；很显然，此时病人心理上会得到极大的安慰，由此会延缓病情进一步恶化的进程，因而寿命自然会多少延长一些。显然这并不能证明鲍林的理论是正确的——我们如果不是用维生素C，而是用面粉或其他无害物质来代替维生素C，也可能会取得同样的效果。

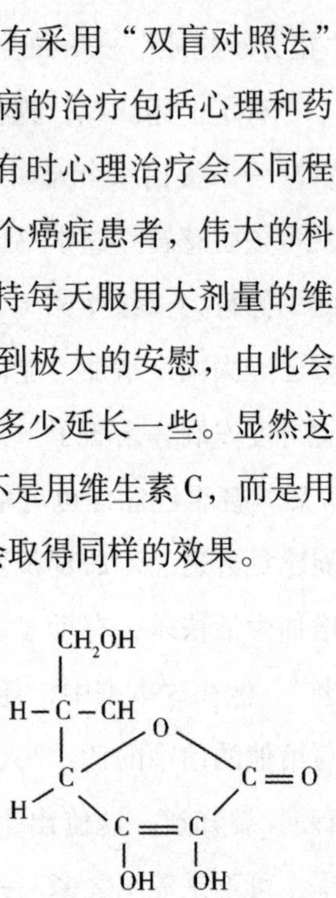

维C即抗坏血酸的结构

事实上，早在鲍林1970年的书问世之前，已经有一些研究否定了维生素C能防治感冒。例如，1967年英国就有一个著名的感冒研究小组对志愿者的实验证明，维生素C没有显示出任何预防效果。到了1970年，美国的医学家们也纷纷进行维生素C防治感冒的临床试验，结果很多设计周密的双盲对照试验几乎都

一致证明，大剂量维生素C不能明显地防治感冒。1975年，卡罗夫斯基等在美国国立健康研究院工作人员中，随机选择志愿者进行的一项试验，也戏剧性地否定了维生素C能防治感冒的观点。

那么，对维生素C能减缓癌症病的说法又是否得到证实呢？也没有。

美国一家著名的医院对367例晚期癌症病人进行了随机双盲对照实验。结果发现，每天吃10克维生素C的病人，并不比吃安慰剂的病人效果好。

总之，维生素C治癌的说法，从来没有得到过严格的和无可辩驳的证实。

鲍林认为有效，其他一些科学家认为无效，于是争议就不可避免了。

1973年，为了明辨是非，美国精神病学会、国立精神健康研究院、美国和加拿大的儿科学会，纷纷对鲍林的疗法进行严格审查，结果一致认为他的疗法无效，且在多数情况下还可能有害。美国的权威科学杂志拒绝发表鲍林的论文，反而刊登了批驳鲍林观点的文章。1975年初，美国梅育诊所的研究人员再次否定维生素C能防治癌症的观点，《新英格兰医学》杂志也赞同这种观点。鲍林则对他的观点笃信不移，对上述意见不予理睬或表示异议。经过他一再解释、8次申请、力排异议，1980年美国癌症协会终于决定拨给经费，批准以他的名字命名的科学和医学研究所进行再研究。鲍林曾希望梅育诊所和《新英格兰医学》杂志改变态度。

由上可见，鲍林在维生素C治病的研究中有许多失误。他是诺贝尔奖历史上唯一两次单独获奖的人——因对化学键本质的研究获得1954年化学奖；因反对把战争作为解决国际冲突的手段获得1962年和平奖。

首先，鲍林之所以在晚年进入到他并不十分熟悉的医学领域，这与“生物化学家”斯通有关。斯通是一个仅学过两年化学、由一所未

鲍林

经承认的函授学院授予“博士”学位的、科学品性有问题的人。鲍林却对他偏爱不已，与之长期合作，从而在失误的路上越走越远。可见，科学家涉足自己并不十分熟悉的领域时，应慎之又慎，以免被人“牵着鼻子走”。

其次，鲍林的失误还与经济利益有关。1973年，鲍林科学和医学研究所成立，而该所得到的最大捐助则来源于一家生产维生素C、在世界市场占很大份额的药业集团。于是“利益互换”的关系形成了：集团出资支持研究所，研究所宣传该集团所生产的产品能治百病。这时，什么科学家的责任、良心、实事求是的精神，已荡然无存。由此可见，一个科学家如果被“不义之财”迷住双眼，那他就可能产生失误。

此外，在1977和1979年，鲍林得到美国营养食品协会的颁奖，而这一协会则是专门产销“保健食品”的商会。1981年，美国健康联合会又授予他“保健自由贡献奖”，并接纳他的女儿为终身会员；这个联合会是靠促销各种真假保健品为生、以营利为首要目标的、并不正经的团体，它的许多领导人曾犯法甚至被关监。当1983年“保健食品”推销商福尔可尼因虚假的产品宣传遭到指控后，鲍林居然还为他辩护。由此可见，鲍林“吃”了别人赐给的“荣誉”等之后，必然“口软”。科学是要和生产、生活、科研“联姻”而进入社会的，但如果为一己的私利驱动，不顾大多数人的利益，必然走向歧途。

单凭上述鲍林受到资助就宣传维生素C作用的事实，是不能作为“判罪”依据的，因为假如维生素C确有他说的疗效，那宣传维生素C恰好是有益的，但是事实却正好相反。鲍林研究所的第一任所长罗宾逊（A. Robinson）在1978年的一项研究表明，动物食用相当于鲍林推荐用于人的每天几克的大剂量维生素C后，常常可促进某些癌变。鲍林却掩耳盗铃——销毁了罗宾逊的研究材料。

那鲍林为什么能高寿，爱娃为什么又能在72岁癌症手术后再活上

5年呢？这绝不是维生素C的功劳。乐观进取的精神、幸福美满家庭的和谐感、巨大成就带来荣誉的愉快感、正常的饮食起居和良好的生活习惯，才是高寿的“秘诀”。“欢乐带来健康，健康带来欢乐”——但愿读者朋友的一生能这样度过。

现在，对维生素C的研究，主要集中在两方面：是否的确能预防从感冒到癌症的一系列疾病甚至延年益寿；如果能预防某些疾病，剂量究竟多少合适。最新的研究成果是2007年7月18日英国《独立报》报道的：大量的实验表明，维生素C不能预防感冒——即使大剂量也无济于事。

1994年8月19日，自称是“化学家、物理学家、结晶学家、分子生物学家和医学工作者”的鲍林，以93岁的高龄在加利福尼亚的家中辞世。这位曾被英国《新科学家》周刊评为“人类有史以来20位最杰出的科学家”之一的人逝世时，也被路透社称为“本世纪最受尊敬和最受嘲弄的科学家之一”。的确，被爱因斯坦赞扬为“真正的天才”的鲍林，也和英国生物学家达尔文、爱因斯坦一起，以“科学史上三大争议人物”载入史册，而科学，还远远没有走到尽头，谁也不能担保自己“始终都对”……

不过，我们依然要为鲍林的创新探索精神喝彩。同时，我们也在盼望彻底揭开维生素C奥秘的那一天——“不在乎等待几多轮回”。

为何歧视东方女性
——“断裂基因”评奖中的不公

在诺贝尔评奖史上，像胰岛素这种评奖不公的失误并非绝无仅有。

罗伯茨　　夏普

1993 年，在诺贝尔生理学或医学奖的评选中又上演了不公正的一幕。同年 12 月 10 日，瑞典国王卡尔十六世古斯塔夫把这一奖项颁给当时在美国马萨诸塞州贝弗利的新英格兰生物实验室的英国生化学家理查德·罗伯茨（1943—　）和在美国麻省理工学院癌症研究中心的美国生化学家菲利普·夏普（1944—　），以表彰他们各自独立在 1977 年发现基因中的遗传信息是以不连续的方式排列的。这种不连续的基因被称为“分裂基因”或“断裂基因”（splite gene）。在 1953 年人们发现 DNA 的双螺旋结构、破译遗传密码之后至 20 世纪 70 年代以前，人们都认为基因总是 DNA 一个个相连的、不间断的 DNA 片断—— 一个 DNA 片断称为一个“基因”。这一发现，改变了人们对高等生物在进化发展中是如何发展的一些观点，对生物学、生物医学、分子生物学、遗传学和病理学等的基础研究都有重大的意义。

然而，不公平的是，最先发现“断裂基因”的美籍华人周芷却被排斥在获奖名单之外。

1943年，周芷出生在中国湖南省芷江县，后迁到台湾。她于1965年从台湾大学农业化学系毕业后，在美国加州理工学院生物系学习，拜著名的生物学家诺尔曼·戴维森（1916—2002）为师，学习利用电子显微镜研究病毒基因的结构，获得博士学位，成为一名生物化学家。

在加州理工学院求学时的1970年，周芷在戴维森实验室里研究一种病毒的DNA和RNA的相关性时，意外发现DNA转录为RNA时，缺少一段基因，因而也就少了一些遗传密码。根据这一实验结果，她提出了“断裂基因”的假说。1975年，周芷与在加州理工学院的实验室认识并喜结连理的生物学家托马斯·布洛克（Thomas R. Broker）进入著名的冷泉港（Cold Spring Harbor）实验室，共同主持电子显微组的工作。1977年，周芷在《细胞》杂志第11卷第4期上与他人共同发表阐述前述成果的第一篇论文，周芷的名字署在第一位，同时署名的还有布洛克，没有同在美国冷泉港实验室工作的罗伯茨的署名。

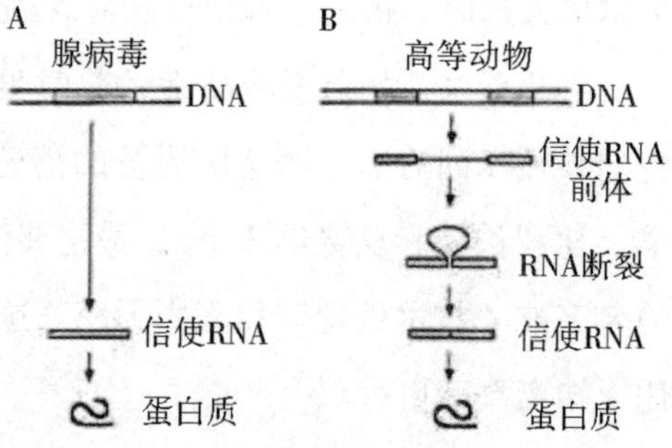

断裂基因

当周芷在诺贝尔奖评奖榜上名落孙山的消息传出后，知情者和打抱不平者曾向评奖单位——加罗琳医学院评审小组询问。评委会的评委林格特竟在电话中答复说，此事无法回答。随后传真出来的材料更使人目瞪口呆：在1977年《细胞》12卷第1期上发表的第二篇论文中，周芷（署名排第一位）和布洛克的名字竟“不翼而飞”，仅剩署名在最后的罗伯茨的名字了！

还有一种说法是，当时诺贝尔奖评委会误以为罗伯茨是冷泉港实验室的主任。其实，该实验室当时没有一个明确的主任，罗伯茨自然也就不是实验室主任，只不过是周芷和罗伯茨的分工不同，所以才有了署名第一和最后的问题。另外，周芷的贡献明显大于罗伯茨！退一步讲，如果罗伯茨真是实验室主任，周芷的另一篇论文就不会不写他的名字了。其实，造成周芷落榜的另一个重要原因是，当时的冷泉港实验室主任、1962 年诺贝尔生理学或医学奖的三位得主（提出 DNA 的双螺旋模型学说）之一的詹姆斯·杜威·沃森（1928—　）在推荐诺贝尔奖人选时，极力推荐他自己喜欢的罗伯茨，而没有推荐周芷。

由此看来，如果说胰岛素评奖时贝斯特和帕包列斯库未得奖还可找到某种托词的话，那这次周芷的落选则让任何辩白都苍白无力：最早（比罗伯茨和夏普早 7 年）、最主要的发现者被排斥在外，署在第一的名字被“技术处理”得无影无踪。这时，只得用上一句名言：“偏见比无知离真理更远。”

不过，对于“胜利”地把周芷排斥在外的诺贝尔奖评委会，我们要奉送一句英国历史学家阿诺德·约瑟夫·汤因比（1889—1975）的名言作为调侃：“历史是胜利者的宣传。”

左起：布洛克、同事、周芷

周芷对于落榜的反应是遗憾、无奈和淡然：“这已是难以挽回的事实，只有静待有心的科学史家去发现真相。”

可喜的是，遗憾、无奈并没有阻挡周芷的学术研究。由于冷泉港没有医院配合支援，所以她和丈夫布洛克于 1984 年转赴罗切斯特大学医学院，继续创造了研究生涯的另一个高峰。现在，夫妇俩任教于阿拉巴马大学医学院。2016 年 5 月 3 日下午，他俩还应复旦大学之邀，赴该校江湾校区生命学院 F 区报告厅做学术报告。

诺贝尔的遗嘱指出，受奖人应不分性别、国籍和民族，但真正要兑现却不容易。基于东方女性吴健雄和周芷都落选诺贝尔奖的事实，有人一针见血地指出，诺贝尔奖评选中有歧视东方女性之嫌。看来，诺贝尔奖评委会要摆脱“瓜田纳履，李下正冠”之嫌，还长路漫漫。

政治交易不能算数
——谁最先发现艾滋病毒

干杯，记者，闪光灯……

1987 年 4 月初，美国白宫的椭圆形办公室—— 一派“热闹非凡”。显然，这里的“政要”“有话要说”。那么，他们要说什么话呢？艾滋病。

里根

希拉克

1987 年 3 月底，法国总理（1974—1976 与 1986—1988 在任）希拉克（1932— ）访问美国。4 月初，他和美国总统（1981—1989 在任）里根（1911—2004），亲自在白宫的椭圆形办公室宣布了达成的协议。协议说，华盛顿全国癌症研究所和巴黎的巴斯德（1822—1895）研究所，在发现艾滋病病毒和发明测定方法方面，有同等功劳。协议号召成立一个国际研究和教育基金会，为各国治疗艾滋病提供基金。协议还允许法国病毒学家卢克 · 安东尼 · 蒙塔尼尔（1932— ）和美国生物学家罗伯特 · 查尔斯 · 盖洛（1937— ）领导的实验室，分别保留 20% 的艾滋病专利检测费，其余每年约 400 万美元的专利检测收入则提供给基金会。可以看出，虽然协议表面没有

盖洛

谈谁最先发现了艾滋病这个敏感的问题，但实际是蒙塔尼尔和盖洛共享艾滋病病毒的发现权。于是，一场轰动世界的科学公案，有了一个“双赢”的结果，平息了一场持续几年的科学发现权之争的风波。

那么，这“一池春水”是怎么被“吹皱”的呢？为什么要两国“高层”亲自出面斡旋呢？

艾滋病是公认的瘟疫，因此和攻克癌症一样，只要有重大的阶段性成果，都极有可能被授予诺贝尔奖。事实的确是这样：1996 年的诺贝尔生理学或医学奖，就被授予澳大利亚的彼得·查尔斯·多尔蒂（1940 或 1942—　）和瑞士的罗尔夫·泽克纳格（1944 或 1945—　），以表彰他们“发现 T 细胞抗原受体的结构及免疫机制”——发现了免疫系统抵抗和识别病原微生物的方法。传统理论认为，艾滋病病毒通过识别 T 细胞上的 CD_4 分子，入侵 T 细胞并很快破坏人体免疫系统。当然，这种传统理论还有待进一步证实——2007 年美国《公共医学图书馆》杂志发表的研究报告表示异议说，艾滋病病毒耗损 T 细胞肯定是“一个漫长的过程”。

也正因为这类发现可能“名利双收”，于是有人就或欺世盗名，或巧取豪夺，企图占有他人的成果。

1981 年 3 月，美国洛杉矶的一家医院来了一位 33 岁的奇特病人——他的身体一直都很好，但从当年 1 月中旬起就莫名其妙地发烧、非常厉害地干咳、呼吸也十分困难。医生们认为他得了肺炎，并没有生命危险；可医院用各种方法治疗都没有效果，最后这位病人在当年 5 月 3 日死去。

大致与此同时，美国的其他医院也收治了另外 4 名奇怪的“肺炎”患者。

1981 年 6 月 5 日，美国亚特兰大疾病控制中心（CDC）的周刊上发表了一则报道，说洛杉矶的两家医院发现了 5 个奇怪的肺炎病人——身体健壮的男青年同性恋者，其中 2 人已经死亡。3 年以后，人们才知道，这则“平常”的报道，是世界上首例艾滋病例。1984 年 5 月，他们患的病，被正式命名为“获得性免疫缺陷综合征”（AIDS，即艾滋病）。

当然，对艾滋病的实际研究，并不是从1984年才开始的。1981年12月，巴黎克劳德医院的临床医学家罗森堡也确诊了两个年轻男同性恋病人得过艾滋病。1983年，巴斯德研究所的蒙塔尼尔教授领导了一个小组，从一名患淋巴结病变的同性恋者身上提取出了一种病毒，并将其称为“淋巴结相关病毒”（LAV）。不过，当时谁也没有想到，这种LAV就是后来人们所说的“免疫缺陷病毒”（HIV）——导致艾滋病的首犯。1983年5月，蒙塔尼尔将他们的研究结果，发表在美国《科学》杂志上。

事情似乎是“巧合”。正好过了一年，在1984年5月的《科学》杂志上，又刊载了一篇有关艾滋病研究的论文。不过，这篇论文的作者不是蒙塔尼尔，而是世界公认的病毒学权威、美国华盛顿全国癌症研究所细胞生物研究室主任——盖洛，以及他的研究组的同事米克拉斯·波波比奇。论文说，他和同事从48名艾滋病病人体内分离出“人体嗜T淋巴细胞病毒三型”（HTLV－Ⅲ），还说是他们独立发现的。

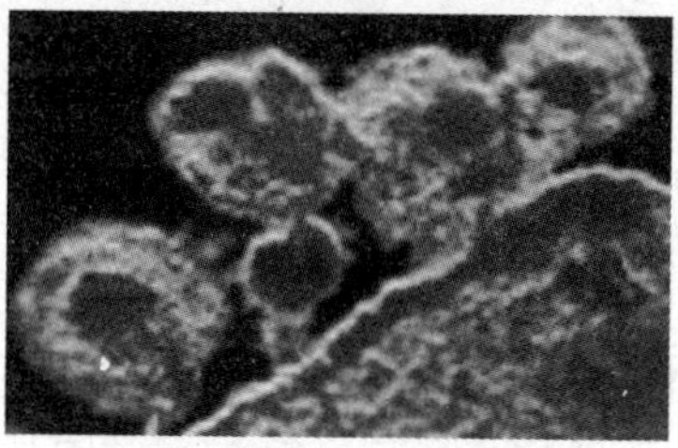

艾滋病病毒的形态和结构

蒙塔尼尔将这篇论文与自己的论文进行研究比较之后认为，盖洛等剽窃了他的成果——只不过是将LAV变了一个名称HTLV－Ⅲ而已。他说，自己在发现LAV的时候，出于虚心求教的目的，曾把有关包括病毒样本的材料寄给了盖洛，请求他的支持和帮助。盖洛也曾回信认可了他的发现，并认为这是一种新发现的病毒。于是，一场持续几年的科学公案开始了。

这场国际官司愈演愈烈，旷日持久。国际病毒分类委员会既想避免介入这场官司，又要在科研和工作中使用这种新病毒的名称，于是建议给这种正在争夺发现权的病毒取一个新名字——“免疫缺陷病毒”

(HIV)，被沿用至今。

当发现权争论达到白热化时，法美两国领导人再也坐不住了——于是有了前面那调解后的协议。

调解协议是有了，风波也平息了，然而真相并未大白。于是新闻媒体、学者（包括蒙塔尼尔本人），都并不甘心这样不明不白，就自动进行了深入的调查。

1989 年 11 月 19 日，美国《芝加哥论坛报》记者约翰·克纽德森(1945— ）在该报撰文指出，他调查的结果表明，盖洛等人在前述《科学》杂志上发表的论文中的病毒，就是蒙塔尼尔提供的。接着，《科学》编辑部也透露，盖洛论文中 HTLV－Ⅲ的部分照片就是蒙塔尼尔拍的 LAV 照片。为 LAV 进行电子显微镜照相的摄影师也站出来了，他写信给盖洛，劝他不要做不诚实的事。

有了这些证据，美国有关部门很快介入调查。盖洛所在研究所的上级工作部门美国国立卫生研究院（NIH）和美国科学院联合进行了 10 个月的调查——但对调查结果却缄口不言。

不过，美国人的沉默却不能阻止真相水落石出。法国也以国家和政府的名义进行了大量的调查，并于 1991 年公布了调查结果：盖洛的病毒样品品种与蒙塔尼尔当时送给他的两个病毒样品中的一个完全相同。

在法国的调查结果公布后不久，盖洛终于心虚理穷。他公开承认，他的病毒样品是蒙塔尼尔送来的；同时，正是这一样品才使他发明了从血液中检查 HIV 的方法。不过，他虽然承认了自己的错误，但仍然已身败名裂了。

1994 年 7 月 11 日，美国卫生部负责人承认，HIV 是蒙塔尼尔等首先发现的。同一天，美国还宣布重新分配艾滋病专利检测费——大部分归法国。至此，事件告一段落。由于盖洛有学术剽窃的嫌疑，声誉受损，不得不离开了在 NIH 的研究和工作岗位，于 1996 年转到美国马里兰大学从事研究和教学，任该校人类病毒学研究所和基础科学部主任。

这一事件给人的启示是深刻的。

首先，盖洛的失误在于他争名夺利的虚荣心。殊不知，正如英国哲学家弗朗西斯·培根（1561—1626）所说：“名誉有如江河，它所漂起的常是轻浮之物，而不是确有真分量的实体。”“真分量的实体”，是实实在在的工作——不是巧取或豪夺。像盖洛这样为名誉所累的人，用弄虚作假的手法去“机关算尽”，到头来“反算了卿卿性命”。

其次，里根和希拉克的失误在于，用政治家的手腕，从政治的角度去处理科学问题。殊不知，历史并不是一个“任人打扮的女孩”——是“用时间之石构筑着公正与尊严”。任何协议、条约和宣言，在历史面前都显得那么苍白，当然也都无法改变历史。

再次，当科学和政治的关系“浑浊”的时候，科学就丧失了崇高的声誉。“科学家享有崇高的社会声誉，因此政治家与科学家‘合影’就意味着为自己赢得选票；”西班牙《趣味》月刊在2007年3月的《竞选至上主义科学？——政治家与科学家之间的浑浊关系》中说，“同时，科学家知道金钱对于科研的重要性，而金钱则由另一个领域的人控制着。”

不过，还有两件令人疑惑和深思的事没有完全了结。

多尔蒂

泽克纳格

一是，既然多尔蒂和泽克纳格都能因为研究艾滋病共享1996年的诺贝尔生理学或医学奖，那为什么在1993年就创立了世界艾滋病研究与预防基金会并担任主席的蒙塔尼尔，直到2007年还没有得奖呢？是诺贝尔奖评委会在避免引起风波吗？

二是，盖洛现在依然是美国马里兰大学人类病毒学研究所负责人，被一些人称为“全球最早发现HIV的三名科学家之一”，活跃在攻克

HIV 的领域。例如，在北京召开“预防及控制 HIV 感染新方法国际研讨会”的 2005 年 12 月 3 日，他在接受记者采访时说，包括中国在内，全球已有 100 多种艾滋病候选疫苗曾经进入临床阶段，4 年后可望成功。那他为什么还没有“下课”呢？有报道说，调查的事实证明，是蒙塔尼尔错怪了盖洛——因为邮寄的 HIV 样本被污染引起的“误会”。在经历了这场令人不快的官司之后，两位同样卓越的科学家“言归于好”——在 2002 年 2 月 13 日，他俩在美国共同发表声明，联合研制预防艾滋病的疫苗。这其中的“内幕”究竟如何，我们不得而知。

左起：蒙塔尼尔、西诺西、豪森

不过，蒙塔尼尔没有得奖的遗憾在 2008 年得到了“弥补”。在这一年，他和法国女病毒学家弗朗索瓦丝·巴尔·西诺西（1947—　）平分诺贝尔生理学或医学奖总奖金的一半，德国病毒学家哈拉尔德·楚尔·豪森（1936—　）获得总奖金的另一半。

世界卫生组织估计，近十多年每年新增感染者约 200 万人，死亡病例累计超过 3 500 万人，所以各国都在设法攻克这凶恶的疾病。早在 1989 年，世界卫生组织就正式宣布成立“艾滋病全球委员会”，并把每年的 12 月 1 日定为世界艾滋病日。

那么，艾滋病究竟能否防治呢？

据说，截至 2007 年 9 月，全世界共研制出了 37 种（2017 年已增至 40 多种）抗艾滋病疫苗，并通过了临床试验阶段；但是，没有一种获得完全成功。未获得完全成功的主要原因是 HIV 会“七十二变”——在被抑制时转化为另一个变种。2007 年 10 月初，俄罗斯科学院院士、遗传学家弗拉基米尔·苏姆内透露，俄罗斯“向量”国家病毒学与生物技术学科研中心制成了一种新型抗艾滋病疫苗，能有效防治艾滋病，但第一阶段临床试验还要 3 年。2008 年，美国波士顿大学的安德鲁·亨德森等科学家确定了一种蛋白质 ITK，抑制它就能大大减缓 HIV 的感染速度。

另一种思路是研制新的“活疫苗”（对应于注入人体后就逐渐消耗掉的“死疫苗”），例如把截取的 HIV 片段用基因技术移植在天花的疫苗载体上，培育出新疫苗。防治艾滋病至今还没有特效药，而是只有个别偶然治愈的特例。例如，在 2008 年，一位同时患有白血病和艾滋病的美国患者，在柏林接受干细胞骨髓移植手术之后，两种病都好了。1975 年诺贝尔生理学或医学奖的三位得主之一、美国生物学家和艾滋病专家戴维·巴尔的摩（1938—　），则于 1986 年在他领导的一组专家讨论时语出惊人：“的确有人认为，人类永远也找不到艾滋病疫苗。”当然，他的观点并非哗众取宠：2008 年 4 月 22 日英国《独立报》公布的统计结果表明，35 名被调查的领头研究艾滋病疫苗的科学家中大多数表示，研究效果越来越不理想；其中少数认为，艾滋病疫苗根本不可能研究成功。不过，我们坚信，“屡败屡战”的科学家们，一定能像让天花“死光光”那样，用有效的疫苗，灭绝艾滋病！

巴尔的摩

对于我们来说，不和他人共用牙刷和剃刀，不搞淫乱活动，使用清洁的一次性注射器治病或抽取血液，防止创口与可能传染艾滋病病毒的血液、大小便、唾液等接触，就能预防。我们不必“谈‘艾’色变”；对于艾滋病患者，还应伸出关爱的援手。

艾滋病连天花病

——领先八年又如何

1979 年 10 月 26 日是人类值得纪念的一天。在这一天，世界卫生组织（WHO）在肯尼亚首都内罗毕庄严宣布：1979 年 10 月 25 日为“人类天花绝迹日”。1980 年 5 月，WHO 全球消灭天花证实委员会在一份报告中指出：天花病的消灭是人类史中一个独一无二的事件，是 WHO 的非凡成就。这标志着人类在征服那些凶恶威胁人们健康的传染病的征途上，迈出了决定性的一步。

正当人类都在庆贺天花病被彻底消灭之时，一位刚从武汉大学生物系微生物专业毕业的年轻人，却隐约产生了一种预感：天花病毒作为第一个被人类有目的、有意识在自然界彻底消灭的生物，它的消失从生态学上来看，必将形成一个“真空”，那么是否将会有另一种生物来填补这个“真空”呢？这位年轻人，就是在我国卫生部兰州生物制品研究所工作的肖龙。1982 年，他赴北京参加全国百日咳工作会议时，听到 1981 年美国亚特兰大疾病控制中心首先报告了艾滋病出现的病例，这时年仅 24 岁的肖龙就闪现出一个大胆的设想：1979 年 WHO 宣布消灭了天花，1981 年就出现了艾滋病——从“你方唱罢我登场”的时间顺序来看，天花的消失就伴随着艾滋病的出现，那么两者之间是否存在某种联系呢？

从 1982 年开始，肖龙订阅了国内几乎所有关于传染病、艾滋病相关的学术杂志，开始了他有关上述设想的探索。

1991 年 5—6 月，在四川大学攻读博士学位的肖龙，同另外两位川

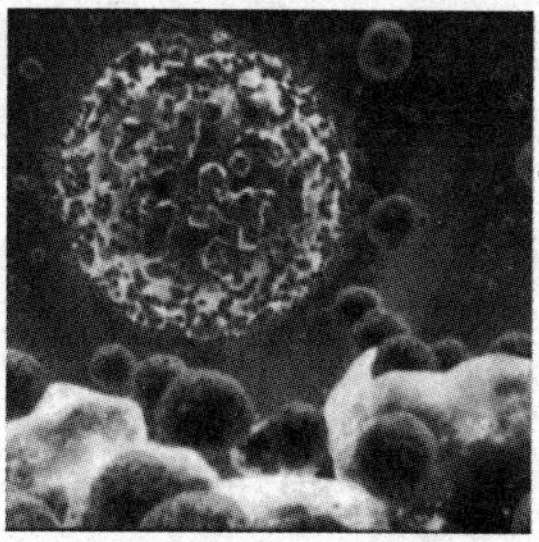
HIV（黑色）渗入协调免疫系统的白细胞内部

大博士研究生徐恒、李航星共同写出《艾滋病与天花病的“偶合”》，于当年10月发表在第4期《大自然探索》杂志上。这篇论文从天花与艾滋病出现的先后顺序，从人体免疫系统、病毒特征，以及生物生态平衡三个方面分析，提出因天花病使人类机体产生的特异抗体可能影响着艾滋病病毒的生理功能，并提出证实这一观点的实验方案。论文中的第二个也是最重要的观点是，“在人体免疫系统方面，天花与艾滋病可能存在联系”。

8年以后，加拿大西安大略大学和艾尔伯塔大学的学者们，做出了“令全球轰动的”工作——发现艾滋病的传染与天花病有共同点。新华社于1999年12月5日发自加拿大首都渥太华的这则电传消息，立即被中央电视台“新闻联播”“现在播报”等全国各地的媒体广为传播。令人感慨的是，他们的发现只不过是用实验证实了上述肖龙等三人在论文中所提出的三个观点中的第二个观点——“在人体免疫系统方面，天花与艾滋病可能存在联系”而已，而这种证实却不是由首先在8年前提出这一观点的国家——中国的学者做出的。

这是中国科学界特别是医学界的一次重大失误。

首先，肖龙等三人的论文发表后，有关人员并没有认识到论文的重要性和重大价值。在人类发现艾滋病10年之后即1994年年底，WHO首次正式报道全球艾滋病患者已达几百万之前，谁都没有对有可能提供攻克艾滋病线索的上述论文加以重视——没有去“动手”实验来加以证实，以至于8年后才由加拿大人在不知这一论文的情况下做出前述工作。

其次，即使当时中国的研究人员认识到论文的重大价值，也难以进行相关的实验研究。该论文发表后，次年即被《新华文摘》《中国妇女报》等媒体摘要转载；肖龙也将论文副本寄给了中国著名微生物学家、当时第6届中华全国微生物学会常务理事董树林。董树林给这位

30 多岁的年轻人的回信是“后生可畏”！并帮助肖龙提供了一些可供验证的实验方法。由这事可以看出，并不是没有人注意到这篇论文可能具有重大价值，但即使是这样，也难以实际进行实验研究。其原因是多方面的，一是实验病人条件限制——当时中国只在云南边境的吸毒者中发现少数艾滋病患者。肖龙等人见到一个艾滋病人都不可能，那怎么谈得上采集病人血液或查其三代内有无天花病患者呢？二是艾滋病的研究在当时处于初步时期，而肖龙等人又不是专业的艾滋病研究人员，因此要想得到科学界诸如实验室、设备、人员、资金这类支持，是很难的。

在多年得不到支持之后，肖龙早已不在川大做科研工作，1999 年 3 月他在搬家时，怀着深深的失望丢弃了他保存多年的关于艾滋病的所有资料……虽然 2000 年年底他仍在川大，为生物学博士。

如何重视基础科学的研究，如何重视诸如像艾滋病这种在当时是潜在的恶病的研究，如何在科研经费相对不足的情况下把“好钢用在刀刃上”，如何鼓励创新思想和在政策等方面予以实际可行的支持……这是“科学的春天”来临之后，发展中的中国必须面对且值得进一步好好探索的问题。

对个人来说，我们敢不敢像中国“杂交水稻之父”袁隆平(1930— 2021) 那样，顶着“三代人不成器”的冷嘲热讽，去圆“禾下乘凉”梦？或者敢不敢像海军某部的湖南籍工程师刘海涛那样，投入 30 多年的时间和不菲的钱财，顶住风言风语，去制造那传说中的“黄帝指南车”，并最终在 2003 年 55 岁时取得成功呢？

九年视而不见
——一朝疯牛酿灾

1985年的一天，英国医生惠特克被一阵急促的电话铃声惊醒——一个奶农打来的电话。十万火急！惠特克被呼唤到一个叫普伦顿的庄园里……

一年以后的1986年10月25日，同样是英国奶农的呼唤——这次是在英国东南风光绮丽的阿福什德小镇上……

这些英国小镇上究竟发生了什么事？当然，是关于奶农的。

我们先把日历撕到1995年。这一年，英国发生了疯牛病灾难，成批的牛死于非命，牛肉不能食用。1996年4月3日，欧盟决定暂时禁止英国向欧盟或其他国家销售活牛、牛肉和其他牛制品，还要求英国将出生30个月以上的所有肉牛全部宰杀并安全销毁。由于这一禁销，英国每年出口牛肉所赚的40亿英镑全部“泡汤”，政府还在这一年向牛农支付了8.5亿英镑的养牛赔偿。到1997年1月，全英国1 200万头牛中因疯牛病死于非命的就有16.5万头。1999年，虽然欧盟已对英国牛肉解禁，但每年进口2.4亿英镑牛肉的欧盟成员法国，直到2002年10月2日才宣布解禁。由此可见，这场疯牛病灾，不但沉重地打击了英国经济，而且导致严重的政治后果——英国与一些国家因此关系紧张。

疯牛灾，致使牛肉销售量“高台跳水”

据世界卫生组织在2000年12月22日说，1986年以来英国共确认了18万例疯牛病，欧洲其他国家有1 300～1 400例，以至于2000年的圣诞节一些西方人依然“谈牛色变”——不敢让牛肉成为桌上美餐。其后的形势也不容乐观：加拿大、阿根廷相继发现了零星几例疯牛病，且与进口英国牛肉有关；从2001年8月6日日本千叶县发现疯牛病开始，其他许多国家都相继发现了疯牛病——2005年7月10日西班牙马德里的一个疯牛病患者死亡，2006年3月初、3月14日、4月16日和11月初，瑞典、日本、加拿大和奥地利都分别发现疯牛病……这场威胁全球的“疯牛灾”，使中国在2003年12月25日起禁止从美国进口牛肉和相关制品（牛奶、牛皮除外）；直到2006年1月，日本还在头一年解禁后再次对美国牛肉说“不”。

那么，这场疯牛灾是怎么爆发的呢？

1995年5月，一个名叫史蒂芬的19岁英国小伙子，因为吃了患疯牛病的牛肉而突然死亡。这场疯牛病灾就是从此开始的。当然，在此前的1993年和1994年，英国也各有一个15岁女孩和一个16岁女孩，患疯牛病而死。

为什么人吃了病牛肉会遭殃呢？人们认为，人吃了这种病牛的肉、内脏、牛奶会染上疯牛病，而疯牛病可以引起人的“克－雅氏病”。

那什么是克－雅氏病呢？

克洛伊茨菲尔德

1913年，德国的布列斯劳。一个修道院23岁的女仆突然神经病发作，神情呆滞、浑身抽搐地时而大声尖叫“鬼魂缠身”，时而自我狂笑不止……最终，她在两个月后死于癫痫病。此外，在德国的汉堡，也发生过类似的病例。德国神经病医学家汉斯·格哈德·克洛伊茨菲尔德（Hans Gerhard Creutzfeldt，1885—1964）解剖了这位女仆的尸体，发现她的脑部没有发炎，但却严重受损——有不知道的物质杀死了数以百万计的脑细胞。他意

雅格布

识到这是一种新疾病，于是在1920年发表了相关论文。这篇论文引起了另一位德国神经病医学家阿方斯·马里亚·雅格布（Alfons Maria Jakob，1884—1931）的共鸣——1921—1923年间，他也遇到过类似的病人。1923年，斯皮耶尔迈耶（Spielmayer）把这个新的脑疾病，用他俩的姓氏命名为“克洛伊茨菲尔德－雅格布病”（Creutzfeldt－Jakob disease），简称克－雅氏病（CJD）。

克－雅氏病名称的来源，还有另一种说法。1957年，克洛伊茨菲尔德在巴布亚新几内亚的一个原始部落里，发现土著居民流行着一种不知名的传染病，病人可在发病后很快死亡。由于其病因不明，也没有找到相应的病菌或病毒，于是就简称为克－雅氏病。

此外，在20世纪四五十年代的欧美一些国家，也发现过类似克－雅氏病的疾病，但发病率低至1/10 000，且仅局限于老人，所以并没有引起人们足够的重视。

1995年这次不同了，到1997年3月，英国就确认了17例克－雅氏病人。到2000年年底，全世界共发现87例病人，其中法国和爱尔兰各为3例和1例。CJD可导致脑损害，使人变得痴呆、迟钝、震颤，并最终因大脑被严重破坏而死。对CJD病死者的尸检发现，其脑组织充满像海绵一样细小的空洞，因此CJD又称为“海绵状脑病”。人们还发现，患疯牛病的牛脑组织中也广泛存在着类似的细小空洞——因而疯牛病也叫海绵状脑病（BSE）；这样，人们认为吃疯牛肉可引起克－雅氏病也就不足为奇了——这也是各国禁止进口英国牛肉的原因。不过，据中央电视台第一套节目2001年10月13日“早新闻”报道，一个英国科学家撰文认为，CJD与食用疯牛肉无关。

英国是一个养牛大国。从20世纪开始，农场或牛农就在生物遗传研究者的指导下，进行牛的改良育种。他们期望通过一代又一代的遗传、优生，培养精肉多、肉质好、含氨基酸种类多、体大、产奶多的优良牛种。经过一代又一代的优生改良，闻名于世的优良英国牛种形成了——英国牛以肉嫩、奶美且富于营养畅销国内外。

牛真的“疯了”

到了前面所说的1985年和1986年10月25日，就发生了令人不愉快的事：奶牛无精打采、站立不稳、步履艰难、踉跄欲倒，最后竟病得倒地不起、口吐白沫。最后，经英国最权威的兽医威塔克确诊为疯牛病——英国最早发现的疯牛病。

那么，疯牛病从何而来呢？研究人员通过调查认为，其起因是饲料。1981年，英国制定的牛饲料加工工艺规定，可以使用牛羊等动物的内脏，这就使得这些内脏中的被称为朊病毒的蛋白质随饲料进入牛体内。人们认为，这种毒蛋白正是引起疯牛病的元凶。

本来，这一发现和随之进行的研究应该成为英国防治疯牛病的新起点，但遗憾的是，其后大约9年的时间内，并没有引起英国政府足够的重视，以致引出1995年起持续至今的疯牛病及后遗症。

疯牛病还可以在羊与羊之间传播，这是英国科学家首先发现的。这个研究成果，发表在2005年的一期《兽医学报告》上。

从英国政府在疯牛病问题上的失误我们可以得到以下宝贵的教训。

首先，应牢固树立“人无完人”“物无完物”的思想，以便正确对待各种人、事、物。“人无完人”的思想，人们并不陌生，道理也极其明了。“物无完物”的例子是，就在疯牛病肆虐英伦三岛之时，却从英国一个偏僻农场里传来了好消息。这里，一对老夫妇养的一群未经遗传优生改良的、又瘦又小的土牛却一头也没得疯牛病。这时，人们才如梦方醒：没有改良的牛保留了超强的抗病毒能力，而改良的牛种在被改良时抗病毒能力也被“改”掉了。于是人们终于明白“牛无完牛”：要么抗病力强，其他方面差；要么正好相反。那么，“鱼和熊掌”

可以兼得吗？我们拭目以待。

其次，“物无完物”的思想还告诉我们，在进行动植物品种改良时，切不可片面追求某些指标而将优点弄丢以致得不偿失。在生物工程、遗传工程、基因工程、克隆技术高度发达的今天，人们仍然不要指望得到十全十美的生物。在进行科学发明时，不要指望自己的发明总是有益的，否则就会像英国著名作家赫胥黎在1932年的小说《精彩世界》中所说的那样，“世界将因人类科技的进步而陷入噩梦般的境地”，最终自食其苦果。

最后，英国人没能将“物无完物”的思想应用在当初发现第一头“疯牛”之后，还与他们过于钟爱自己的优良牛种有关：大半个世纪都这样平平安安过去了，吃喝着良种牛的嫩肉鲜奶，有谁还会去重视它的抗病能力或像疯牛病这样的病情呢？盲目乐观、不愿正视不利的现实，这是许多人的通病，此时，灾难将不再遥远。

电话不敌邮差吗
——专家未必内行

1875 年 6 月 2 日，出生在苏格兰的美国发明家贝尔（1847—1922）和他的助手托马斯·奥古斯都·沃特森（1854—1934）发明了电话，并于次年 3 月 6 日取得了这项发明的第一个专利。

贝尔和世界上第一部电话机

贝尔取得电话机的发明专利后，由于无力推广，就和哈伯德一道去推销这一发明。他们找到了电报公司的经理 C. 迪普，要他购买电话机的专利——价格低廉。迪普对这一发明是否有价值也吃不准，就去请教他的技术专家。这个技术专家说：“这是一个绝对不合理的装置，他们想要在这个城市的每个家庭和营业机构中都安上一台电话装置，这简直是一种愚蠢的想法。当一个人能够派他的信使到当地电报局，把一份写得很清楚的消息发往美国境内的任何一个大城市时，他为什么要使用这种笨拙而又不切实际的装置呢……哈伯德的预测尽管听起来娓娓动人，但这是出自猜想，电话只不过是个玩具，或者是个实验室珍品。”就这样，贝尔的电话遭到拒绝。

不但迪普的技术专家对电话的前景没有信心，而且，远在大西洋彼岸的英国电报专家们也不屑一顾。当电话的发明消息传到英国的时候，著名物理学家法拉第（1791—1867）的学生、英国电信界权威、英国邮政总局总工程师威廉·亨利·普利斯（1834—1914）爵士说：“这个东西，我们英国不会流行，谢天谢地！我们伦敦有足够的小邮差，可以将紧急情况从此地传到异乡。”

这种“没有信心”，还在电话获得专利后不久在费拉德尔菲亚市（费城）举行的美国建国百年纪念博览会上表现出来。起初，电话机被陈列在教育厅出口的角落里，一连几天没人理睬，讲解员也“目中无机”。后来，巴西王储彼得罗看到电话机，在贝尔请他把听筒放到耳边，自己在远处讲话以后，这位王储动心了：“我的天哪，这钢铁玩意儿竟会说话！”并当场表示要买一批回国。这样，电话机才被“重点照顾”——搬到最引人注目的地方。不过，虽然电话机引起了观众的极大兴趣并得了奖，东方联合电报公司还用10万美元买得电话发明权，但是却拒不购买贝尔的电话。

那么，这些专家的看法正确吗？还是“用事实说话”吧。时至1880年——距贝尔发明电话仅4年多，美国已有电话48 000部，而1900年则达到1 355 900部。今天则更是走向世界各地的亿万人家，成为现代社会不可或缺之物——在某些时候，夺取了邮差的“饭碗”。

由此可见，专家未必内行。他们的失误在于，囿于传统（信件和电报），没能看到新生事物（电话）的生命力和优点。

不过，贝尔和哈伯德比起他们的一个同胞来说，还算是幸运的。就在贝尔发明电话之前一年即1874年，一个美国人声称他能制造出一种用金属导线连接的装置，使距离遥远的人们相互交谈。结果，他被当作是“吹牛大王”和“十足的骗子”而抓进了监狱。

打破传统观念的发明创造，没有被同时代人接受的例子不胜枚举。英国著名物理学家开尔文（1824—1907）认为没有任何前途的无线电报已有100多年的辉煌。中国最早享用汽车的慈禧太后因司机与她并排乘坐而“龙颜不悦”，视汽车为不祥之物，但这并未影响它在神州大地奔驰。欧洲的神职人员认为避雷针使人类逃避上帝的惩罚而强烈反对，但这并没能阻止它遍布世界……

不过，像普利斯、开尔文这样的“近视眼”，还是层出不穷。

1961 年，即成功发射第一颗电视转播卫星的前一年，美国联邦通信部门的专员克雷文还说：“实际上，还看不出通信卫星会对改善电话、电报和电视广播服务提供机会。”

1964 年，国际商业机器公司（IBM）的创始人托马斯·沃森曾说，世界市场对计算机的需求大约只有 6 部；而另一家美国大公司的一位计算机专家在同一年认为，没有必要研制微机，像美国有十几台大型计算机就足够用了。

…………

近 100 多年来，由某些专家们提出的“专家意见”，在今天看来是荒唐可笑的。这些意见却给当时当地的“决策者”造成了重大的影响——这些专家的见解，曾在“决策者”中形成多数派意见。“决策者”如何才能别具慧眼，力排“众议”，做出科学的决策，是一个永恒的话题。

科学家也不可能完全正确，永远正确，这正是历史的辩证法。正因为如此，美国的“硅谷”才流传着一句名言：“It is ok to fail”（败又何妨）。

当然，这些专家和权威们的失误，并没有挡住科学前进的步伐。同时，这些失误也是我们的深刻教训和宝贵财富。

首先，失误具有“车鉴”功能。不研究前人的失败或失误，来者就会重蹈覆辙。有人问爱迪生，他发明白炽灯之前用过几千种材料试验的收获在哪儿？他回答说，至少我知道了这几千种材料不能做灯丝。美国人凯特琳在主持通用汽车公司的时候，也曾对一个做过 1 000 次实验都遭到失败的技术人员说：“你不要把它们都看成失败，实际上你的进展很了不起——已经发现了 1 000 种方法不合用。”可见，认识到一种失败或失误，就向成功迈近了一步。这正如爱因斯坦所说：“发现一条走不通的路，就是对科学的一大贡献。”有一句名言则更简洁：“真理诞生在 100 个问号之后。”这种“前车之鉴”的作用，就是失误的认识功能——认识前人在科研中的思想、方法、实验、观测、数据处理、逻辑推理、思维判断，等等。

其次，失误具有启迪功能。爱迪生发明电灯，就是得到了此前70多年其他科学家的失败和失误的启迪。对这种启迪功能，英国化学家戴维（1778—1829）曾感受至深地说：“我的那些最重要的发现，都是受到失误和失败的启发才获得的。”

最后，失误具有激励功能。在以灌输知识为主要目的传统教学中，教师按教科书教。教科书则照现代认识的简捷方式和程序编排知识内容，展现出科技知识的“终极”成果，真实认识过程中的曲折和坎坷被夷为坦途，给学生以科技“直线发展”的错觉。这与“科学经历的是一条非常曲折、非常艰难的道路”（钱三强）的史实背道而驰。科学史上许多人经不住久战不胜的长夜的熬煎，看不到黎明前的黑暗之后的曙光，从而功亏一篑；许多人在提出新说后“无人喝彩”而轻易放弃；有的甚至在被质疑攻击时经不住“泰山压顶”而被逼疯，甚至自杀。这些，就是“科学上没有平坦的大道”的表现。这正如法国哲学家柏格森（1859—1941）所说：“失败是通则，成功是例外。”研究科技所经历的失败与失误中的困惑与探索、彷徨与沉思、沿袭与创新等所经历的漫漫长路、冥冥黑夜和最终迎来的曙光，不但会使来者对从事科研的艰苦性、长期性、复杂性和曲折性在思想上有所准备，因而会万难不屈、百折不回；而且对认识人生之路也会大有裨益，从而在困难、挫折、逆境面前才不会束手无策，甚至厌世轻生，而会认为“失败只是一次经历，绝不是人生”（英国演说家布朗）。由此可见，认识“不平坦”，具有激励功能。

柏格森

由于研究失误这么重要，所以英国物理学家麦克斯韦（1831—1879）说：“科学史应该向我们阐明失败的研究过程，并且解释，为什么某些最有才干的人们未能找到打开知识大门的钥匙，而另一些的名声又如何大大强化了他们所陷入的误区。”

瑞士心理学家荣格（1875—1961）说过：“知识不仅依赖于真理，也依赖于错误。”正因为研究失误和失败具有重大意义，所以当今社会已诞生了一门新的学科——“失败学”。在2000年，日本科技厅针对日本科技领域的几起失误和失败，成立了“活用失败知识研究会”，就是重视这类研究的例证。否则，“愚人还会去愚人去过的地方”。美国、奥地利等国则相继成立了“失误博物馆”。可见，有远见的人都没有对失误采取“鸵鸟政策”，否则就会像英国著名哲学家和数学家怀特海（1861—1947）所说的那样：“畏惧错误就是毁灭进步。”

当然，发明创造的成功只是一个良好的开端。“行百里，半九十”，要让“待字闺中无人问”的发明创造造福人类，就要靠发明者本人及相关企业家的共同努力。要冲破传统观念的顽固惰性，经受住艰苦和磨难——过去、现在和将来都如此。

此外，“发明家不等于企业家”。与科技史、计算机史上的爱因斯坦、冯·诺依曼、图灵等“大牛”相比，科技巨擘“苹果”公司的创始人乔布斯（1955—2011）本人对人类科技进步的贡献似乎微不足道，不符合人们心目中“科学英雄”的惯常形象。事实也是如此：乔布斯不是技术员出身，“苹果”的另一位创始人沃兹尼亚克（1950—　）甚至说“乔布斯不大懂电子学”；当初让“苹果”扬名立万的Apple I、Apple II电脑等，都是由沃兹尼亚克一手设计制作的，除了创意，乔布斯只干了组装的活。于是，许多人对美国总统奥巴马把乔布斯誉为“美国最伟大的创新者”不以为然。声称“我活着就是为了改变世界”的乔布斯，硬是在几经辞职、“单干”、回归等“风雨”之后，凭借“最成功的管理”（1997年，乔布斯获“最成功的管理者”提名），以及在2000年提出将PC设计成“数字中枢”的先进理念等，把“苹果”打造成“改变世界的苹果”之一。“发明家不等于企业家”——在当今，无数“苹果迷”只认得乔布斯，不知道沃兹尼亚克！

复印机面前的憾事
——功败垂成卡尔森

许多科技史文献都记载着，1937 年美国物理学家、发明家切斯特·弗洛伊德·卡尔森（1906—1968），发明了世界上第一台干式静电复印机——静电技术的又一重要应用。也有不少科技史文献记载着，美国哈罗德公司于 1949 年或 1950 年研制成功了伊洛克斯静电复印机。

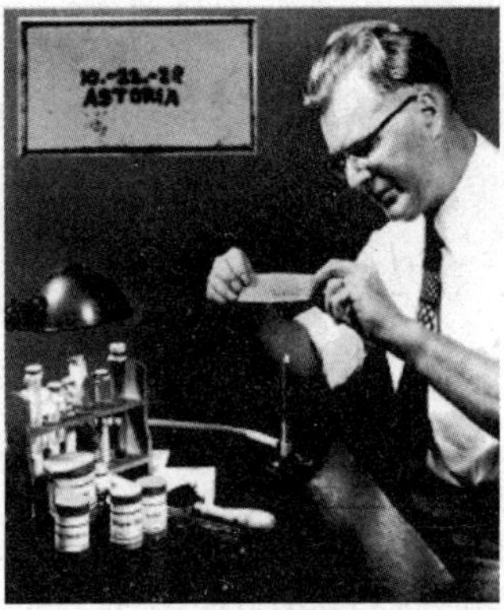

卡尔森

那么，究竟是谁研制了静电复印机的“世界上第一台”呢？这还得从卡尔森的憾事说起。

卡尔森是一个独生子。由于当流动理发师的父亲患关节炎和肺病无法工作，母亲也患肺病长年卧床不起，所以他 12 岁就在加利福尼亚州圣贝纳迪诺干零活，挑起了抚养双亲的重担。

卡尔森毕业于加利福尼亚大学物理系，1930 年在贝尔电话研究所工作，后来转到该研究所的专利科。又通过一段时间的学习，他获得了法律博士学位，并于 1934 年在纽约的 P. R. 马洛利电子公司担任专利律师。在实际工作中，有时一个文件需要复制成多份，而一般都是采用手写，费时费力又不能保证质量。那么，有没有省时省力的办法呢？他想到了发明复印机：把要复制的文件往机上一放，一按电钮，所需份数的同样的文件就出来了。

有了这个目标，1935 年时 29 岁的卡尔森，就和助手奥托·科尼在临时实验室里开始了研究，但前几次都以失败告终。为了寻找成功的捷径，他带着“改善复印技术”这个笼统的目标，用了三四年中的大部分业余时间在纽约国立图书馆查阅专利文献。

通过系统、耐心的浏览，他终于发现了一些有关复印技术的专利说明书。通过对这些文献的分析，他发现前人的方法都是用湿式化学的方法或力学的方法——用照相底片复制多张照片就是湿式化学的一种。这些方法的缺点是复制速度慢、成本高。那么，可不可以用物理方法，例如光学、电学的方法来克服这些缺点，完成复制呢？

于是，卡尔森和科尼又开始了新一轮的实验，最终根据异种电荷互相吸引的原理，发明了一种干式静电复印机，并于 1937 年申请了“静电摄影法”专利，授予专利的时间是 1942 年 10 月 6 日。

1938 年 10 月 22 日，在纽约昆斯区的一座普通的工场里，卡尔森和科尼用墨水在一块玻璃板上书写了“Artoria l0 - 22 - 38”几个字。接着，他们用一块布手帕在涂硫金属板上拭擦，使它带上电荷，然后隔着写有字的玻璃板，在泛光灯下将这块金属板曝光 3 秒钟——原来写的字就在板上显示出来了。这样，世界上第一张复印图片诞生了。这张小小的图片仅 5 平方厘米，上边印着：“Artoria l0 - 22 - 38”。今天，这小纸片成了珍贵文物。世界上第一台复印机也由此诞生。他也分别在 1939 年 4 月 4 日和次年 11 月 16 日取得了复印机的两项专利。

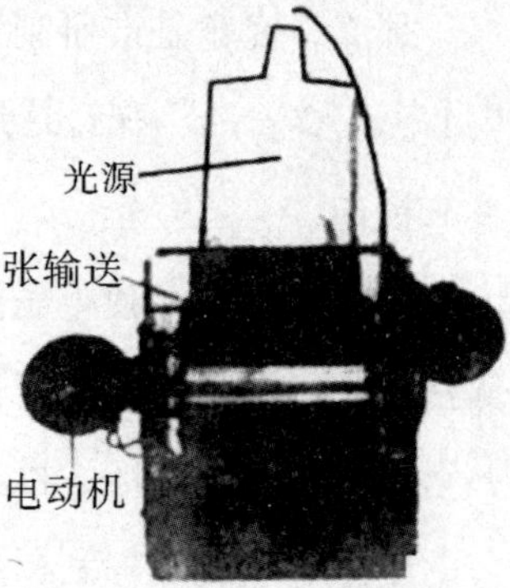

第一台自动复印机（1940 年）

在这里，卡尔森用了一种利用专利“空隙”的发明方法。我们知道，不管专利如何密集，其间也有“空隙”—— 一定有没发明出来的东西。这好似不管一张网有多么密集，也有网孔——“空隙”。以前复印用的是化学、力学方法，卡尔森用的光学、电学方法就是“空隙”。

许多发明都是由查询专利文献，利用“空隙”发明出来的。

在1939—1944年间，卡尔森虽然完成了它的发明，却不能销售它的思想。包括雷明顿·兰德公司和国际商业机器公司在内的20多家公司，没有一家大公司对这一重大发明的商业开发表现出浓厚持久的兴趣，拒绝接受卡尔森的新产品。尽管美国全国发明者理事会看到了复印机的需要，但却否定了他的方法。

卡尔森仍不断地向四处发信，打电话，以加强他的专利权地位。1944年，他专程到了俄亥俄州的哥伦布市，向非营利性工业研究机构巴特尔纪念研究所（Battelle Memorial Institute，简称BMI）表演了他的制作法。BMI表示同意从事复印机的发展工作，但要得到收益的60%。另一种说法是，BMI用3 000美元买下了发明的75%的股份。制造商们对此依然毫无兴趣，其中有的人甚至把他的发明称为“粗糙或玩具式的器具”。

根据合同，BMI用于研究静电复印机付出的费用超过某个限度时，卡尔森就得多付15 000美元。卡尔森取出自己的银行存款，好言劝其亲属慷慨解囊，帮助他凑足资金。但卡尔森最终无力支付这笔巨款，只好把专利送给BMI。

1944年，纽约罗切斯特的一家制造相纸的小厂——哈罗德公司，在开发新产品，从各方面进行市场、产品调查研究的过程中，从发表的一篇专利文献中发现了卡尔森的静电复印技术。他们认为这项技术有一定的发展前途，于是在1946年加盟进来，取得了这项技术的专利权。后来，卡尔森也成了这家公司的成员。

1949年，哈罗德公司终于生产出了世界上第一台静电复印机。在历时4年、耗资64万美元之后的1950年，哈罗德公司终于将静电复印机推出商业实用的水平——研制成功了伊洛克斯静电复印机。又过了10年，该公司生产了914型书桌大小的复印机。这家公司，也更名为以生产复印机而闻名世界的施乐公司。施乐公司的英文名（Xerox），正好由静电复印（Xerography）的开始几个字母演变而来。

当时，在市场上出售的复印机有好多种。其中有伊士曼柯达公司的一种采用化合显影剂的“湿写”复印机和明尼苏达矿业公司的一种利用红外线灯光热量在纸上形成图像的“热写”复印机，而静电复印机突出的优点是：用干写法，不需要化学药品或特殊的纸张，而加工出的复印件质量特别好。

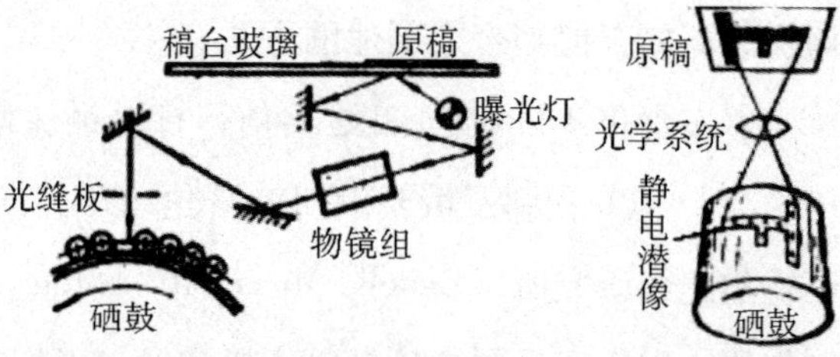

静电复印机原理

静电复印机的主要部件是硒鼓——它上面涂的硒能在黑暗中留住电荷，一遇光又能放走电荷。把要复印的字迹、符号、图表等通过光照到硒鼓上，就能原样“写”在硒鼓上。受光照而又无字的部分放走了电荷，有字的部分留住了正电荷，然后，让带负电的墨粉吸到硒鼓的有字部分上。硒鼓转动时，让带正电的白纸通过，墨粉被吸到纸上，经过高温或红外线照射，让它熔化，渗入纸中。这样，牢固、耐久的字迹和图表就形成了。

由此可见，静电复印机是卡尔森在1937年发明的，但他和其后几年内的其他人都没能让它“走向世界”，达到实用水平；而哈罗德公司即施乐公司则在1950年把它推入实用阶段。

卡尔森未能将他的发明成功地推销给社会，是一种功败垂成的失误。发明人完成了发明，甚至还取得了专利，并不等于大功告成。专利不可能自动实施而产生经济和社会效益，专利被批准后的道路也不会平坦——新发明、创造铺满鲜花的大道极其罕见，机会自动找到发明家门上来的实例也极为稀少。如果不能积极、持久地推销自己的发明、创造，就会将成果埋没，最终被人遗忘，自己则一无所获。费尽心血的卡尔森就是一个典型的例子。要推销自己的发明、创造，必须使他人清楚地理解自己的全部创造性思维和工作，说服他人接受和实际应用这一发明、创造，从而使发明者、接受发明者和社会都受益。

这正如美国著名的专利代理人、心理学家 J. 罗斯曼所说，在发明完成之后，发明者必须使公众相信它是有价值的。

这种因发明者未能说服同时代的人，同时代的人未能接受这些发明、创造而留下遗憾的事例在科技史上多如牛毛。1830 年，法国穷裁缝 B. 蒂蒙尼埃制成了一种衣衫的链状线迹缝纫机，且在英、美取得了专利；但他最终未能让它在市场上出售，并于 1857 年在穷困中死去。约 1846 年，美国医生约翰·高莱博士发明了第一台制冰机——现代电冰箱的前身，但当他和他并不富裕的朋友寻求资金以便进行商业开发时，总是碰壁，最终他在申请专利 4 年后生病而抑郁死去。

那些“拒绝”卡尔森成果的公司的失误，在于他们没有一双慧眼，没能看出静电复印机光明的前途。

发明家要设法让自己的成果走向市场，企业家要有远见卓识，尽快将这些成果转化为能被市场接受的商品，这是一个永恒的课题。

使复印机获得革命性发展的是卡尔森的接班人——美国物理学家、发明家鲍勃·冈拉克（1926—2010）。

按卡尔森设计并制出的第一批平板复印机是笨重的，复印 1 页要用 4 分钟，印制复杂的图形则常常让人无法辨认。那时，一些企业宁可雇用打字的女秘书也不肯购买价格昂贵的复印机。卡尔森是施乐公司的总设计师，他当然为产品打不开销路而烦恼。

复印机，1 分钟印上百页

一天，他走进车间，看到有个年轻人正滔滔不绝地告诉周围工人，如何使用经他改进的一个复印装置。卡尔森一见大喜，好聪明的设计！原来，他是刚进公司的大学生——鲍勃·冈拉克。

在卡尔森的鼓励下，冈拉克仅在静电复印机技术上就有过 133 项发明和改进。其中最重要的是提高了复印速度。冈拉克还使复印机得到大幅度简单化。

韶华易逝，青春已老——为静电复印机奋斗了20多年的卡尔森，已经“从少年到白头”，他向董事会推荐了当时仅25岁的冈拉克当了施乐公司的首席研究人员。由于冈拉克的努力，施乐公司的复印机在世界上销路最广、应用最多——“施乐”几乎成了复印机的代名词。

1959年，第一台干板光电复印机“施乐914”问世，它每分钟可以复印出9张纸。1986年，日本东芝公司生产出世界上第一台彩色复印机。

其实，像静电复印机这样被延误的发明多如牛毛。

20世纪30年代初英国人阿兰·布卢姆林就发明了立体声的录放技术，并为它申请了专利号为3494325的英国专利。不幸的是，直到他1947年到期的专利被延长到1952年12月13日，这一产品仍无人问津。直到专利权失效两年后，市场上才开始销售立体声带；20世纪50年代末，才出现立体声唱片。

1936年，满怀希望的奥地利人保罗·艾斯勒，向普列赛公司展示了他发明的精巧的印刷电路收音机，但得到的却是，“用印刷电路”为“妇人之见”的嘲讽。直到延误8年之后的1944年，才在盟军带有印刷电路的无线电“近发引信”的高射炮弹中得到首次应用——摧毁了德寇空袭伦敦的大部分飞机。

静电复印机只能复印物体的一个平面，人们理所当然地不满足——要“复印”整个三维物体的机器。当今的3D打印机（3D Printers，简写为3DP）就能打印出整个物体（但目前打印出来的是物体的模型，不能打印出物体的功能）。3DP是一种以数字模型文件为基础，用粉末状金属或塑料等可粘合材料，通过逐层打印来制造出三维物体的机器。3DP的思想起源于19世纪末的美国，并在20世纪80年代得以发展和推广。

福尔摩斯的“科学”
——柯南道尔的疏忽

夏洛克·福尔摩斯，是英国著名侦探小说作家亚瑟·柯南道尔（1859—1930）的流传世界的大作《福尔摩斯探案集》中的主人公。书中福尔摩斯丰富的科学知识、严密的逻辑推理、精湛的侦破技术，都给人留下了深刻的印象。

然而，柯南道尔在这一名著中却有许多科学知识上的失误。

《血字的研究》是小说中的第一篇。在这一篇中，读者初识福尔摩斯和他的搭档华生医生。华生强调，福尔摩斯虽然文学、哲学、天文学等知识极其有限，但在化学上造诣很高。是否果真如此呢？

在《血字的研究》中，福尔摩斯说“我能一眼就看出我曾用过的任何一种商标的香烟灰烬”。如果真是这样，他真是历史上空前绝后的用眼力鉴别烟灰的行家了。然而，这是做不到的。

福尔摩斯，你会验血？

在《血字的研究》中，福尔摩斯对华生说：“我发现了一种试剂，只能用血色蛋白质来沉淀，别的都不行。”他说着，就用一根长针刺破自己的手指，再用一根吸管吸了一滴血。“现在把这一点血放到一升水中去，你看，这种混合液与清水无异。血在这种溶液中所占的比例还不到一百万分之一……”一个小水滴约 1/20 毫升，血滴本应比水滴大些，但为了更说明问题，我们设那滴血比水滴还小，只有 1/50 毫升。当这滴血溶入 1 升水后，不难算出血在该溶液中占的比例为五万分之一，这与一百万分之一相去甚远。由此可见，柯南道尔的化学和数学知识似乎都很贫乏。

金刚石

在《蓝宝石案》中，福尔摩斯说："由于这颗重 40 谷的结晶碳的缘故，已经发生了两起谋杀案……"这里，他又有两点失误。第一，宝石的重量单位是"克拉"，而不是"谷"，尽管两者间有一定的换算关系。第二，更重要的是，红宝石或蓝宝石，并不都是结晶碳，而是我们在下面将要谈到的铁、铝、硅、氧等不同元素的化合物。所谓"结晶碳"，至少要含 90% 的碳。福尔摩斯这里所指的实际上是金刚石即钻石。由此可见，柯南道尔将"宝石"与"钻石"搞混淆了，且没有把它们的成分搞清楚。

刚玉

在《蓝色红宝石的奇遇》中，主要是讲红宝石的经历。红宝石的含义，通常有两种。一种是指刚玉，即氧化铝中的一种。刚玉因含杂质不同而呈不同颜色，无色透明者为白玉，蓝色透明者称蓝宝石，红色透明者称红宝石。由此可见，在第一种含义中，并不存在"蓝色红宝石"这一自相矛盾的说法。第二种是指石榴石中呈红色的那种。石榴石是一类晶体结构相像而有共同化学式的一类矿物的总称。它们的化学式可用 $A_3M_2(SiO_4)_3$ 表示，其中的"A"是二价的钙、镁、铁、锰中的某一种，"M"是三价的铝、铁、钛、铬等元素中的某一种。石榴石中颜色鲜艳的可称为宝石，呈蓝色的称蓝宝石，呈红色的称红宝石，等等。由此可见，在第二种含义中，"蓝色红宝石"也是一个自相矛盾的说法。这一失误表明，柯南道尔对宝石的认识模糊不清。

在《四签名》一案中，福尔摩斯说："我利用做化学分析实验的办法使我的脑筋得到了彻底的休息……当我把溶解碳氢化合物的实验做成功以后，我就回到舒尔托的问题上面……”看起来，福尔摩斯是花了相当长的时间去做溶解碳氢化合物的实验了，否则，不可能使“脑筋得到了彻底的休息”。然而，碳氢化合物仅由碳氢组成，那些具有大分子的碳氢化合物在一般温度下是软的固体（如沥青），而具有小分子的碳氢化合物则是液体（如煤油、汽油），或者是气体（如甲烷）。上述液、固态的碳氢化合物很容易互相混合（溶解或溶混）。例如把固体碳氢化合物放在液体碳氢化合物中，就发生溶解。我们通常所说的“干洗”就是用液态碳氢化合物（如汽油）去溶解沾污在织物上的固态碳氢化合物或类似的东西，这种溶解是用不了几秒钟时间就可完成的。可见，福尔摩斯想用这类实验来使脑筋得到“彻底”休息，显然不可能。

柯南道尔的《福尔摩斯探案集》是侦探小说，当然允许虚构。然而，这种虚构必须有科学性，不能违反客观事实、规律，这和神话、童话等大不一样。虚构的东西是不可能做到天衣无缝、万无一失的。柯南道尔的失误告诉我们，在创作这类小说时，必须慎之又慎，否则贻笑大方事小，误导读者事大。

柯南道尔

柯南道尔本人是位医生，并不是化学家，因而能创作出有许多化学知识的这一小说也是很不容易的，这凝集了他的许多心血。同时，上述失误也告诉我们，在涉及自己并不内行的领域的创作时，不妨请教一下该领域的专家，以减少失误。或者干脆不去涉及自己不熟悉的东西，不涉足自己并不熟知的领域。

不过，柯南道尔的虚构有时也有应验了的“先见之明”。在《魔鬼的故事》中，他想象出一种产于西非的植物，如果将它的根磨成粉末点燃后，就能产生出一种使人发疯或致人死命的毒烟雾。福尔摩斯以超乎寻常的勇气让自己和华生尝试了这种滋味。华生还描述了这种尝试的结果。半个多世纪以后，麦角酸二乙基酰胺（LSD）的生理效应被发现，LSD 虽然不是来自西非的植物，但其生理效应却和华生描述的大同小异。也许柯南道尔的这一“先见之明”，足以补偿他的故事中前述那些失误频频的化学知识的不足。

亚瑟·柯南道尔出生在英国爱丁堡一个穷困的画家家庭，1885 年毕业于爱丁堡大学医学院，其后任职业医生，1887 年开始从事文学创作。除了创作侦探小说，他还在晚年从事科幻小说创作。例如，1912 年的《失去的事件》就是他的第一部长篇科幻小说，继第二部长篇科幻小说《拉夫兹·豪的发明》之后，又有《有毒的腰带》《地球何时吼叫》《迷雾世界》等，最后以《马拉库特海谷》落幕，共有 16 部科幻小说问世。

其实，许多名著中都有这类科学上的失误。莎士比亚在悲剧《裘里斯·恺撒》（中文译名）的第二幕第二场中写道：“恺撒问勃鲁托斯：‘几点钟了？’勃鲁托斯答道：‘恺撒，已经敲过 8 点啦。’”其实，奏鸣的报时钟在 14 世纪才被发明出来——此时，恺撒早已在黄土中安息了！这里所译的裘里斯·恺撒，是指古罗马皇帝盖厄斯·儒略·恺撒（公元前 100—前 44）。